Mia Moreno

Beautiful Secrets – Wenn ich dich spüre

Mia Moreno

BEAUTIFUL SECRETS

Wenn ich dich spüre

Roman

everlove
by PIPER

Mehr über unsere Autorinnen, Autoren und Bücher:
www.everlove-verlag.de

Wenn dir dieser Roman gefallen hat, schreib uns unter Nennung des Titels »Beautiful Secrets – Wenn ich dich spüre« an *empfehlungen@piper.de,* und wir empfehlen dir gerne vergleichbare Bücher.

Von Mia Moreno liegen im Piper Verlag vor:
Beautiful Secrets – Wenn du mich berührst (Beautiful Secrets 1)
Beautiful Secrets – Wenn ich dich spüre (Beautiful Secrets 2)
Beautiful Secrets – Wenn wir uns lieben (Beautiful Secrets 3)

Unser Versprechen für mehr Nachhaltigkeit
Klimaneutrales Produkt
FSC®-zertifiziertes Papier
Hergestellt in Europa

FSC
www.fsc.org
MIX
Papier | Fördert gute Waldnutzung
FSC® C083411

ISBN 978-3-492-06359-3

Redaktion: Antje Steinhäuser
Satz: Satz für Satz, Wangen im Allgäu
Gesetzt aus der Adobe Caslon Pro
Druck und Bindung: CPI Books GmbH, Leck
Printed in the EU

Kapitel 1

Ich wuchte den kleinen, schwarzen Koffer auf den Bahnsteig. Er ist deutlich schwerer, als er aussieht.

»Was hast du da drin, Amba, ein Stück Berliner Mauer?«

Ich weiß natürlich, dass der Witz komplett lahm ist, aber er hilft mir dabei, der schwierigen Situation einen lockeren Anstrich zu verpassen. Es reicht, dass meine Freundin Layla neben mir Rotz und Wasser heult. Ich bin fast ein bisschen froh, dass Charlie schon zurück nach Los Angeles geflogen ist und nicht auch noch schniefend neben mir steht. Amba Modi ist uns allen in den vergangenen Wochen ans Herz gewachsen, und wir haben die Tatsache, dass sie uns verlassen und zurück in ihr Heimatland Pakistan fliegen muss, lange verdrängt.

Amba lächelt zurückhaltend hinter ihrem Schal hervor, den sie sich wie immer halb vors Gesicht gezogen hat, vielleicht aus Gewohnheit. Bis vor Kurzem war sie entstellt. Doch ihre zweite Hauttransplantation ist schon ein paar Wochen her, die Wunden sind gut geheilt, und man erkennt die feinen Linien zwischen den alten und neuen Hautpartien nur, wenn man ganz nah vor ihr steht. Layla und ihr Freund Gabriel Goldberg, neuerdings ärztlicher Direktor, die beide hervorragende plastische Chirurgen sind, haben wirklich ein kleines Wunder vollbracht.

»Steine haben wir in Pakistan selbst genug, aber nicht diese Schokoladencreme für Frühstück«, antwortet Amba.

Ich lache auf. Etwas Deutsch sprach sie bereits, aber in den vergangenen Wochen hier in Berlin hat es sich wirklich deutlich verbessert – und sie hat offenbar einige Gewohnheiten übernommen, auch ungesunde. Die vegane Schokocreme aus dem Drogeriemarkt hat es ihr besonders angetan.

»Wenn sie aufgegessen ist, schicke ich dir ein Paket. Es wird ja hoffentlich ankommen, oder?«, mischt sich Layla in die Unterhaltung ein.

Amba wiegt unsicher den Kopf hin und her. »Kann dauern, vielleicht nimmt Zoll Schokocreme aus dem Paket. Besser, du packst eins mehr ein.«

Jetzt brechen wir alle drei in Gelächter aus. Es sieht so aus, als benötigten auch die beiden anderen Aufmunterung.

Layla schnieft. »Ach, Amba, es fühlt sich schrecklich an, dich gehen zu lassen. Deine OP ist gar nicht lange her, und dein Bein ist immer noch nicht in Ordnung.«

Amba blickt betreten zu Boden und dreht ihre Krücke unsicher auf dem Beton hin und her, als würde sie eine Zigarette damit ausdrücken wollen.

»Layla, lass es gut sein. Ihr Visum läuft ab, und wir können sie nicht illegal hierbehalten.«

»Ja, ich weiß, und Peters hat den Geldhahn zugedreht. Ich könnte ihn echt erwürgen, das ist so unsensibel von ihm.«

Layla ballt wütend die Hand zur Faust, wie so oft in letzter Zeit, wenn sie über ihren Chef, den Hauptgeschäftsführer Mirko Peters, spricht. Er hatte Amba vor einigen Monaten im Rahmen eines Charity-Programms nach Berlin geholt, damit ihre schweren Verbrennungen hier kostenlos behandelt werden konnten. Sobald die Eingriffe vorgenommen waren, veranlasste er allerdings ihren Rückflug, obwohl Amba nach wie vor nicht ohne Krücken laufen kann. Layla hätte die Bein-OP sogar aus eigener Tasche bezahlt, aber die Botschaft lehnte am Ende die Verlängerung des Visums für Amba ab.

»Es ist okay, Layla.« Amba legt ihr eine Hand auf den Arm. Layla ergreift und drückt sie. Ambas Stimme ist leise, aber bestimmt. »Ich bin gesund. Ich habe dank dir ein neues, schönes Gesicht und kann schon gut mit einer Krücke laufen. Und Koffer ziehen.«

Um ihre Worte zu unterstreichen, nimmt sie mir den Griff des Trolleys aus der Hand und humpelt ein paar Schritte über den Bahnsteig. »Seht ihr?«

Amba ist so tapfer! Sie hat offenbar das Bedürfnis, sich und uns zu beweisen, dass sie es ohne Hilfe schafft, und hat alle unsere Angebote, sie zum Flughafen nach Frankfurt zu bringen oder wenigstens zu begleiten, abgelehnt. Es würden demnächst in ihrer Heimat ganz andere Wege auf sie zukommen, meinte sie.

Layla bringt ein müdes Lächeln zustande. »Mike hat echt tolle Fortschritte mit dir gemacht, da hast du recht. Noch vor ein paar Wochen saßest du im Rollstuhl.«

»Ja, Mike ist ein Wundermann.« Amba läuft knallrot an, zumindest an den Stellen ihres Gesichts, die nicht bei dem Bombenanschlag, den sie vor ein paar Monaten in ihrer Heimat erlebt hatte, verbrannt worden waren. Die neuen Hautpartien werden erst mit der Zeit ausreichend viele Nervenbahnen entwickeln, sie wirken im Moment noch maskenhaft. Vielleicht versteckt sich Amba auch deshalb hinter ihrem bunten Schal. Oder es liegt daran, dass sie verbergen will, wie gut ihr der Physiotherapeut im »Wellhouse«, dem an die Beautyklinik angeschlossenen Wellnesshotel, gefällt.

»Vielleicht kannst du ja deine Therapie bei ihm fortsetzen, wenn du für die Bein-OP zurückkommst.« Ich hebe die Augenbrauen. Wie erhofft strahlen mich sowohl Amba als auch Layla an.

»Gabriel hat gestern Abend erst mit seinem Kollegen in Islamabad telefoniert. Er will dich untersuchen und schickt ihm die Bilder. Wir leiten das dann in die Wege.« Laylas Stimme überschlägt sich fast vor Aufregung.

Als Amba Layla daraufhin in die Arme fällt, stößt sie einen kurzen, überraschten Schrei aus. »Schon gut. Ich habe dir doch versprochen, dass ich mich kümmere.«

Amba blinzelt eine Träne weg. »Du bist wirklich gute Freundin.« Dann zieht sie mich an sich und hält mich fest. Für eine so kleine Person ist Amba erstaunlich kräftig. »Das seid ihr beide.«

Jetzt steigen auch mir Tränen in die Augen, und ich löse mich schnell aus der Umarmung. Ich will ihnen meine Gefühle nicht zeigen. Heute muss ich stark für uns alle sein.

Ich ziehe mein Handy aus der Tasche, checke meine Nachrichten und rufe erstaunt: »Oh, Charlie hat geschrieben. Sie vermisst uns und Berlin ganz schön und wünscht dir einen guten Flug, Amba.«

Ich halte ihr mein Handy hin und lasse sie selbst lesen. Sie blinzelt wieder, dieses Mal schafft sie es aber nicht, und einige Tränen kullern ihre Wange hinunter. »Wenn ihr sprecht, sagt Charlie danke für alles, okay?«

Layla und ich nicken.

»Gleis 8, Einfahrt ICE 932 von Berlin Hauptbahnhof nach Frankfurt Flughafen. Ankunft 11:02 Uhr. Vorsicht bei der Einfahrt.«

Layla neben mir versteift sich, und auch Amba erstarrt für einen Moment. Dann lehnt sie sich noch einmal an Laylas Schulter. Die beiden reden leise miteinander, ich kann aber nichts verstehen, weil in dem Moment der ICE mit quietschenden Bremsen einfährt.

Amba löst sich von Layla, Tränen rinnen ihr über die Wangen. Ich umarme sie fest.

»Gute Reise, Amba, und lass von dir hören. Ich melde mich bei dir, sobald ich etwas herausgefunden habe, ich verspreche es.«

Ich stocke, meine Stimme ist mit einem Mal ganz belegt. So sehr hatte ich gehofft, dass ich schneller an die fehlenden Informationen aus Ambas Akte herankomme. Dann hätte ich vielleicht jetzt schon alle Antworten für sie gehabt. Stattdessen müssen wir sie in ihr Heimatland zurückschicken, ohne eine Ahnung davon zu haben, was genau in der Klinik nicht mit rechten Dingen zugeht, ob Amba vielleicht sogar noch Gefahr droht.

Amba wischt sich eine Träne von der Wange. »Ich weiß, dass du es herausbekommen wirst, Maxi. Du bist so klug und gut mit Computer. Dann werden wir Peters zur Polizei bringen.«

Den letzten Satz sagt sie so leise, dass Layla sie nicht hören kann. Für Layla ist die Situation in der Beautyklinik extrem schwierig. Einerseits ist es ihr erster richtiger Job, von dem sie sich viel versprochen hat, zudem arbeitet auch ihr Freund in der »Villa Berlin«. Andererseits will sie nichts mit den zwielichtigen Machenschaften zu tun haben, in die der Geschäftsführer verstrickt zu sein scheint. Umso wichtiger ist, dass ich herausfinde, was genau da in der Klinik schiefläuft.

Ich nicke und versuche, die traurige Stimmung aufzulockern. »Ich verspreche dir, weiterhin pünktlich jede Woche ›Celebrity Inside‹ für dich zu schauen. Wenn eine tolle Folge kommt, speichere ich sie für dich auf der Festplatte, und wir schauen sie zusammen, sobald du wiederkommst, okay?«

Jetzt sammeln sich doch die Tränen in meinen Augen, da ich nicht weiß, wann das sein wird. Ich wende mich rasch ab, um Ambas Koffer in den Zug zu bugsieren. Dann helfe ich ihr die wenigen Stufen hinauf in den Waggon. Wir konnten zum Glück einen Sitzplatz nahe an der Tür für sie reservieren, sie muss also nur wenige Schritte allein zurücklegen.

Ich umarme sie noch einmal fest. »Mach's gut, Amba, pass auf dich auf!«

»Und du auf dich. Und vor allem auf Layla«, sagt sie.

Ich nicke, drehe um und begebe mich zurück auf den Bahnsteig, wo Layla tränenüberströmt auf mich wartet und Amba immer wieder zuwinkt.

Ein langes Pfeifen ertönt, dann schließen sich die Zugtüren zwischen uns, und der ICE setzt sich in Bewegung.

»Na, komm, Süße, ich fahr dich heim!«

Ich lege meinen Arm um Laylas noch immer bebende Schultern und führe sie aus dem Bahnhofsgebäude und einmal um den Block, wo ich meinen VW-Bus geparkt habe. Mit geübtem Griff entferne ich die Radkralle – alter Trick – und steige in den Wagen.

Wir benötigen keine zwanzig Minuten bis zu unserer Wohnung nach Kreuzberg, schweigen aber die ganze Zeit und hängen beide unseren Gedanken nach. Layla malt sich vermutlich aus, was passiert, wenn Ambas Narben sich entzünden oder, weit schlimmer, ihr Dorf erneut Ziel eines Anschlags wird.

Meine Gedanken kreisen hingegen immer wieder um das Rätsel von Ambas Akte. Durch einen Zufall hatten Layla und Gabriel vor einigen Wochen festgestellt, dass bei der Dokumentation von Ambas Behandlungen etwas nicht stimmt. Im Patientenmanagement der Klinik war Ambas Akte plötzlich leer, und das, obwohl sie bereits einmal aufwendig im Gesicht operiert worden war. Layla und Gabriel hatten daraufhin im Archiv der Klinik nachgesehen und feststellen müssen, dass die Akte geschwärzt und die digitale Dokumentation verschlüsselt wurde. Deshalb haben sie mich um Hilfe gebeten und als Trainee in die Klinik eingeschleust. Für mich als IT-Spezialistin, die sich früher das ein oder andere Mal in Systeme gehackt hat, die keineswegs für fremde Augen bestimmt waren, sollte es ein Leichtes sein, an die Informationen zu kommen. Das war zumindest der Plan. Leider gestaltet sich die Aufgabe deutlich komplizierter als erwartet.

Ich halte in zweiter Reihe. Layla sieht mich fragend an. »Kommst du denn nicht mit hoch?«

Ich schüttle den Kopf. »Nimm es mir nicht übel, Layla, ich muss ein wenig alleine sein, den Kopf freikriegen. Gabriel wartet bestimmt ohnehin auf dich.«

»Nein, nein, wir sind erst später verabredet. Aber bist du sicher, dass du nicht ein bisschen Gesellschaft brauchen kannst? Es ist für uns alle schwierig, Amba gehen zu lassen …«

»Ich weiß deine Fürsorge zu schätzen, Süße, aber ich brauche jetzt wirklich ein bisschen Ruhe.«

Layla nickt und steigt aus. Sie kennt mich einfach gut und weiß, dass ich die Dinge erst mit mir selbst ausmachen muss, bevor ich mich jemandem anvertraue.

Ich lege den ersten Gang ein und starte den Motor wieder. Mit jedem Meter, den ich weiter aus der Stadt hinausgelange, wird mein Herz etwas leichter.

Ich drehe das knisternde Radio im Van aus, der Empfang hier mitten im Brandenburger Wald nordöstlich von Berlin ist grottenschlecht. Genauso wie meine Laune. Ich hatte gehofft, dass mein Ausflug in die Natur mir helfen würde, den zunehmenden Frust über meinen mangelnden Erfolg in der Klinik und die Trauer über Ambas Abreise abzuschütteln. Aber dieses schlechte Gefühl nagt einfach unablässig an mir.

Als ich in den schmalen, verwachsenen Weg in den Wald einbiege, der zum See führt, habe ich mich etwas beruhigt. Eigentlich müsste ich das Auto am Waldrand parken, aber unter der Woche ist die Chance, dass mich jemand aufhält, extrem gering und ich gehe das Risiko, Ärger zu bekommen, ein. Langsam ruckelt mein Bus über den Pfad, ich höre die Vögel durch das geöffnete Fenster meines Vans zwitschern und merke, wie ich mich endlich entspanne. Ich kann es kaum erwarten, endlich das Wasser zu sehen. Es ist viel zu lange her, dass ich Sébastien hier draußen besucht habe. Letztes Jahr bin ich regelmäßig zum Stand-up-Paddling hergekommen, und irgendwann ergab eines das andere. Sébastien – und alles, was der heiße Spanier mir zu bieten hat – wurde zu einer kleinen Flucht aus dem Alltag.

Schon glitzert mir der Bernsteinsee entgegen, erleichtert bemerke ich, dass kein anderes Auto in Sicht ist. Nur zwei Fahrräder lehnen an der dicken Fichte, die den Weg zum Ufer markiert, wo Sébastien in einem alten Bootshaus seinen SUP-Verleih betreibt. Ich parke den Van und steige aus. Von der Ladefläche schnappe ich mir mein Stand-up-Paddling-Board, das ich mir irgendwann angeschafft habe, weil ich nicht von Sébastiens unregelmäßigen Öffnungszeiten abhängig sein wollte, und pumpe es mit der Luftpumpe, die ich immer dabeihabe, auf. Dann klemme ich mir meine Shorts unter den Arm, laufe im Eilschritt die paar Hundert Meter auf dem sandigen Weg zum See hinunter und fühle mich fast so gut, als würde ich ans Meer kommen. Auch jetzt empfinde ich eine unbändige Freiheit, die die Weite des Wassers und die Kraft der Wellen immer in mir auslösen.

Ich lasse mich in den Sand fallen, ziehe meine Sneaker aus und strecke mich, spüre die warmen Sonnenstrahlen auf meiner Haut. Von ferne höre ich lautes Geschnatter der Enten, sonst ist es so still, wie es nur hier sein kann, an meinem Lieblingsort mitten im Niemandsland nordöstlich von Berlin, den unter der Woche kaum jemand aufsucht.

Ich schlüpfe aus meinen Jeans und streife mir meine Bikinihose über. Mein dünnes, schwarzes Trägershirt kann ich auch als Bikinioberteil verwenden.

Am Seeufer lasse ich das SUP ins Wasser gleiten und steige auf. Wie immer dauert es, bis ich meine Balance finde.

Ich stoße das Paddel ins Wasser und steche in See. Nach einer Weile halte ich an und lasse mich auf den Rücken fallen. Eine Weile döse ich vor mich hin und genieße die Sonne auf meiner Haut und die angenehme Wärme, die durch meinen Körper strömt.

Selten liege ich einfach nur so da, weil ich dazu keine Ruhe habe, aber auf meinem SUP mitten im Bernsteinsee vergesse ich die Zeit und gerate beinahe in eine Art Trance. Ich tauche meine Hände ins Wasser und wende das SUP, um langsam zurück in Richtung Ufer zu steuern. Ohne aufzublicken, paddle ich träge weiter, die Sonne scheint mir nun nicht mehr ins Gesicht, sondern wärmt Nacken und Hinterkopf. Ein lautes Platschen schreckt mich auf. Ich hebe den Blick und schaue direkt in ein paar schwarze, melancholische Augen, die mich anblitzen. Ich unterdrücke einen Schrei; um ein Haar wäre ich ins Wasser gekippt.

»Sébastien!«, stoße ich hervor, doch schon ist er im Wasser verschwunden. Gleich darauf taucht er auf der anderen Seite meines SUPs auf und grinst mich an, seine schwarzen, nassen Locken glänzen in der Sonne.

»Du hast mich zu Tode erschreckt, bist du verrückt geworden?« Doch ich kann einfach nicht richtig wütend auf Sébastien sein, und außerdem steckt mich sein breites Grinsen an. Ich lange ins Wasser und spritze ihn mit einer Hand nass, während er kopfüber abtaucht. Nach wenigen Sekunden stößt sein drahtiger Oberkörper auf der anderen Seite des SUP aus dem Wasser. Gerade noch gelingt es mir, das Board auszubalancieren, sodass ich nicht hinterherfalle.

»Habe ich dich erschreckt, Maxi? Tut mir leid, das wollte ich nicht.« Mein Gelegenheitslover streicht sich eine Locke aus dem Gesicht. Sein freches Grinsen deutet eher auf das Gegenteil hin.

»Warum nur glaube ich dir das nicht?«

Ich setze mich auf und stütze mich herausfordernd mit beiden Händen auf das Bord. Mit meinen Blicken fixiere ich ihn. Sébastien blickt vom Wasser zu mir auf, nur wenige Armlängen trennen uns. Sekunden später verändert sich sein Gesichtsausdruck, und in seinen dunklen Augen flackert ein begehrliches Lodern auf, das sofort auf mich überspringt. So war es von Anfang an, als wir uns vor zwei Jahren an diesem See kennengelernt hatten, und seitdem hat die Anziehungskraft zwischen uns nicht nachgelassen. Was vielleicht auch daran liegt, dass wir uns nur unregelmäßig begegnen, dass wir beide keine Verpflichtungen eingehen wollen und damit zufrieden sind, dass unsere Körper aufeinander reagieren. Mit einem Schwimmzug kommt er näher, sodass er zwischen meinen geöffneten Beinen landet. Vorsichtig, aber bestimmt legt er seine Hände auf das Board und zieht mich zu sich heran. Ich greife in sein nasses Haar, während er meine Hüften umfasst und mich sanft, aber nachdrücklich zu sich ins Wasser zieht.

»Ich habe lange nichts von dir gehört«, flüstert er mir ins Ohr, und ich spüre seine vom Seewasser feuchten Lippen, die ein angenehmes Kribbeln auslösen.

»Jetzt bin ich ja da«, flüstere ich zurück, unnötigerweise, da außer uns niemand in der Nähe ist, wie ich mit einem kurzen Blick aufs Ufer erkennen kann. Ich umklammere mit meinen Schenkeln Sébastiens Hüften, und während er mich an sich zieht, berühren sich unsere Lippen. Wir küssen uns, erst zärtlich, dann leidenschaftlich, während er mich in seinen Armen hält.

Seine Hände umfassen meinen Hintern, und ich frage mich kurz, wie er es schafft, uns über Wasser zu halten. Sébastien ist zäh und muskulös, aber kein Bodybuilder. Sanft zieht er mich in Richtung Ufer, bis wir Grund unter den Füßen haben. Ich beschließe, dass ich mich später um mein SUP kümmern kann. Sébastien hält meine Handgelenke auf meinem Rücken fest und küsst mich, seine Zunge dringt fordernd in meinen Mund ein. Ich spüre seinen harten Schwanz durch den dünnen Stoff meiner Bikinihose und gebe mich ganz dem Gefühl hin, das mich durchströmt. Ausgeliefert, fast ein wenig hilflos, da ich meine Hände nicht bewegen kann, genieße ich es, wie er mich an sich presst. Langsam bewegen wir uns Richtung Ufer, zumindest vermute ich, dass es die Richtung sein muss, denn meine Augen sind geschlossen und ich habe nicht vor, sie zu öffnen.

Das Wasser wird wärmer, und Sébastien hält inne, während wir uns weiter küssen, offenbar hat er jetzt Grund unter den Füßen, er steht nur noch bis zum Bauchnabel im Wasser. Vorsichtig gibt er meine Handgelenke wieder frei, um dann meinen Hintern zu umklammern.

»Ich habe dich vermisst, Maxi.« Ich öffne meine Augen halb und weiß, dass er es genauso meint, wie er sagt, doch es hat keine tiefere Bedeutung. Auch ich habe ihn vermisst, seinen Körper, seine Berührungen.

Statt einer Antwort schlinge ich meine Schenkel um seine Hüften, und er befreit mich mit einer schnellen Bewegung von meinem Bikinihöschen. Im selben Moment dringt er mit einem Finger fest von hinten in mich ein, und ich stöhne laut auf. Seine Lippen entlassen meinen Mund und wandern tiefer, den Hals hinab zu meinen Brüsten. Durch das knappe Bikini-Oberteil saugt er an meinen Nippeln, während sein Finger weiter in mich eindringt.

»O mein Gott«, entfährt es mir, und durch die halb geöffneten Augen begegne ich seinem Blick, wild und leidenschaftlich. Ich kralle mich in seinen Rücken und ziehe seine Hose hinunter. Sein steifer Schwanz springt mir entgegen, und ich wünsche mir nichts mehr, als dass er sofort in mich eindringt. Meine Pussy pulsiert vor Lust, und er scheint zu spüren, wonach ich mich sehne. Er lässt seine Finger aus mir hinausgleiten und hebt mich mit einer entschlossenen Bewegung hoch und platziert seinen Schwanz direkt vor meiner Öffnung. Ich beiße mir auf die Lippen, um nicht zu betteln, doch auch ohne dass ich ein Wort sage, erfüllt er mir meinen Wunsch und stößt mit einer sanften, festen Bewegung in meine glühende Mitte.

Ich schreie auf vor Lust, als er beginnt, sich in mir auf und ab zu bewegen. Durch meine halb geöffneten Augen sehe ich sein lustvoll verzerrtes Gesicht, ich streiche durch sein nasses Haar und genieße das Gefühl, ihn in mir zu spüren. Sein Schwanz trifft mich genau an der richtigen Stelle, und während seine Hände meinen Hintern umfassen, kralle ich mich in seinen Nacken und lehne mich nach hinten. Sébastien dringt immer wieder in mich ein, fester und tiefer, er beschleunigt seine Bewegungen und stöhnt immer wieder laut auf. Seine Lust entfacht meine noch zusätzlich, und ich spüre, wie mein Körper von einem intensiven Kribbeln erfasst wird, während er weiter in mich hineinstößt. Unsere Körper klatschen gegeneinander, das Wasser umspielt meine Hüften, und als seine Bewegungen schneller und schneller werden, erfasst mich eine Welle, die von meinen Schenkeln aufsteigt und mich mit einem heftigen Stoß erreicht. Ein gewaltiger Höhepunkt durchzieht meinen Körper, ich verliere die Kontrolle über meine Muskeln und lasse mich in die Arme von Sébastien fallen. Er hält mich weiter fest, doch schon wenige Sekunden später neigt er sich laut stöhnend über meine Schulter, und nach ein paar harten, kräftigen Stößen verlangsamt er seine Bewegungen.

»He, sag doch mal was.« Ich knuffe Sébastien in die Seite und drehe mich zu ihm. Er schaut mich nachdenklich aus seinen dunklen Augen an, wie immer ist sein Blick ein wenig schwermütig, was wahrscheinlich einfach an seinen etwas hängenden Oberlidern liegt. Doch auf mich wirkt er dadurch geheimnisvoll und ein wenig unnahbar, ich verliere mich gerne in Fantasien, stelle mir vor, wie er durch die Wellen von Tarifa in Südspanien surft. Dieser Mann wird mir immer ein wenig rätselhaft bleiben. Genauso, wie er vor zwei Jahren eines Tages plötzlich da war und die zerfallene Holzhütte zum SUP-Verleih umbaute, so wird er eines Tages wieder verschwunden sein, weiterziehen. Auch wenn wir darüber nicht sprechen, so wissen wir beide, dass er lediglich auf der Durchreise ist.

»*Mi hermosa*, woran denkst du?« Sébastien beugt sich über mich, dabei schaut er mir tief in die Augen. Bevor ich antworten kann, suchen seine Lippen meine. Ein Schauer der Erregung durchzuckt meinen Körper, als er mich küsst, erst sanft und dann immer begehrlicher. Ich spüre seine Hände an meinem Körper, seinen Atem an meinem Gesicht und lasse mich in die Woge hineinfallen und von ihr davontragen.

Kapitel 2

Erschöpft und glücklich von Sonne, Sex und Wasser lasse ich mich aufs Sofa im Wohnzimmer fallen und freue mich über den frischen Geruch des bequemen Möbelstücks. Die alte, gammelige Couch von Laylas Ex-Verlobtem Ilkay war das Erste, was ich ersetzt habe, als ich hier offiziell eingezogen bin. Den riesigen Fernseher mit Surround-System haben wir allerdings behalten. Ich schalte ihn ein und mache mich parallel daran, Sushi zu bestellen. Bestimmt legen sie wieder drei Sets Stäbchen in die Tüten, weil sie nicht davon ausgehen, dass ein einziger Mensch so viel essen kann. Ich zappe mich eine Weile entspannt durch die Kanäle und bleibe bei einem Klatschmagazin hängen. Seitdem ich mit Amba tagelang hier in der Wohnung gesessen und mit ihr Deutsch gelernt habe, entdeckte ich meine Liebe zum Trash-TV. Das tägliche Promi-Magazin »Yellow« war bei uns schon zu einer Art Ritual geworden, jeden Dienstag, gefolgt von unserer Lieblingsshow »Celebrity Inside«.

Es passt mir gut, dass sich Layla in ihrem Zimmer aufhält, wahrscheinlich um sich für ihr Date mit Gabriel fertig zu machen, denn mir ist überhaupt nicht nach einem Gespräch zumute, ich will mich nur noch oberflächlich berieseln lassen. Layla hat bestimmt bis zum Nachmittag ohne Pause durchgearbeitet und will sich jetzt von Gabriel ablenken lassen. Ich habe also den ganzen Abend meine Ruhe.

Als es an der Tür klingelt, springe ich voll Vorfreude auf mein Sushi auf. Ich muss tatsächlich eingenickt sein, obwohl der Fernseher laut dröhnt. Ich schnappe mir mein Portemonnaie, um dem Lieferboten Trinkgeld zu geben, und laufe in den Flur.

Leider kommt kein grell gekleideter Mensch mit Rückenbox die Treppe herauf, sondern ein attraktiver, dunkelblonder Mann mit funkelnden, dunkelblauen Augen.

»Oh. Hi, Maxi! Ist Layla schon fertig?«

Dr. Gabriel Goldberg grinst mich freundlich an, aber ich kann meine Enttäuschung nicht verbergen und verziehe das Gesicht. Mein Magen grummelt.

»Du schaust mich an, als würde ich den Tod bringen!« Gabriel zwinkert.

Ich seufze und reibe mir den Bauch. »Du kannst nichts dafür, ich hatte einfach mit jemand anderem gerechnet.«

»Heißes Date?«

Er mustert meinen Aufzug. Ich trage ein schwarzes Oversize-Shirt zu einer schwarzen Leggings. Beide Teile sind so alt, dass sie demnächst auseinanderfallen.

»Date mit dem Fernseher. Ich warte auf mein Abendessen.« Ich sehe auf meine Uhr. »Und du hast heute früher Schluss?«

Gabriel verdreht die Augen. »Fang mir nicht damit an. Ich bereue schon fast, den Posten angenommen zu haben. Ich hatte gehofft, dass ich auf diese Weise an mehr Informationen zu Amba komme, aber ich bin dermaßen damit beschäftigt, mich einzuarbeiten, dass ich nicht weiß, wo oben und wo unten ist. Aber sobald ich etwas Luft habe, werde ich versuchen, dich zu unterstützen.«

Seitdem er den Posten als ärztlicher Direktor in der »Villa Berlin«, der Beautyklinik, in der auch Layla als Chirurgin arbeitet, angetreten hat, hat er kaum noch Zeit für etwas anderes. Er ist zudem viel in den anderen Zweigstellen der »Villa Clinics GmbH« unterwegs, um sich mit seinen Kollegen auszutauschen. Darüber hat sich Layla neulich schon beschwert.

Es klingelt wieder, und ich presse schnell den Buzzer neben der Wohnungstür. Als dieses Mal wirklich eine sportliche junge Frau in pinkfarbenem T-Shirt mit Lieferbox auf dem Rücken zur Haustür reinkommt, nickt Gabriel verständnisvoll. Ich nehme mein Essen entgegen und überreiche der Frau etwas Trinkgeld, dann mache ich es mir wieder auf der Couch vor dem Fernseher bequem.

Ambas und mein Lieblings-Promi-Klatschmagazin »Yellow« startet und zieht mich fast augenblicklich in seinen Bann. Der Hauptdarsteller der Vorabendserie »Doktor Love« hat sich angeblich das nächste deutsche Möchtegern-Supermodel geangelt, allerdings vergessen, seine letzte Eroberung davon zu unterrichten. Die ist jetzt natürlich entsprechend sauer – und freut sich über ihre fünfzehn Minuten Ruhm. Ich verdrehe die Augen über so viel Blödheit. Dieser Nick Fontane, so heißt der Schauspieler, mag gut aussehen, zugegeben, aber er wirkt nicht gerade, als hätte er viel auf dem Kasten. Zumal er von Pseudo-Models und Influencerinnen umschwärmt wird. Seinen Ruf als »Bad Boy des Trash-TV« hat er längst weg, weil er, genau wie sein Alter Ego »Doktor Love«, jeden Monat eine neue Schönheit im Arm hat. Zugleich fasziniert und angewidert folge ich dem Beitrag. Typen wie dieser Fontane ärgern mich maßlos, weil sie das Bild vermitteln, dass Frauen nichts wert sind. Dass er mit den Gefühlen der armen Girls spielt, die sich von seinem attraktiven Äußeren und dem Versprechen von Ruhm blenden lassen, ist ihm scheißegal. Ich bin erleichtert, als die Story vorbei ist.

Es folgt ein ausführlicher Bericht über Schlagerstar Antje Munkenberg, die ihren langjährigen Freund Karsten Sommerland heiraten wird. Genüsslich lehne ich mich zurück, als die Brautjungfern präsentiert werden. Amba hätte ihre helle Freude gehabt.

Doch meine Stimmung bekommt einen Dämpfer, als Gabriel mit Bierflasche in der Hand ins Wohnzimmer schlendert und sich neben mich aufs Sofa plumpsen lässt.

»Layla telefoniert noch kurz mit ihrer Mutter, und du weißt, wie lange das dauern kann. Ich habe mir ein Bier genommen, ich hoffe, das ist okay.«

Er erwartet keine Antwort, und ich gebe ihm auch keine, da ich mir gerade ein fettes Avocado-Maki in den Mund geschoben habe.

Er beugt sich interessiert zum Fernseher vor. »Was schaust du da an? Ist das diese Promishow?«

Ich nicke nur, aber Gabriel klatscht sich begeistert auf die Oberschenkel. »Das ist doch Antje Munkenberg. Die war erst vor ein paar Wochen bei uns in der Klinik.« Er nickt anerkennend. »Da hat der Kollege Timo saubere Arbeit geleistet.«

Jetzt hat er doch meine Aufmerksamkeit. »Nicht dein Ernst? Die Munkenberg? Was hat sie denn machen lassen?«

Gabriel lacht. »Das hätte ich dir eigentlich nicht verraten dürfen, aber da wir inzwischen gewissermaßen Kollegen sind …« Sein Blick wird ernst. »Apropos, bist du vorangekommen? Hast du schon was gefunden zu Amba?«

»Leider nein. Aber ganz ehrlich, Gabriel, ich würde wirklich gerne die Show sehen.«

Ich deute mit meinen Stäbchen Richtung Fernseher. Ich will jetzt nicht über die Klinik und meine Mission nachdenken. Natürlich beginnt just in diesem Moment die Werbung. Ich ächze innerlich, als Gabriel mich erwartungsvoll ansieht.

»Na schön, hier die Kurzfassung«, entgegne ich leicht genervt. »Dank deiner tollen ›Coverstory‹, ich sei die Tochter eines alten

Freundes und bräuchte dringend eine Aufgabe, traut Holger mir gewissermaßen nichts zu – und Peters hält mich für ein Dummchen.« Holger Diesel ist mein Chef in der IT-Abteilung der »Villa Berlin«.

Gabriel verzieht entschuldigend das Gesicht. »Es tut mir so leid, ich musste improvisieren. Ich hoffe, du kommst trotzdem bald an Informationen …«

»Sagen wir mal so, ich hatte bisher keine Möglichkeit, mich im System umzuschauen, Holger scheint tatsächlich zu wissen, was er da tut, und ich will keine Spuren hinterlassen. Die gelöschten Informationen zu Ambas Akte habe ich jedenfalls noch nicht aufgetan.«

»Es hätte mich sehr gewundert, wenn du das nach so kurzer Zeit geschafft hättest.«

Ich nicke langsam. »Erst mal muss ich mit Holger warm werden, als Praktikantin habe ich blöderweise nur extrem eingeschränkte Zugriffsberechtigungen.«

Eines muss ich Holger lassen: Er ist ausgesprochen kompetent in dem, was er tut, und sein Sicherheitssystem für die Klinik ist echt ausgefallen. Aber auch mit seinen Social Skills erfüllt er alle Klischees eines Informatikers.

»Deshalb bin ich bisher kaum weiter gekommen als ihr. Ich habe mir Ambas Akte im Patientenmanagementprogramm angeschaut, aber genau wie bei euch war kaum was darin. Ihre zweite Haut-OP ist inzwischen eingetragen, sonst nichts.«

Frustriert balle ich eine Faust, als ich an die junge Pakistani denke, die so viel Schlimmes erlebt und überstanden hat.

Ich sehe zu Gabriel auf, der stumm neben mir sitzt und seine Bierflasche anstarrt. »Seit Tagen warte ich auf die Gelegenheit, mir das Backend des Patientensystems mal genauer anzuschauen, um zu verstehen, was in der Akte fehlt und warum Peters sie nach Pakistan zurückgeschickt hat, ohne ihr Bein zu operieren. Aber Holger beschäftigt mich mit einer dämlichen, aber umfangreichen Datenbank-Aufgabe nach der anderen. Ich komme nicht voran.«

Gabriel legt mir mitfühlend seine Hand auf den Arm. »Der Abschied von Amba war sicher nicht leicht heute. Sag Bescheid, wenn ich noch was tun kann, okay?«

»Was willst du tun, Schatz?«

Überrascht sehen wir auf. Layla ist unbemerkt in den Raum gekommen, und Gabriels Miene erhellt sich sofort, als er sie erblickt. Er springt auf und begrüßt seine Freundin mit einem so innigen Kuss, dass ich wegschauen muss. Öffentliche Zurschaustellung von Gefühlen ist nicht so mein Ding.

Gabriel lässt von Layla ab. »Maxi hat mir eben erzählt, dass sie mit Ambas Akte noch nicht weitergekommen ist.«

Sogleich verdüstert sich die Miene meiner Mitbewohnerin. »Ich hoffe wirklich, dass mit dem Flug alles ohne Komplikationen abläuft. Immerhin hat das mit dem Abholservice am Flughafen funktioniert. Sie hat mir vorhin ein Selfie von sich in einem Transportfahrzeug des Flughafens geschickt. Moment.«

Layla zückt ihr Telefon und zeigt uns das Foto einer scheu lächelnden Amba in einem dieser elektrischen Shuttles, mit dem ältere Menschen oft durch die weitläufigen Terminals gefahren werden.

Ich grinse, lasse mir vor Layla meine Erleichterung aber nicht anmerken. »Na, siehst du, Layla, ich hatte doch gesagt, dass alles klappen wird.«

»Ja, der Flieger müsste inzwischen in der Luft sein. Sie hat versprochen, sich zu melden, wenn sie in Lahore gelandet ist. Ihr Vater holt sie dort ab.«

Gabriel legt Layla tröstend den Arm um die Schulter. »Mach dir keine Sorgen, Schatz. Amba war aus medizinischer Sicht fit genug für den Flug. Ich habe ihr erklärt, wie sie sich vor Ort verhalten soll. Das wird schon gut gehen.«

»Und ich werde jetzt alles daransetzen herauszufinden, was mit ihrer Akte los ist«, mische ich mich ein und klinge dabei zuversichtlicher, als ich mich fühle.

»Wenn du meinst …« Laylas Unsicherheit ist nicht zu überhören. Dann lächelt sie etwas gezwungen und wendet sich an Gabriel. »So, lassen wir Maxi mal mit ihrem Date allein und gehen etwas essen!«

Ein Blick Richtung Fernseher zeigt mir, dass die Werbepause fast vorbei ist. Gerade kommt eine Vorschau für »Doktor Love«, und Nick Fontane flimmert über den Bildschirm. Ich verziehe das Gesicht, doch Layla jauchzt auf. »Oh, das ist Nick Fontane, ich habe ihn auf der Gala vor ein paar Wochen gesehen. In Wirklichkeit sieht er fast noch besser aus als im Fernsehen.«

Gabriel hebt empört eine Augenbraue. »Muss ich mir etwa Sorgen machen? Wenn ich mich recht erinnere, hattest du bei der Gala deinen eigenen Doctor-Love-Moment.« Er zwinkert, und Layla läuft knallrot an.

Ich will schon ansetzen und sie ein bisschen mit ihren Sexkapaden in der Garderobe aufziehen, als die Show weitergeht. Also schicke ich die Turteltäubchen auf ihr Date und widme mich wieder dem meinen.

Kapitel 3

Morgens um sieben mit dem Fahrrad durch die verschmutzten Straßen Berlins zu fahren und die Abgase der Autos einzuatmen ist definitiv der Teil meines neuen Jobs, auf den ich am ehesten verzichten könnte. Ich denke über weite Landschaften, Natur und Seebrisen nach, gestohlene Stunden der Zweisamkeit mit Sébastien, während ich mein Rennrad durch Häuserschluchten lenke und riesigen gelben Bussen ausweiche. Ich mag in der Stadt geboren sein, aber trotzdem – oder vielleicht gerade deshalb – bin ich eindeutig mehr der Naturtyp.

Entsprechend genervt passiere ich an diesem Morgen nach zwanzig Minuten Verkehrschaos das breite Tor der Klinik. Dass meine Mitarbeiterkarte wieder erst beim dritten Versuch funktioniert, bevor das breite Tor mit einem leisen Summen aufschwingt, macht es auch nicht besser. Ich habe den Verdacht, dass sie der Trainee ein altes Modell gegeben haben. Zumindest habe ich herausgefunden, dass ich mit meiner Keycard deutlich weniger Berechtigungen habe als Layla. Den OP-Bereich oder die Tür zu den Patientenzimmern könnte ich damit jedenfalls nicht öffnen, wohl aber die unauffällige weiße Stahltür zur IT-Abteilung, kurz vor dem Eingang zur »Cantina«.

Als ich die Treppe im Verwaltungstrakt der Klinik nach unten gehe und noch kein Lichtstrahl aus den Oberlichtern über den Türen der Abteilung dringt, steigt meine Laune. Das frühe Aufstehen war nicht umsonst. Ich bin tatsächlich die Erste und kann mich in aller Ruhe umsehen. Auch der Arbeitsplatz von Chris, dem Webdesigner, der sich um die neue Online-Präsenz der Klinik kümmert, sieht unberührt aus. Wenn ich mich richtig erinnere, hatte mir Holger gesagt, dass er meist nicht vor 10 Uhr auftaucht. Es riecht nach Farbe und Kunststoffteppich, nicht mal Bilder hängen an den Wänden. Die Atmosphäre hier unten ist genauso trist wie in jedem anderen IT-Bereich der Unternehmen, in denen ich in den vergangenen Jahren als Freelancerin gearbeitet habe, funktional und karg eingerichtet. So sieht es auch in unserem Arbeitsraum aus – und das ist einer der Gründe, weshalb ich mich nicht fest anstellen lassen will.

An der Wand hinter Holgers Schreibtisch entdecke ich ein riesiges Vin-Diesel-Plakat, das er offenbar am Abend aufgehängt hat. Holger verehrt den Hollywood-Action-Star, der denselben Nachnamen trägt wie er, dabei könnten die beiden zumindest rein optisch kaum unterschiedlicher sein: Holger ist klein, gedrungen und hat einen lichten Haaransatz.

Der Rest des Arbeitsplatzes ist wie immer chaotisch. Hinter dem Bildschirm türmen sich leere Gummibärchentüten und unsortierte Papiere, auf dem Boden steht eine Batterie leerer Club-Mate-Flaschen.

Ich lasse mich auf den Ledersessel vor dem kleinen Schreibtisch fallen, den Holger mir zugewiesen hat, starte meinen Rechner und warte dann ungeduldig darauf, bis sich das Klinik-Programm »Medicom« öffnet, mit dem die Patienten verwaltet werden.

In der für alle »Villa«-Mitarbeiter einsehbaren Datenbank habe ich natürlich längst nach Amba gesucht, bin aber nicht weitergekommen. Ambas offizielle Patientendatei ist noch immer im System angelegt, auch der Bericht ihrer zweiten Hautoperation liegt inzwischen darin. Aber alle älteren Dokumente fehlen. Die Datei von Amba Malala Modi mit den verschlüsselten Daten, die Gabriel und Layla im Archiv entdeckt hatten, konnte ich wie erwartet nicht im System finden. Doch genau darauf will ich heute hinarbeiten. Ich will die Gelegenheit nutzen, als Einzige im Netzwerk unterwegs zu sein, um erst einmal alle Verbindungen und Zugänge zu prüfen – und danach in Ruhe meine Spuren verwischen zu können.

Ich beschließe, mich mit einem Shield, einem simplen Tarnprogramm, über Holgers Rechner »Vin Diesel« in das Backend von »Medicom« zu schleusen. Mich direkt über ihn einzuloggen dürfte schwierig werden, weil ich seine Zugangsdaten nicht kenne und er seinen Account ganz bestimmt gut gesichert hat. Allein der Versuch wäre riskant.

Vor Aufregung beginnt mein Herz zu rasen. Im Backend liegen alle Daten unsortiert in Listen herum, die über Kürzel den einzelnen Patienten zugeordnet werden können. Zumindest diese Datensammlung kann ich mit meiner Tarnung einsehen, auch wenn ich aufpassen muss, was ich anklicke. Ich öffne eine Suchmaske und gebe Ambas Namen ein. Tatsächlich stoße ich auf einen Ordner mit dem Namen »Modi«. Mit zitternden Fingern lasse ich mir den Inhalt der Datei im Vorschaumodus anzeigen – und bin froh, dass ich nicht versucht habe, sie zu öffnen. Der Zugriff ist eingeschränkt, und mein Shield hätte dafür nicht ausgereicht, vielleicht wäre sogar eine Warnung registriert worden.

Fieberhaft versuche ich zu erkennen, was sich in dieser Datei befindet. Die Metadaten deuten auf zwanzig Seiten und einen Anhang mit Fotodateien hin. Das muss Ambas Patientenakte sein. Ich klatsche triumphierend in die Hände.

Doch nur einen Moment später wird mir klar, dass ich mit

meinem Fund gar nichts anfangen kann. Es wäre zu riskant, den Ordner zu öffnen, ich würde Spuren hinterlassen. Es ist gleich 8 Uhr, und Holger muss jeden Moment hier sein. Und tatsächlich höre ich auf dem Gang die schlurfenden Schritte meines Chefs.

»Hallo, Holger«, rufe ich ihm gut gelaunt entgegen.

»Moin, Maxi«, brummelt er. Sollte er sich wundern, dass ich schon da bin, so lässt er sich nichts anmerken. Ich halte mich zurück und gebe ihm Zeit, um seine schwarze Jeansjacke aufzuhängen und sich schwer in seinen Gamersessel fallen zu lassen. Während sein Rechner ratternd hochfährt, grapscht Holger in eine der Gummibärentüten und stopft sich eine Handvoll in den Mund. Ohne den Blick vom Bildschirm zu wenden, greift er nach der halb vollen Flasche Club Mate auf seinem Schreibtisch. Endlich scheint der Rechner startklar.

»Hast du eine Minute?«

Er streckt den Kopf, von dem ich nur den langen, dünnen Zopf seitlich auf seiner Schulter sehen konnte, hinter dem Bildschirm hervor und nickt fast unmerklich.

»Ich wollte eben die Daten mit neuen Patientinnen einpflegen. Im Backend öffnet sich ein Fenster, ich komme nicht rein.«

Holger nimmt seine Hände von der Tastatur und greift wieder in die Gummibärentüte. »Access denied?« Ich kann sein Genuschel kaum verstehen.

»Genau. Ich soll aber die Statistik für die Anzahl der Anästhesien sämtlicher ›Villa‹-Kliniken aus dem letzten Monat fertig machen.«

Ich mache eine Pause, in der Hoffnung, er würde mir eine Zugangsberechtigung anbieten, aber er murmelt nur: »Schon klar.«

Ich hole tief Luft und versuche, so beiläufig wie möglich zu klingen. »Ich muss die Summen jetzt aber alle einzeln abfragen. Kannst du mir nicht vielleicht einen Zugang für die detaillierten Patientendaten im Backend geben? Dann würde ich sie mir dort einfach schnell herauskopieren.«

Holger schüttelt ungewohnt nachdrücklich den Kopf. Er erhebt sich schwerfällig aus seinem Sessel und schlurft zu meinem Rechner.

»Du benötigst keinen Zugang. Ich zeige dir, wie es geht.«

Verdammt. Genau das hatte ich befürchtet, denn natürlich will ich nicht wirklich die Anästhesie-Daten sämtlicher Patienten haben, sondern das Kennwort. Ich gebe mein Passwort ein und stehe auf. Holger lässt sich auf meinen Stuhl fallen. Mit seinen Wurstfingern tippt er auf die Tastatur, öffnet »Medicom« und wählt sich in den frei zugänglichen Bereich ein. Mit wenigen Befehlen gelangt er dorthin, wo die Anästhesieprotokolle abgelegt sind. Den Ort kenne ich natürlich schon, auch wenn ich damit noch nie offiziell arbeiten musste.

Ich fluche innerlich, grinse ihn aber schief an. So schnell möchte ich nicht aufgeben.

»Danke, Holger, ein super Trick. Aber hier muss ich die Daten ja trotzdem alle einzeln markieren und abtippen. Ginge das nicht schneller, wenn ich eine Adminberechtigung hätte, dann könnte ich den Ordner kopieren …«

»Da musst du wohl durch. Den Zugang kann ich nicht herausgeben. Sonst bekomme ich Ärger.«

Entschlossen erhebt er sich und schlurft zurück zu seinem Schreibtisch.

Eigentlich hatten Layla und ich vereinbart, uns nicht zu oft zusammen in der Klinik blicken zu lassen. Peters soll nicht wissen, dass wir eng befreundet sind, damit er keinen Verdacht schöpft. Aber am Vormittag ist er ohnehin meist bei Terminen, und wir haben uns auf einen schnellen Kaffee in der »Cantina« verabredet.

Sie lässt ihren Latte Macchiato sinken. »Zwanzig Seiten? Und du hast wirklich nicht gesehen, was da drin steht?«

»Nicht so laut. Es ist riskant genug, dass wir hier drüber reden.«

Erschrocken zuckt meine Freundin zusammen. Sofort tut es mir leid, dass ich sie so angefahren habe. Zumal die Tische um uns herum in der »Cantina« um 11 Uhr vormittags fast leer sind. Auf der anderen Seite am Fenster entdecke ich nur die Anästhesistin Evelyn Jacobi, die vertieft auf ihrem Handy herumdaddelt.

»Entschuldige, ich bin überreizt, ich bin einfach zu früh aufgestanden, das bekommt mir nicht. Aber ich wollte vor Holger im Büro sein.«

Layla kichert und nimmt einen Schluck von ihrem Kaffee.

»Gut, dass du keine Ärztin geworden bist. Als ich heute um 5 Uhr das Haus verlassen habe, habe ich dein Schnarchen bis in den Flur gehört.«

In ihrem weißen Kittel, aus dessen Brusttasche ein Kugelschreiber herausragt, sieht sie ungewohnt aus. Älter und professionell, nicht so mädchenhaft wie die Layla, die ich seit vielen Jahren kenne.

»Und warum kommst du nicht an die Akte? Ich kapiere es nicht.«

»Ich hinterlasse dabei digitale Spuren, sobald ich die Dateien anfasse, für die ich keine Zugangsberechtigung habe. Genau das müsste ich aber tun, um an Ambas Akte zu kommen.«

Layla nickt. »Okay. Ich weiß nur leider überhaupt nicht, was ich tun kann, um dir zu helfen. Mein Account bringt dir auch nichts, oder?«

»Nein, ich habe die ärztlichen Zugänge schon geprüft, du hast noch weniger Befugnisse als ich. Aber ich werde das hinkriegen.«

Ich kenne meine Freundin gut genug, um zu ahnen, dass sie sich Vorwürfe machen wird, mir nicht behilflich sein zu können. Sie fühlt sich immer so schnell verantwortlich für alles. Das hängt auch damit zusammen, dass sie sich bis heute eine Mitschuld an den schrecklichen Verbrennungen gibt, die ihre Schwester Dilara bei einem Brandanschlag erlitt.

Ich schiebe meinen Stuhl zurück und rolle mit den Augen. »Ich muss zurück in den Keller, lange Pausen sind hier nicht so gern gesehen. Selbst wenn ich vermutlich vor Langeweile einschlafen werde.«

»Vielleicht kannst du Holger ja doch um den Finger wickeln, und er rückt den Zugang raus. Sehen wir uns heute Abend in der Skybar?«

Fragend sehe ich Layla an.

»Na, der monatliche Teamabend auf der Dachterrasse. Darauf legt Peters immer sehr viel Wert, du solltest auf jeden Fall erscheinen. Er möchte, dass möglichst alle dabei sind, auch die Aushilfen. Damit kannst du dich beliebt machen.«

Layla grinst mich diabolisch an. Sie kennt mich verdammt gut und weiß, dass ich nichts mehr hasse als Get-together-Veranstaltungen im offiziellen Rahmen mit Small Talk. Ich verdrehe die Augen.

»Bitte, Maxi, das ist eigentlich immer ganz lustig. Es gibt Drinks umsonst, und wenn Peters einen im Tee hat, ist das meist wirklich unterhaltsam.«

»Na schön. Weil du es bist«, seufze ich.

Kapitel 4

Mein Plan, mich unauffällig in die großzügige Skybar mit Blick über die Stadt zu schleichen und mich in eine Ecke zu stellen und von dort aus die Mitarbeiterversammlung rasch wieder zu verlassen, geht nicht auf. Als ich aus der Aufzugtür trete, blicken mir die erwartungsvollen Gesichter des »Villa Berlin«-Teams entgegen, die in einem Halbkreis im vorderen Teil der Terrasse zusammenstehen. Es ist mir unangenehm, so angestarrt zu werden.

»Ah, Frau von Bülow. Schön, dass Sie dazukommen.« Mirko Peters, der ganz offensichtlich nicht mich, sondern jemand anders erwartet hatte, wendet sich schnell wieder ab und blickt auf sein Handy. Ich murmle ein »Guten Abend«, doch er hört mich gar nicht mehr. Er scheint in dem Moment eine Nachricht bekommen zu haben und verschwindet in Richtung seines Turms, einem Arbeitsraum über drei Etagen, zu dem er auch einen Zugang über die Skybar hat. Die Mitarbeiter schauen sich etwas ratlos an, und ich schleiche mich zu Layla und Gabriel, die ich an der Brüstung entdeckt habe. Evelyn Jacobi tritt aus dem Halbkreis heraus und nimmt sich ein Glas Sekt von einem Tablett in der Mitte.

»Na, wenn das hier noch dauert, trinken wir schon mal. Prost!«

»Prost!« Andi, der OP-Pfleger, stößt grinsend mit ihr an.

Ich verstehe nicht, was hier los ist, und stupse Layla an.

»Auf wen warten wir denn?«

»Peters wollte uns gerade einen Überraschungsgast vorstellen. Mehr hat er nicht verraten. Aber dann kamst du.« Sie grinst mich an, und ich warte, bis die Bedienung mit dem Sekt vorbeigekommen ist. Ich nehme einen Schluck. Wow, das Zeug schmeckt gut. Peters lässt sich wenigstens nicht lumpen.

In diesem Moment tritt der Klinikdirektor wieder zu uns und nimmt sich ebenfalls ein Glas Sekt, das er in einem Zug hinunterkippt. Er greift sich ein neues und grinst in die Runde, während er es erhebt.

»Ich sehe, Sie haben schon mal angefangen. Sehr vernünftig. Zum Wohl, liebe Kolleginnen und Kollegen.«

Wir heben unsere Gläser und prosten ihm zu.

»Und nun entschuldigen Sie bitte, es gab eine kleine Planänderung. Unser Gast wird jeden Moment eintreffen, er hat sich ein wenig verspätet. Darum möchte ich Ihnen nun vorab von unseren Plänen erzählen, bevor wir ihn gemeinsam willkommen heißen.«

Peters grinst schief und bleckt dabei seine auffällig weißen, großen Zähne. Seine gebräunte Glatze spiegelt die Abendsonne. Neben ihm steht eine hochgewachsene, blonde Frau in geblümtem Sommerkleid. Kurz überlege ich, ob es seine persönliche Assistentin ist, doch dann erkenne ich sie als Oberschwester und Pflegedienstleiterin Yvonne Schinkel. Sie sieht jünger und entspannter aus als in der hellblauen Dienstkleidung, in der ich sie mehrmals von Weitem auf dem Flur gesehen habe. Doch ihre graublauen Augen blicken kühl und unbeteiligt in die Ferne. Die Frau ist mir irgendwie unheimlich.

Peters blickt zufrieden in die Runde, als wären wir seine Kinder, die sich um ihn versammelt haben. Er ist der Einzige, der noch seinen weißen Kittel über einem hellblauen Hemd und Anzughose trägt. Ohne Kittel sieht man ihn selten – und das, obwohl er gar kein Arzt ist, sondern Geschäftsführer. Vermutlich ist es für ihn eine Art Markenzeichen.

»Nun will ich Sie aber nicht länger auf die Folter spannen. Sie wissen ja, dass unsere Klinik nicht nur von unserer exzellenten medizinischen Arbeit lebt, sondern auch von unserem Ansehen, das unsere prominenten Gäste wie unsere wohltätigen Zwecke in die Öffentlichkeit tragen. Das einzigartige Konzept der ›Villa‹-Kliniken beruht auf den zahlreichen Spenden unserer wohlhabenden Patientinnen und Patienten.«

Er macht eine kurze Pause und blickt uns an. Jetzt muss gleich eine Neuigkeit kommen.

»Da wir ihnen gegenüber zu äußerster Diskretion verpflichtet sind und diese Verpflichtung sehr ernst nehmen, haben wir uns lange überlegt, wie wir unseren Zweiklang aus wohltätiger Arbeit und prominenter Kundschaft noch besser in die Öffentlichkeit tragen können.«

Ob mit »wir« Schwester Yvonne gemeint ist? Peters enge Vertraute und rechte Hand nickt jedenfalls bekräftigend und macht ein wissendes Gesicht. Gabriel hingegen schaut genauso fragend wie alle anderen, Peters scheint auch ihn nicht in seinen Plan eingeweiht zu haben.

Dann lässt er die Bombe platzen. »Nun. Stellen Sie sich bitte darauf ein, dass Sie in den kommenden Wochen das eine oder andere Kamerateam in unseren Räumen und auf dem Gelände antreffen werden. Denn es ist mir gelungen, unsere Klinik für ein beliebtes Fernsehformat zu platzieren.«

Leises Gemurmel setzt ein, und ich tausche einen Blick mit Layla. Was das wohl für eine Show sein mag? Peters wartet, bis die Gespräche wieder verstummt sind, und fährt dann fort.

»In unserer Klinik werden mehrere Folgen der neuen Staffel

der berühmten TV-Show ›Celebrity Inside‹ gedreht, liebe Kolleginnen und Kollegen.«

»Wow«, entfährt es mir. »Celebrity Inside«, Ambas und meine Lieblings-Promi-Sendung, wird hier gedreht? Amba wird ausflippen, wenn ich ihr das schreibe. Peters grinst mir erfreut zu.

»Ah, ich sehe schon, hier haben wir einen Fan.«

Ich laufe rot an, als mich die Mitarbeiter wieder anstarren.

»Nun ja, also, es ist eine wirklich sehr hochwertige Show«, stammele ich hölzern.

Denn ich würde es niemals vor irgendwem anderem als meinen besten Freundinnen zugeben, dass ich süchtig nach dieser Show bin und keine Staffel verpasst habe. Ich habe gebannt verfolgt, wie der beliebte Schauspieler Elias Bartez ein Tierheim eröffnete, Mina Müller-Landrat eine Chor-Gruppe in einem SOS-Kinderdorf gründete und Ex-Profi-Fußballer Fabian Ochsfurther einen Comeback-Versuch im Fußball startete. Grinsend erinnere ich mich daran, wie Amba und ich noch kurz vor ihrer Abreise die Staffel mit den YouTubern Mimi und Johann Glaser gebinged hatten. *Wahnsinn*. Der Star der neuen Staffel ist bislang nicht einmal bekannt, und ausgerechnet ich erfahre nun schon vor der Öffentlichkeit seinen Namen. Wer hätte gedacht, dass mein IT-Job derart viel Glamour bereithält? Zum Glück ist Peters wieder mit seinem Handy beschäftigt und interessiert sich nicht mehr für mich. Ich suche Laylas Blick, die mich verschwörerisch angrinst. Sie scheint dasselbe wie ich zu denken: Das müssen wir sofort Amba erzählen, wenn wir wissen, wer kommt. Wie aufs Stichwort fährt Peters fort.

»Den Star der neuen Staffel werden Sie mit Sicherheit alle kennen. Er müsste jeden Moment eintreffen, denn er möchte Sie gerne alle persönlich treffen, bevor er sich hier filmen lässt. Sie werden sich denken können, dass wir damit eine hohe Aufmerksamkeit für unsere wohltätige Arbeit erzielen.«

Meine Aufregung scheint sich in meinem Gesicht abzuzeichnen, Peters zwinkert mir jedenfalls erfreut zu, schaut dann zu Evelyn Jacobi hinüber, die selbstbewusst einen Schritt nach vorne tritt.

»Das sind interessante Nachrichten, Herr Peters, aber was bedeutet das für unsere Patienten? Wenn hier Kamerateams auftauchen, wie werden Sie es mit der Privatsphäre halten?«

»Keine Sorge, Frau Dr. Jacobi, das ist alles genau durchdacht. Es gibt einen exakten Drehplan, an den sich die Crew halten wird. Natürlich erwarte ich von Ihnen im Gegenzug eine gewisse Flexibilität.«

Evelyn hebt misstrauisch eine Augenbraue.

»Können Sie das konkretisieren? Wie wirkt sich das auf unsere Arbeit aus?«

Peters wippt ungeduldig auf und ab. Es scheint ihn zu nerven, dass die Ärztin ihm mit ihren kritischen Fragen die Show kaputt zu machen droht. »Es ist sehr ehrenwert, dass Sie sich darüber Gedanken machen, Frau Dr. Jacobi. Aber es sind nur vier Drehtage in der Klinik angesetzt. Die Patienten werden selbstverständlich außen vor bleiben. Mit einer Ausnahme. Eine der Pro-Bono-Frauen wird eine größere Rolle spielen, was aber absolut in unserem Sinne ist.«

Evelyn Jacobi runzelt die Stirn und will gerade etwas sagen, doch Peters schneidet ihr das Wort ab: »Wir werden Sie rechtzeitig in Kenntnis setzen, sofern Sie sich für Aufnahmen zur Verfügung stellen sollen. Ohne Einwilligung wird nicht gefilmt. Dennoch erwarte ich von Ihnen allen eine gewisse Kooperationsbereitschaft.«

Ein zustimmendes Murmeln geht durch die Menge. Es sollte mich wundern, wenn hier nicht weitere heimliche oder offene Fans von »Celebrity Inside« anwesend wären.

Peters schaut auf sein Handy. Wie aufs Stichwort verkündet

er: »Unser Gast ist soeben am Empfang eingetroffen und nun auf dem Weg nach oben.«

Fragend sehe ich zu Layla, die aber auch nur mit den Schultern zuckt. In diesem Moment pingt der Aufzug. Die Tür öffnet sich und gibt den Blick auf einen großen Mann im schwarzen Oversize-Hoodie und Jogginghose frei, der lässig an die Kabinenwand gelehnt steht. Sein halblanges, hellbraunes Haar hängt ihm unordentlich in die Stirn, und er hebt den Kopf. Kurz muss ich an die »Elevator Boys« denken und erwarte schon, dass er zwinkert und »Hi« haucht. Er grinst auf eine lässige, etwas arrogante Art, als er auf die Skybar tritt. Mir verschlägt es kurz den Atem.

Es ist Nick Fontane, Schauspieler und Hauptdarsteller der Vorabend-Fernsehserie »Doktor Love«, Publikumsliebling und Teenie-Star, dessen Liebesleben ich gerade noch im Promi-Klatsch-Magazin »Yellow« verfolgt habe und der mir mit seiner frauenverachtenden Art so unter die Haut gegangen ist.

Mein Herz macht einen völlig überflüssigen Hüpfer, als er in die Runde schaut und sich unsere Blicke kurz treffen. Mir schießt die Röte ins Gesicht, was völlig untypisch für mich ist. Was ist nur los mit mir? Hoffentlich ist ihm das nicht aufgefallen, zuckt es mir durch den Kopf, und sofort ärgere ich mich doppelt über meine eigene Reaktion. Warum werde ich rot, wenn ein Fernseh-Schönling vor mir steht, und, noch schlimmer, warum mache ich mir Gedanken darum, dass es ihm aufgefallen sein könnte? Ich habe für Playertypen wie ihn eigentlich nur Verachtung übrig.

Doch Nick Fontane beachtet mich zu meiner Erleichterung gar nicht mehr. Wie in Zeitlupe kommt er auf uns zugeschlendert. »Guten Abend zusammen«, grüßt er mit seiner schönen, tiefen Stimme und nickt in die Runde.

Mir fällt auf, dass er in Wirklichkeit ganz anders aussieht als auf dem Bildschirm. Dort gibt er den gut aussehenden Bad Boy, der mit stets tadelloser Frisur und frisch gebügeltem Kittel reihenweise Patientinnen und Schwestern den Kopf verdreht. Dieser Mann hier macht nicht den Eindruck, als hätte er heute schon in den Spiegel geschaut. Oder überhaupt in letzter Zeit. Er sieht leger, fast ein bisschen nachlässig aus zwischen all den Ärzten und Krankenpflegern in ihren ordentlichen Abendklamotten. Ich ertappe mich dabei, dass sein Auftreten fast sympathisch auf mich wirkt. Das ist nicht gut. Ich beschließe, mich von ihm fernzuhalten, aber genau in diesem Moment dreht er sich suchend um und kommt ausgerechnet in meine Richtung. Ich bleibe wie angewurzelt stehen, doch er drängt sich einfach an mir vorbei, ohne mich zu beachten. Als sein Unterarm meine Schulter berührt, durchzuckt es mich wie ein Blitz, und ich verfluche meinen Körper, dass er so auf diesen arroganten Kerl reagiert. Ich beiße mir fest auf die Unterlippe, um dieses Gefühl zu vertreiben, und bin fast dankbar, als Peters sich zwischen uns stellt und Nick Fontane erst ausgiebig die Hand schüttelt und ihn dann Richtung Bar davonführt. Ich kann nicht umhin, das Geschehen gebannt zu beobachten.

»Herr Fontane. Wie schön, dass Sie da sind, willkommen in der ›Villa Berlin‹. Das hier ist unser Team. Aber warten Sie, nehmen Sie sich doch einen Sekt.«

»Danke, aber haben Sie auch ein Bier?«, fragt Nick mit einem fast unverschämten Grinsen.

»Aber selbstverständlich.«

»Gerne aus der Flasche.«

Peters winkt ungeduldig der Bedienung zu, die kurz darauf mit einer Flasche Tannenzäpfle wiederkommt. Nick prostet lässig in die Runde und nickt jedem kurz zu. Den Ärztinnen und Schwestern etwas länger – so kommt es mir zumindest vor. Es ärgert mich, dass ich mich darüber ärgere. Er weiß genau, welchen Eindruck er auf die Frauenwelt macht, mit seinem Grinsen und dieser leicht überheblichen Gleichgültigkeit, die er aufgesetzt hat. Mein Blut beginnt schon wieder unverhältnismäßig zu kochen.

In diesem Moment durchzuckt es mich wie ein Blitz, und mir fällt endlich ein, an wen er mich erinnert. Seit dem Beitrag in »Yellow« hatte mich dieses nagende Gefühl nicht losgelassen, und die Erkenntnis lässt mich wanken. Ich mustere Nick aus zusammengekniffenen Augen. Er hat zwar eine andere Haarfarbe, aber so, wie er sich hier aufbaut, während er selbstbewusst in die Runde blickt, genauso hat mein Ex-Freund Morty sich verhalten. Morty, der mich in dem Moment hat sitzen lassen, als ich ihn am dringendsten gebraucht hätte. Und sich mit einer anderen Frau davongemacht hat. Wut steigt in mir auf. Auch wenn mir bewusst ist, dass Nick Fontane nichts dafür kann, was Morty mir angetan hat, bringt mich die lässige Arroganz, mit der er sich hier aufspielt, in Wallung. Jetzt zwinkert er auch noch Schwester Yvonne zu, die ihn völlig hingerissen anstarrt. Er mustert mich ein weiteres Mal kurz, aber ich werfe ihm nur einen kühlen Blick zu. Ich habe mich wieder im Griff. Was für ein arroganter Gockel.

Als er dann das Wort an die versammelten Mitarbeiter der »Villa Berlin« richtet, muss ich zugeben, dass seine Stimme geradezu beeindruckend gut klingt.

»Freut mich. Nick Fontane. Ihr könnt mich Nick nennen.«

Er lehnt sich an die Brüstung, nimmt einen Schluck aus der Flasche und schaut hinunter in Richtung Spree. Doch die fantastische Aussicht über Berlin und der Abendhimmel, der sich rötlich verfärbt, scheinen ihn nicht sonderlich zu beeindrucken. Vermutlich posiert er dort nur, um die weiblichen Beobachter zu beeindrucken. An den begeisterten Blicken von Schwester Yvonne, Evelyn und sogar Layla erkenne ich, dass Nick Fontane in seinen legeren Jogginghosen seine Wirkung nicht verfehlt. Er sieht wirklich unglaublich gut aus, fährt es mir durch den Kopf, als ich sein Profil vor dem Sonnenuntergang betrachte. Er wirkt fast wie ein Gemälde oder eine Fantasiefigur. Nur seine Nase mit dem Höcker lässt ihn menschlich wirken. Was ihn aber auch irgendwie sympathisch macht. Bevor ich mich erneut darüber ärgern kann, welche Gedankenkaskaden Nick Fontane bei mir auslöst, ergreift Peters wieder das Wort.

»Herr Fontane, pardon, Nick wird schon übermorgen zum ersten Drehtag erscheinen. Wir alle hier sind die Ersten, die aus der Öffentlichkeit davon erfahren. Erst morgen wird der TV-Sender bekannt geben, dass Nick Fontane der nächste Celebrity der Show ist. Und seine Mission wird er in dieser Klinik vollziehen.«

Peters lacht gekünstelt und schaut erwartungsvoll zu Nick, doch der nickt nur knapp und verzieht keine Miene, er macht auch keine Anstalten, etwas zu sagen. Peters tut mir fast leid.

Evelyn springt ihm zur Seite. »Wie schön. Worum wird es denn bei dem Dreh gehen? Nick, werden Sie uns hier ärztlich zur Hand gehen?«

Sie scheint sämtliche Bedenken wegen der Dreharbeiten vergessen zu haben und wirft ihr leuchtend rotes Haar verführerisch zurück. Dafür, dass sie verheiratet ist und eine Tochter in dem Alter hat, in dem man für solche Player schwärmt, wirft sie sich ganz schön in Pose. Auch wenn ich von Layla weiß, dass Evelyn glücklich mit ihrem Mann ist und sicher nicht danach handeln würde. Nick würde es bestimmt nicht stören, eine ganze Familie zu zerstören.

Ich wende mich demonstrativ ab. Peters antwortet an Nicks Stelle und schlägt einen altklugen Ton an.

»Nicht doch, Evelyn. Es handelt sich ja bei ›Celebrity Inside‹ um ein Format, in dem sich ein Star von seiner persönlichen

Seite zeigt, so, wie er wirklich ist. Man soll den Menschen Nick Fontane kennenlernen, der ein Ziel verfolgt. Und jetzt darf ich ihnen verraten, was die Mission ist. Nick Fontane kommt zu uns als Patient in die Klinik.«

Triumphierend blickt Peters in die Runde. Nick hat sich inzwischen die Sonnenbrille aus dem halblangen Haar genommen und aufgesetzt, obwohl die Sonne schon fast untergegangen ist.

»Oh, wie aufregend. Was wird denn gemacht? Das dürfen Sie doch sicher verraten, wenn man es ohnehin nachher im Fernsehen sehen kann.«

Evelyn gibt nicht auf, sie ist wie ausgewechselt. Sie flattert mit den Wimpern, bis Nick ihr gnädig ein Lächeln schenkt.

Genervt wende ich mich ab. Was ist das hier für eine alberne Show? Als wäre Peters der Sprecher dieses arroganten Fuzzis, ergreift er wieder sofort das Wort.

»Nick Fontane wird sich exklusiv in der ›Villa Berlin‹ einer Operation unterziehen. Für einen guten Zweck. Und zwar wird er sich in unserer Klinik seine Nase kosmetisch richten lassen.«

Ich starre erst Peters an und dann Nick. Ich glaube, nicht richtig zu hören, und spüre, wie ein unbändiges Kichern in mir aufsteigt. Dieser Typ in seinem schwarzen Hoodie und mit Jogginghose, der den Eindruck macht, als würde er nur kurz zum Späti gehen, lässt sich seine Nase operieren, weil er sich nicht schön genug findet? Wie absurd ist das bitte? Dabei ist diese Nase doch das einzig Kantige an ihm und verleiht seinem sonst viel zu schönen Gesicht den letzten Rest Charakter.

»Ha!«

Ich weiß nicht, was in mich gefahren ist. Vielleicht ist es das Glas Sekt, das mir zu Kopf gestiegen ist, jedenfalls kann ich nicht mehr an mich halten. Die Tränen treten in meine Augen, ich beiße mir auf die Zunge und balle die Fäuste. Doch es gelingt mir nicht, das Lachen zurückzuhalten. Ich pruste laut los und presse mir die Hand auf den Mund, spüre im selben Moment, wie mich Layla in die Seite boxt. Alle Blicke richten sich auf mich, Peters schaut mich völlig verdattert, dann strafend an. Nick schiebt sich seine Sonnenbrille ins Haar und fixiert mich. Ich beginne laut zu schnauben und stammle eine Entschuldigung.

»O nein, Maxi, hast du wieder einen allergischen Anfall? Was kann das nur sein?« Layla ist an meiner Seite aufgetaucht und reicht mir blitzschnell ein Taschentuch. Sie kramt in ihrer Tasche, als suche sie etwas, während ich bekräftigend nicke und dabei weiter vor mich hin pruste.

»Das müssen die Gräser hier oben sein. Es tut mir leid, ich hätte dich warnen müssen, Maxi.«

Layla deutet auf die Schilf- und Bambuskübel. Peters schaut verwirrt zwischen uns hin und her.

»Schon gut, es wird besser. Ich hole gleich meine Tabletten«, presse ich hervor und halte mir das Taschentuch vor die Nase, während mir Layla einen warnenden Blick zuwirft.

»Nun, Frau von Bülow, dann sollten Sie sich wohl lieber hinlegen. Wir haben ja alles Wichtige besprochen. Lassen Sie uns jetzt noch gemeinsam mit Nick Fontane ein Gläschen trinken.«

Peters' Ton macht mir unmissverständlich klar, dass es besser ist zu verschwinden. Er winkt den Bedienungen zu, und wenige Sekunden später ertönt sanfte Klaviermusik aus den Boxen. Alle greifen dankbar nach Sektgläsern, die jetzt in der nächsten Runde gereicht werden, und stellen sich in Grüppchen zusammen. Ich trete den Rückzug in Richtung Aufzug an, jedoch nicht, ohne Nick noch einen kurzen Blick zuzuwerfen. Auch wenn mein Instinkt mich davor warnt, ich kann einfach nicht anders.

Zu meiner Überraschung schaut Nick mich direkt an, die

Lippen zu einem Lächeln verzogen, das mir zum ersten Mal heute Abend echt vorkommt. Im Gegensatz zu Peters sieht er nicht so aus, als würde er mir die allergische Reaktion abnehmen – allerdings scheint er sie mir auch nicht übel zu nehmen. Im Gegenteil. Er legt den Kopf schief und zwinkert mir zu.

Und mein Herz galoppiert direkt wieder los. *Der Kerl hat echt Nerven!* Das werden mit Sicherheit interessante Wochen.

Kapitel 5

In den nächsten Tagen habe ich plötzlich das Gefühl, Nick Fontane ist überall. Er grinst mir in Überlebensgröße von Werbetafeln am Potsdamer Platz entgegen, die Klatschmagazine sind voll mit Storys über seine Eskapaden, und in der Klinik gibt es kein anderes Thema mehr als die anstehenden Dreharbeiten von »Celebrity Inside«.

Auch wenn die Dreharbeiten noch nicht begonnen haben, fällt mir auf, dass die Klinikmitarbeiter bereits voll auf ihre möglichen Statistenauftritte vorbereitet sind: Einige der Schwestern kommen plötzlich jeden Tag aufgetakelt in die Klinik, Evelyn Jacobi trägt auffallend oft High Heels und Röcke zur Arbeit.

Der Einzige, dem das alles völlig egal zu sein scheint, ist Holger. Er brütet weiterhin schweigend und Gummibärchen kauend vor seinem Bildschirm und versorgt mich mit langweiligen Aufgaben. Ich bin kurz davor, mich freiwillig bei Mirko Peters zu melden, ob er Hilfe aus der Klinik für die Show benötigt – selbst wenn das bedeuten würde, dass ich Nick Fontane begegnen muss. Hauptsache, ich komme aus diesem Kellerloch heraus. Denn mit meiner Suche nach Ambas Akte komme ich einfach nicht voran. Ich habe noch ein paarmal ausprobiert, mit dem Shield über verschiedene Zugänge auf die Dateien zuzugreifen, aber diese scheinen hinter einem speziellen Berechtigungsschirm zu liegen. Es ist wirklich frustrierend, und wenn ich nicht bald eine Möglichkeit finde, Zugang zu bekommen, drehe ich hier durch.

Plötzlich durchbricht ein lauter Werbejingle die Stille des sterilen Büroraums, dicht gefolgt von einem lauten Fluchen. Chris steht von seinem Rechner auf und hebt entschuldigend die Hände nach oben. Seine feisten Wangen sind knallrot angelaufen – und ich weiß sofort, warum. Diesen Jingle würde ich überall erkennen: Es ist die Titelmelodie von »Celebrity Inside«. Interessiert hebe ich eine Augenbraue.

»Tut mir voll leid, Leute. Meine Kopfhörer scheinen irgendwie kaputt zu sein. Aber ich wollte das hier unbedingt anschauen.« Er deutet auf seinen Bildschirm. »›Celebrity Inside‹ hat den Trailer für die neue Staffel veröffentlicht.«

Ich kann mich nicht beherrschen und springe auf, um zu Chris' Arbeitsplatz zu eilen. »Zeig her.«

Holger beobachtet uns gelangweilt und widmet sich dann wieder seiner Arbeit. Ihn kann wirklich nichts aus der Ruhe bringen.

Chris startet das Video, offensichtlich ein Ausschnitt aus dem Morgenmagazin des Senders, auf dem auch »Celebrity Inside« läuft. Aufregung strömt ihm aus jeder Pore. Ich muss schmunzeln und werfe Chris einen verschwörerischen Blick zu. Hier habe ich wohl einen weiteren Fan gefunden.

»Hast du schon gehört, wer in dieser Staffel der Star in unserer beliebten Celebrity-Show sein wird, Lisa?«, fragt der Moderator im Video.

Co-Moderatorin Lisa, eine sehr schlanke junge Frau mit langem, blondem Haar und ganz bestimmt unechten Brüste, lächelt verschwörerisch.

»Das habe ich aus erster Hand erfahren, Steve.«

Steve senkt ebenfalls seinen Tonfall. »Aber Lisa, du wirst

doch nicht zu den unzähligen Frauen gehören, die unserem Doktor Love derart verfallen sind, dass sie nächtelang vor seinen Hotels campen?«

Lisa kichert, und ich verdrehe die Augen. »Nein, Steve, er hat es mir vorhin in der Garderobe selbst verraten.« Eine feine Röte überzieht ihre Wangen, und in mir steigt Verachtung auf. Hatte diese Lisa nicht erst vor wenigen Monaten einen Politiker geheiratet? Sie blickt nun direkt in die Kamera und fährt fort: »Jetzt ist er hier bei uns im Studio, um uns exklusiv selbst einen Einblick in seine Mission bei ›Celebrity Inside‹ zu geben. Nick Fontane.«

Breit grinsend hebt sie die Arme in Richtung der Tür, durch die Sekunden später kein Geringerer als Doktor Herzensbrecher persönlich schlendert.

Als Nicks Gesicht auf dem Bildschirm auftaucht, seufzt Chris auf. In mir jedoch streiten sich die Gefühle. Einerseits reagiert mein Körper sofort auf Nicks charmantes Grinsen, und das Funkeln in seinen karamellbraunen Augen lässt mein Herz schneller klopfen. Er entspricht einfach genau meinem Beuteschema. Andererseits ist eben genau das mein Problem: Ich habe mir einmal zu oft die Finger an Typen wie ihm verbrannt, die denken, dass ihnen die gesamte (Frauen-)Welt zu Füßen liegt und sie sich nehmen können, was ihnen beliebt. Schließlich kommen sie mit allem davon. Nick Fontane scheint es nicht im Mindesten zu schaden, dass er vor den Augen der Welt mit allem ins Bett springt, was nicht bei drei auf den Bäumen ist, ganz egal, ob die Person verheiratet ist oder nicht.

Lisa springt Nick im Video zur Begrüßung nahezu an, und seine Hand bleibt einen Moment zu lang auf ihrer Taille liegen, als er sie mit Luftküsschen begrüßt.

Ich drehe mich abrupt um, während aus Chris' Boxen weiterhin Lisas Gesäusel ertönt, begleitet von Nicks tiefem, sexy

Bariton. Ich werfe einen Blick auf die Digitaluhr über der Tür. Halb vier. Spät genug. Die Anspannung in meinem Körper wächst seit Tagen, und ich muss endlich ein Ventil dafür finden. Kurz überlege ich, zu Sébastien an den Bernsteinsee zu fahren, aber irgendetwas hält mich davon ab. Danach ist mir nicht. Und dann kommt mir eine bessere Idee. Zum Boxclub sind es nur wenige Minuten.

Ich schließe schnell alle Programme, fahre meinen Rechner runter und schnappe mir meine Tasche.

»Holger, ich haue heute früher ab, okay?«

Er blickt kaum auf, hebt nur eine Hand und reckt den Daumen hoch.

Ich fixiere einen Punkt auf dem Boxsack, stelle mir vor, es ist das Gesicht von diesem Nick Fontane und trete mit einem kräftigen Roundhouse-Kick zu, so fest ich kann. Im letzten Moment verändert sich Nicks Gesicht und verwandelt sich in das von meinem Ex Morty, was meine Wut nur steigert. Mit einigen schnellen Hieben setze ich nach und prügle auf Nick/Morty ein, bis der Ledersack an der Kette klirrt und meine Unterarme brennen. Ich weiß, dass Nick eigentlich nichts für meine schlechte Laune kann, aber es hilft mir immer, meinen Frust auf jemanden zu projizieren. Und die Situation in der Klinik ist derzeit einfach vertrackt: Holger lässt mir keine Gelegenheit, nach den Akten zu suchen, und alle außer mir scheinen voll im »Celebrity Inside«-Fieber zu sein. Ich trete noch einmal kräftig nach.

»Ho, Maxi, wenn du das Teil schrottest, musst du mir aber einen neuen Boxsack kaufen.«

Ich ignoriere den scherzhaften Ruf meines alten Kumpels Rabbit, der mit großen Schritten auf den Boxring, in dem ich trainiere, zukommt. Ich versenke erneut mit voller Kraft mein Knie in dem Sandsack und drehe mich erst dann zu dem riesigen Muskelpaket mit den kurz geschorenen Haaren um. Er schaut mir amüsiert zu. Die große, ehemalige Maschinenhalle hat Rabbit mit Boxringen schon vor Jahren mit allerhand Trainingsgerätschaften und einer Hantelecke zum Boxclub umgebaut, nachdem er die Hackerei an den Nagel gehängt hat. Von den Decken hängen vereinzelt Abluftrohre und verrostete Ketten mit schweren Haken daran. Die Überreste eines Förderbandes dienen als Proteinbar. Zu meinem Erstaunen stelle ich fest, dass ich die Letzte bin. Kein Wunder, die alte Bahnhofsuhr an der Wand zeigt bereits nach 22 Uhr. Bestimmt will Rabbit Schluss machen für heute.

Ich wische mir mit dem Unterarm den Schweiß von der Stirn, der aus jeder Pore meines Körpers zu rinnen scheint und sich in wahren Sturzbächen über meinen Rücken und zwischen meinen Brüsten ergießt. Dann grinse ich Rabbit an. »Das Geld wäre es mir wert!«

Rabbit lacht und entblößt dabei einen glänzenden, goldenen Eckzahn. »Wen hast du denn da eben dermaßen verprügelt? Ich hoffe, keinen Mann, der sich in die Nähe deines Herzens gewagt hat?«

Ich schnaube. Wenn er wüsste, wie weit er danebenliegt. Nick Fontane mag plötzlich omnipräsent in meinem Leben sein, aber ganz bestimmt nicht so, wie Rabbit das impliziert. Im Gegenteil: Um Typen wie Nick, die Frauen anziehen wie ein Magnet und das Leben derart auf die leichte Schulter nehmen, mache ich einen großen Bogen. Das letzte Mal, als ich mich auf jemanden wie ihn eingelassen habe, endete alles in einem Desaster. Und Rabbit ist einer der wenigen Menschen, die das genau wissen.

Bevor er mein Schweigen als Zustimmung deuten kann, winke ich schnell ab. »Nein, mit einem Mann hat das nichts zu tun, es ist eher die Gesamtsituation.«

Ich ziehe mit den Zähnen die Lasche meines linken Boxhandschuhs auf und streife das Ungetüm aus Leder und Watte ab. Als beide Hände frei sind, strecke ich meine ramponierten Finger und lasse die Knöchel knacken. »Autsch, da habe ich es wohl etwas übertrieben.«

Rabbit lacht schon wieder und wirft dabei den Kopf in den Nacken, sodass ich sein prominentestes Tattoo in all seiner Pracht sehen kann. Genau in der Kehle, vom Hals an aufwärts, prangt ein mit pechschwarzer Tinte gestochener Hase – aber kein niedliches Fellknäuel, sondern ein fieser Killerbunny mit zugenähtem Mund und blutunterlaufenen Augen. Als Kind hätte ich davon Albträume bekommen.

Wer Rabbit nicht kennt und nur von Weitem sieht, würde auch vor ihm sofort Reißaus nehmen. Der Koloss von einem Mann ist von Kopf bis Fuß tätowiert, seine mehrfach gebrochene Nase sitzt schief im Gesicht. Über die Stirn verläuft am linken Auge vorbei eine wulstige Narbe bis zu seinem Blumenkohlohr, das einfach schon zu viele harte Schläge abbekommen hat. Dass diese Kampfmaschine zugleich das weichste Herz Berlins hat, kann man höchstens erahnen, wenn man ihm in die sanften, hellbraunen Augen blickt, die strahlen, wenn er lacht. Und das macht er oft. Und laut.

So wie jetzt. »Soso, Gesamtsituation. In was für einen Schlamassel hast du dich denn dieses Mal manövriert?« Rabbit verschränkt die muskulösen Arme vor seiner breiten Brust und mustert mich, vom Sportbustier bis zu den kurzen Boxershorts über meinen Chucks.

Ich zucke die Achseln. »Wer hat was von Schlamassel gesagt?«

»Ach Maxi, komm, ich sehe vielleicht nicht so aus, aber du weißt ganz genau, dass ich nicht blöd bin. Außerdem kenne ich dich ziemlich gut, schon vergessen?«

Grummelnd lasse ich mich neben ihn auf den Boden des Boxrings fallen, wo meine Sporttasche samt Handtuch und Trinkflasche auf mich wartet.

»Ja, verdammt, du hast ja recht. Es ist ein Schlamassel. Ich komme einfach nicht weiter.«

»Du machst hoffentlich nichts Gefährliches?«

Wieder schweige ich viel zu lange, schaffe es nicht schnell genug, ihn auf eine falsche Spur zu bringen. »Verflucht, Maxi! Hast du denn nichts aus der Sache letztes Mal gelernt? Du wolltest dich doch von Ärger fernhalten!«

»Es ist völlig anders. Hier geht es um Menschenleben. Und keine Angst, ich verstoße nicht gegen das Gesetz.«

»Das hast du damals auch gesagt.«

»Und ich habe nichts getan, wie du sehr wohl weißt. Ich habe nur meinen Kopf hingehalten. Und nur weil ich dafür büßen musste, werde ich jetzt nicht vor Ungerechtigkeiten die Augen verschließen.«

Ich springe auf, laufe zum Boxsack und trete zu. Sonst bringt mich Kickboxen immer runter, aber heute kann ich diese innere Wut in mir einfach nicht abschütteln. Wieder und wieder schlage ich auf den Boxsack ein, bis meine Fingerknöchel schmerzen.

Ich höre erst auf, als eine sanfte Pranke sich um meinen Arm schließt und mich vorsichtig wegzieht. Rabbit nimmt mich in die Arme. Ich will mich schon befreien, ihn wegschieben, aber er hält mich einfach fest, bis ich nachgebe und gegen seine starke Brust sinke. Ich schluchze auf, Tränen schießen mir in die Augen, als Rabbit langsam mit dem Daumen meinen Rücken streichelt, bis ich mich entspanne. Ich atme tief ein. Er riecht nach Schweiß und Leder, wie immer, und es fühlt sich ein wenig an, wie nach Hause zu kommen.

Nach einer gefühlten Ewigkeit werde ich ruhiger und löse mich sanft aus Rabbits Armen.

»Danke. Ich stinke bestimmt wie ein Iltis.«

Rabbit lässt seinen Goldzahn blitzen und zwinkert. Dann tippt er sich mit einem seiner kräftigen Finger an die krumme Nase. »Meinen Geruchssinn habe ich vor langer Zeit verloren. Sonst könnte ich nicht den ganzen Tag in diesem Loch hier verbringen!«

Ich lache. Und es tut gut, einfach so zu lachen. Erst jetzt wird mir bewusst, dass mir in den vergangenen Wochen meine Leichtigkeit abhandengekommen ist. Die Sorge um Layla und Amba, meine erfolglose Suche nach Beweisen, der anspruchslose Trainee-Job, all das hat mich mehr Energie gekostet, als ich mir eingestehen wollte. Schon beim Gedanken an die Klinik und Amba weiß ich auch wieder, warum.

Ich seufze und sehe zu Rabbit hoch. Zwei Köpfe denken besser als einer, und Rabbit war in seinem früheren Leben als Hacker ziemlich gut darin, an versteckte digitale Informationen zu kommen. »Du hast nicht zufällig eine Idee, wie ich an gelöschte Daten einer Patientendatenbank herankomme, einer perfekt gesicherten obendrein?«

Rabbits Blick verfinstert sich, und er setzt an, mir den Kopf zu waschen, aber ich winke ab. »Keine Angst, ich nenne keine Details, und es ist kein Hackerjob. Ich versuche nur, einer Freundin zu helfen, die auf eine ganz dubiose Sache gestoßen ist.«

Rabbit mustert mich aus zusammengekniffenen Augen. Was immer er in meinem Blick liest, es scheint ihn zu überzeugen. »Okay, okay, ich frage nicht. Ich vertraue dir, Maxi, aber ich habe Angst um dich und dass du dich wieder unnötig in die Schusslinie begibst. Nach der Sache mit Morty …«

Ich schnaube. Jetzt fängt der auch noch an. Jahrelang habe ich keinen Gedanken an meinen Ex verschwendet, und plötzlich ist er überall. Das scheinen Nick und Morty gemeinsam zu haben. Bei der bloßen Erwähnung Mortys bekomme ich

Gänsehaut. Ich funkle Rabbit böse an. »Nenn nicht diesen Namen.«

Rabbit hebt beide Hände in die Luft, als würde er sich ergeben. Aber er wendet den Blick nicht ab. »Genau das macht mir Sorgen, Maxi. Du kannst nicht mal seinen Namen hören. Hast du die ganze Sache jemals aufgearbeitet? Oder mal mit ihm gesprochen? Vielleicht würde es dir helfen, wenn ...«

Bevor er mehr sagen kann, schnappe ich meine Tasche und springe in einem Satz vom Ring auf den Boden. Ich will wirklich nicht über Morty und alles, was mit ihm zusammenhängt, nachdenken. Erst weckt der TV-Schönling diffuse Erinnerungen, jetzt fängt auch noch Rabbit mit Morty an. Als ob es mir etwas bringen würde, mich mit dieser Sache auseinanderzusetzen, die längst der Vergangenheit angehört.

Ich bin fast aus der Halle raus, als Rabbit mir etwas zuruft. »Einen Trojaner hast du sicher schon eingeschleust, oder?«

Wie angewurzelt bleibe ich stehen. Mein Puls beschleunigt sich, und in meinem Kopf fängt es sofort an zu arbeiten. Natürlich! Warum bin ich da noch nicht selbst drauf gekommen.

Ich drehe mich zu Rabbit um, der weiterhin grinsend im Ring steht.

»Danke, Großer!«

Kapitel 6

Es ist, als wäre ein Damm in mir gebrochen. Mein Ausflug in den Boxclub hat nicht nur meine angestaute Frustration gelöst, sondern mir auch endlich wieder etwas Perspektive für mein Problem in der Klinik gegeben. Bisher habe ich die Nachrichten und Anrufe von Charlie aus L. A. oft ignoriert, weil mich ihre ständigen Nachfragen, ob ich endlich etwas herausgefunden habe, nur noch mehr gestresst haben. Als jetzt mein Handy klingelt und ich Charlies Namen auf dem Display erkenne, nehme ich den Videoanruf mit einem breiten Grinsen an.

»Oh, du hast gute Neuigkeiten, schieß los, Süße!«, begrüßt mich meine Freundin vom anderen Ende der Welt. Charlie ist offenbar gerade am Strand in Malibu unterwegs, ich erkenne den breiten Boardwalk, die Palmen und den blauen Himmel von meinem Besuch in ihrer Wahlheimat sofort.

»Na ja, noch habe ich nichts herausgefunden, aber ich habe endlich einen Plan, wie ich an die Infos kommen könnte.«

Charlies freudiges Kreischen überrascht mich so, dass ich fast das Handy fallen lasse. Im nächsten Moment geht meine Tür auf, und Layla steckt den Kopf herein.

»Habe ich da eben Charlie gehört?« Sie blickt auf mein Handy und das Videobild unserer Freundin und eilt zu mir.

»Hi Charlie. Hat Layla dir schon von dem Trojaner erzählt, den sie gerade erstellt?« Sie rückt ein bisschen näher an mich und legt mir den Arm um die Schulter, damit wir beide aufs Videobild passen. Ich verziehe das Gesicht.

Charlie lacht. »Sie war gerade dabei. Ein Trojaner also? Gute Idee. Ist das aufwendig?«

»Na ja, nicht jeder kann einen Trojaner programmieren, und ich könnte auch einen aus dem Darknet nehmen und entsprechend umschreiben, aber ich habe beschlossen, keinen vorgefertigten Code zu verwenden, sondern das Ding lieber neu zu schreiben. Das wird schon ein paar Tage dauern.«

Charlies Augen werden groß, und ich spüre, wie auch Layla sich neben mir etwas versteift. Ich weiß sofort, woran sie denken. Sie wollen zwar, dass ich Ambas Problem löse, aber sie haben Angst, dass ich wieder in etwas Illegales hineingezogen werde.

Tatsächlich ist die Situation nicht so viel anders als damals, als ich mit dem Hacker-Kollektiv Anonymous zusammengearbeitet und mitgeholfen habe, Menschen, die von den Behörden abgeschoben werden sollen, zu schützen. Damals haben mein Ex Morty und ich uns nächtelang in Server gehackt und nach Spuren gesucht, wer dafür verantwortlich war, dass diese Menschen ohne eine offizielle Anordnung in Krisengebiete zurückgebracht wurden und dort in Lebensgefahr gerieten. Es gelang uns, einer Reihe von Mitarbeitern im Bundesamt für Migration und Flüchtlinge nachzuweisen, dass sie in Abschiebungen verwickelt waren, die illegal abliefen. Wir hackten uns dafür in das Behördensystem ein und fanden interne Chats der Mitarbeiter, kamen ihnen somit auf die Schliche. Es war aufregend und fühlte sich einfach so richtig an. Wir wollten weitermachen, bekamen zusätzliche Informationen über ähnliche Vorgänge und waren kurz davor, den Skandal öffentlich zu machen. Bis Morty einen Schritt zu weit gegangen ist und mein Leben damit komplett aus der Bahn geworfen hat.

Also noch mehr, als es ohnehin schon war. Als ich Morty kennenlernte, hatte ich den Kontakt zu meinen adligen Eltern nahezu abgebrochen und war vorübergehend bei Charlie eingezogen, nachdem ich vom Internat geflogen war. Die meisten Leute haben ein ziemlich verklärtes Bild davon, was es heißt, adlig zu sein. In Wirklichkeit bedeutete das für mich vor allem enormen Druck, der Familienehre gerecht zu werden. Ich bin in einem extrem strengen Elternhaus aufgewachsen, die Erwartungen meiner Großfamilie waren nahezu unerreichbar hoch. Es gibt so viele Regeln, wie ich mich anzuziehen hatte, welche Fächer ich studieren sollte, wen ich daten durfte. Und nichts davon hat dem entsprochen, wie ich mich und die Welt eigentlich sah. Als ich Morty kennenlernte, war das wie ein Befreiungsschlag. Bei ihm konnte ich sein, wer ich bin, machen, was ich wollte. Zumindest dachte ich das. Stattdessen habe ich mich vor allem isoliert und Morty zum neuen Zentrum meines Lebens gemacht. Viel zu sehr. Als ich das bemerkte, war es zu spät. Meine Eltern kamen nur wenige Tage später bei einem Flugzeugabsturz ums Leben. Ich war so dumm.

Ich schüttle die Gedanken an früher schnell ab und konzentriere mich auf das Gespräch mit meinen Freundinnen.

»Leute, keine Angst. Ich bin vorsichtig. Genau deshalb schreibe ich den Code ja selbst. So kann ich garantieren, keine Spuren zu hinterlassen. Ich kenne das Kliniksystem inzwischen so gut, dass ich den Trojaner genau darauf anpassen kann.«

Layla drückt besänftigt meinen Arm. »Du passt auf dich auf?«

Ich nicke. »Ich habe inzwischen eine ziemlich gute Vorstellung davon, wohin die Reise gehen soll. Ich muss ins Backend kommen und auf die gelöschten Dateien zugreifen, ohne dass man mich erwischt – und ohne dafür Holgers Zugang zu benutzen. Der Trojaner ist mein neues Eintrittsticket. Er setzt genau da an, wo der Shield nicht weiterkam.«

Ich sehe an den leeren Blicken meiner Freundinnen, dass sie nicht verstehen, wovon ich rede. Ich winke ab. »Ist auch egal. Ich versichere euch, dass ich vorsichtig bin. Ihr kennt mich doch. Ein paar schlaflose Nächte, und ich werde einen Geniestreich erschaffen.«

Wie erhofft, lachen meine Freundinnen bei so viel übertriebenem Selbstvertrauen sofort auf, und ich stimme mit ein. Wir beenden das Gespräch bald darauf, und die beiden überlassen mich wieder meinem Code. Sie wissen, dass mich nichts stoppen kann, wenn ich erst in meinen Programmiertunnel eintauche.

»Spieglein, Spieglein an der Wand, wer ist die beste Coderin im ganzen Land?«

»Du siehst aus, als hättest du im Lotto gewonnen«, kommentiert Layla ein paar Tage später gut gelaunt, als ich mit einem triumphierenden Grinsen im Gesicht einen kleinen Siegestanz in der Küche aufführe und ihr mit einem nagelneuen USB-Stick vor der Nase herumwedle.

Ich grinse und halte den Stick hoch. »Das ist mein Meisterwerk. Ich muss echt eingerostet gewesen sein, dass ich Rabbits Anstoß benötigte, um überhaupt auf die Idee zu kommen. Aber Coden ist wie Radfahren, verlernt man nicht.«

Layla macht große Augen und verschluckt sich fast an ihrem Kaffee. »Bist du fertig? Ich rufe sofort Charlie an!« Sie schnappt sich ihr Handy, und gleich darauf ertönt der Freiton des Videocalls.

»Ja?« Charlies Stimme klingt verschlafen. Kein Wunder, bei ihr ist es fast Mitternacht.

»Maxi ist fertig! Sie hat ihren Virus geschrieben.«

Ich verfolge den Austausch noch immer mit einem breiten Grinsen im Gesicht, muss aber ein Gähnen unterdrücken. In den vergangenen Tagen habe ich kaum geschlafen. Also nehme ich mir einen am Vortag vorbereiteten Cold Brew aus dem Kühlschrank und gieße mir das schwarze Gold in eine extragroße Ikea-Tasse.

Richtung Layla und ihr Handy gewandt erkläre ich: »Streng genommen ist es ein Virus, aber vergleichbar eher mit einem hochgezüchteten Laborvirus, der nur eine Aufgabe hat: mir eine geheime Hintertür öffnen. Alle anderen Daten und Rechner im IT-System bleiben davon unbehelligt, keine Angst.«

Charlie ist jetzt offensichtlich wach und wechselt sofort in ihren Reportermodus. »Und wann möchtest du das ausprobieren? Hast du nicht gesagt, dass dieser Holger dir so penibel auf die Finger schaut?«

Sie hat zwar recht, aber ich weigere mich, mir heute meine gute Laune verderben zu lassen. Also grinse ich und sehe dabei vermutlich deutlich sicherer aus, als ich mich fühle.

»Selbst ein Holger muss mal aufs Klo, und ich kann das Teil auch auf meinen Arbeitsrechner aufspielen. Wobei es sicherer wäre, einen anderen zu nutzen, um die Spuren noch mehr zu verwischen. Das wird schon, ich habe heute ein gutes Gefühl.«

Laylas Augen blitzen. »Außerdem ist heute doch der Drehbeginn für ›Celebrity Inside‹. Vielleicht ergibt sich da ja was.«

Ich nicke. »Daran habe ich auch gedacht. Aber ich hoffe, dass ich trotzdem was von dem Spektakel mitbekomme. Vielleicht kann ich für Amba ein Foto mit dem Kamerateam machen. Die wird ausrasten!«

Charlie lacht. »Das Kamerateam ist doch langweilig! Amba will sicher lieber ein Foto von Nick sehen. Sie hatte mich eh schon gefragt, ob ich ihn kenne.«

Ich kann nichts gegen die Neugier machen, die sofort in mir aufkeimt. »Und kennst du ihn?«

Charlie zuckt mit den Schultern. »Wir sind uns mal auf einem Event begegnet. Er war eine dieser Überraschungen, die man ab und zu mal erlebt.«

»Was meinst du mit Überraschung?«, mischt Layla sich ein.

»Hm, anders als er im Fernsehen wirkt halt.«

Ich lasse sie nicht aussprechen. »Ja, er ist in echt noch arroganter als im Fernsehen.«

»Also ich finde, dass er in echt vor allem noch heißer ist.« Laylas Blick wird schwärmerisch, und ich bin kurz davor, sie an ihren heißen Doktor-Freund zu erinnern, verklemme mir den Kommentar aber. Ich weiß, dass Layla den Boden unter Gabriels Füßen anbetet. Also rolle ich nur die Augen. »Wenn man auf solche Typen steht, vielleicht.«

Laylas Augenbraue wandert ein Stück weiter nach oben, in ihren Augen funkelt es aber belustigt. »Maxi, du stehst doch genau auf solche Typen: Bad Boys eben.«

Aus Laylas Handy ist Charlies Lachen zu hören, und ich wende mich zur Spüle. »Und genau deshalb weiß ich auch, was für ein Idiot er ist. Er ist Mortys verdammter Zwilling«, zische ich leise vor mich hin und beiße mir gleich darauf auf die Zunge. Verdammt, warum muss mein Mund immer schneller sein als mein Verstand? Ich drehe mich rasch zum Waschbecken und spüle meine Tasse aus, bevor ich sie in die Spülmaschine stelle. Ich lasse mir extra Zeit, in der Hoffnung, dass Layla und Charlie nichts mitbekommen haben.

Leider weit gefehlt. »Was ist mit Morty? Hattest du etwa Kontakt zu ihm?«, fragt Layla inquisitorisch.

Mit einem Rumms knalle ich die Tür der Spülmaschine zu. *Super unauffällig, Maxi.* »Nein, alles gut«, versichere ich schnell, dann wende ich mich zur Tür. »Layla, ich sehe dich später. Charlie, sei nicht böse, aber ich muss los. Wir sehen uns ja in ein paar Tagen in Berlin. Ich freue mich schon. Hab euch lieb.«

Mit diesen Worten lasse ich Layla mit Charlie am Telefon sitzen und stürme in mein Zimmer, um meine Umhängetasche zu holen, schnappe mir meinen Fahrradhelm von der Ablage neben der Tür und verlasse fast fluchtartig die Wohnung.

»Maxi, Holger, es geht los, sie sind da!« Webdesigner Chris blickt aufgeregt von seinem Handy auf, und erhebt sich dann vom Schreibtisch am anderen Ende der IT-Abteilung. »Shelly vom Empfang hat mir eben getextet. Die Kameraleute und Regisseur Hajo Thomas sind eben gekommen.«

Ich sehe von meiner Tastatur auf, augenblicklich wächst auch in mir die Aufregung. Heute wird zum ersten Mal für »Celebrity Inside« gedreht, und ich könnte über die Ablenkung nicht dankbarer sein. Holger hat mir heute früh eine besonders monotone Aufgabe gegeben. Ich tippe seit Stunden Listen mit verschiedenem Zubehör für den OP-Saal ab. Leider konnte ich deshalb bislang keinen Versuch unternehmen, den Trojaner einzuschleusen. Jetzt ist vielleicht meine Gelegenheit.

»Was genau wird denn heute gedreht, Chris? Weißt du das?«

Chris beißt sofort an. »Heute bekommt Nick die Klinik gezeigt, es steht ein Interview mit Peters auf dem Programm und ein Vorgespräch mit Dr. Goldberg für die Nasen-OP. Sie wollen aber erst mal in der Eingangshalle anfangen.«

Triumphierend hält er eine nagelneu aussehende Kompaktkamera in die Luft. »Ich soll sogar Fotos für die Website machen, hat Herr Peters gesagt. Kommt ihr?«

Erwartungsvoll bleibt er in der Tür stehen. Holger grunzt etwas Unverständliches, und ich meine die Worte »Schwachsinn« und »Interessiert mich nicht« zu hören. Zu meiner Überraschung erhebt er sich dann aber trotzdem und murmelt etwas von »Kaffee«. Er folgt Chris zur Tür, dreht sich aber noch einmal zu mir um. »Du kannst nachher weitermachen.«

Mein Herz fängt an zu pochen. Zum einen, weil ich tatsächlich gerne sehen würde, wie das Team von »Celebrity Inside« hinter der Kamera arbeitet – und ich würde wirklich gerne dieses Foto für Amba machen. Vor allem aber, weil das hier meine Chance ist, auf die ich bereits den ganzen Vormittag warte.

Ich überspiele meine Aufregung mit einem aufgesetzten Lächeln. »Geht schon mal vor, ich mache rasch die Zeile fertig und verschwinde kurz für kleine Mädchen.«

Holger zuckt mit den Schultern und verlässt den Raum. Ich halte den Atem an und zähle in Gedanken bis zehn. Und dann noch einmal. Als er nicht zurückkommt, ziehe ich den USB-Stick aus meiner Jeanstasche und platziere ihn an dem kleinen Schlitz an der Seite meines Rechners, halte aber im letzten Moment inne. Wie ich zu Layla sagte, ich könnte den Trojaner vermutlich sogar auf meinem Rechner installieren. Hauptsache, der Rechner ist ans Netz der Klinik angeschlossen, aber sicher ist sicher. Schnell stehe ich auf und haste zu Holgers Platz. Der hat aber natürlich ordnungsgemäß seinen Rechner in den Ruhezustand versetzt.

Vielleicht habe ich bei Chris mehr Glück. Und tatsächlich: Der Monitor ist ausgeschaltet. Als ich ihn aber wieder zum Leben erwecke, stelle ich zufrieden fest, dass Chris zu faul war, auch seinen Rechner auszumachen.

Ich lasse mich auf Chris' Stuhl plumpsen und stecke den Stick in den USB-Slot. Nervös kaue ich an meiner Unterlippe. Jetzt wird sich zeigen, ob das Programm tatsächlich etwas taugt. Ich greife auf den Stick zu und aktiviere mit einem Doppelklick den Trojaner. Einen kurzen Moment passiert nichts, dann öffnet sich ein Fenster mit schwarzem Hintergrund, auf dem in Windeseile etliche Zahlen und Buchstaben in Grün über das

Feld flitzen. Mein Code. Nach drei Sekunden verschwindet das Fenster wieder, als sei nie etwas gewesen.

»Bull's Eye!«, flüstere ich und balle meine Hand triumphierend zur Faust. Genau so hatte ich mir das vorgestellt.

Ich ziehe den USB-Stick ab und lasse ihn wieder in meiner Hosentasche verschwinden. Dann drücke in den Knopf an Chris' Bildschirm, und er wird wieder schwarz. Zeit für einen Kaffee.

Kapitel 7

In der Eingangshalle höre ich schon von Weitem laute Stimmen und aufgeregtes Gemurmel. Erstaunt bleibe ich stehen, als ich die Schaulustigen erblicke. Noch nie habe ich so viele Menschen im Foyer der Klinik gesehen, ich wusste nicht mal, dass hier so viele Leute arbeiten. An den Wänden, vom Eingang bis zur »Cantina«, stehen dicht gedrängt Ärztinnen und Ärzte, Schwestern und Pfleger, Verwaltungsmitarbeiter und Köche. Die müssen selbst aus der angrenzenden Praxis und dem zugehörigen Wellness-Hotel »Wellhouse« rübergekommen sein.

Unwillkürlich frage ich mich, ob überhaupt noch jemand für die Patientinnen und Patienten da ist. Von Layla ist allerdings weit und breit nichts zu sehen, und auch Pfleger Andi kann ich nicht entdecken. Bestimmt haben sie die Notversorgung übernommen. Ich erblicke Chris und Holger, die etwas abseits stehen und das Geschehen gebannt verfolgen. Holger hat zwar seinen Kaffeebecher in der Hand, als wolle er gleich zurück ins Büro, hat sich dem Zirkus dann aber wohl doch nicht ganz entziehen können.

Mitten in dem Spektakel hat sich ein Aufnahmeteam mit Scheinwerfern und Lichtboxen, Tonangeln und Kameras um Geschäftsführer Peters, einen schwarz gekleideten, gealterten

Hipster, den ich nicht kenne, und natürlich Nick Fontane versammelt. Ich verdrehe innerlich die Augen und rede mir ein, dass der Anstieg in meinem Puls nur mit meiner Abneigung gegenüber Nick zu tun hat und ganz bestimmt nicht mit der Tatsache, dass meine Erinnerung ihn deutlich fratzenhafter gezeichnet hatte, als er in echt aussieht.

Nick und Peters schütteln sich gerade augenscheinlich zum fünften Mal die Hände, während der merkwürdige Hipster mittleren Alters wild gestikulierend danebensteht. Er trägt ein dunkelblaues Käppi, unter dem sein braunes, dünnes Haar hervorsteht, und ist offenkundig der Regisseur. Zumindest trägt er ein T-Shirt mit der Aufschrift: »Regie – jetzt oder nie«. Wie nannte ihn Chris noch gleich? Hajo Thomas. Ich muss mir ein Lachen verbeißen über diesen Typen.

Ich bin zu weit weg, um den Dialog zwischen Peters und Nick hören zu können, aber mir ist klar, dass hier gerade die Begrüßung in der Klinik abgedreht wird – auch wenn der Hipster-Regisseur wenig begeistert scheint. Ich lehne mich an die Wand vor der »Cantina« und beobachte das Geschehen. So unbemerkt gestatte ich mir, Nick etwas eingehender zu betrachten. Über meine Motive will ich lieber nicht zu genau nachdenken.

Mir fällt sofort auf, dass Nick heute wie ein völlig anderer Mensch wirkt. Statt Legerlook samt Jogger trägt er eine saubere, eng geschnittene dunkle Jeans und ein enges, graues Poloshirt, das seinen äußerst durchtrainierten Oberkörper perfekt in Szene setzt. Das halblange, hellbraune Haar hat er nach hinten gekämmt, nur ein paar Strähnen fallen ihm in sein markantes Gesicht. Sein sinnlich geschwungener Mund bekommt diesen leicht amüsierten Zug, als er Peters grinst, und ich muss wieder an meinen verdammten Ex denken. Schmerzhaft wird mir die Ähnlichkeit bewusst, die eher durch Bewegungen und Mimik entsteht als durch das Aussehen. Vielleicht fällt mir das auch deshalb jetzt erst so richtig auf, weil Nick heute ähnlich gekleidet ist, wie Morty es immer war. Der wäre nie in diesem leicht nachlässigen Look rumgelaufen – und ich muss gestehen, dass ich eine Schwäche für Männer habe, die sich gut kleiden können. Himmel, ich habe eine Schwäche für *diesen* gut gekleideten Mann. Zumindest, wenn ich die Reaktion meines Körpers auf Nick Fontane richtig deute. Dem scheint nämlich völlig egal zu sein, dass bei Nick nur die Verpackung heiß ist, sich darunter aber ein verdammter Aufreißer befindet.

Und die Verpackung ist wirklich heiß. Das wird umso mehr deutlich, wenn er neben Mirko Peters steht, der im weißen Kittel über seinem Anzug im Licht der Scheinwerfer vor Nervosität so schwitzt, dass sich kleine Schweißperlen auf seiner Glatze gebildet haben. Mit dieser Einschätzung bin ich nicht die Einzige. Unter den Anwesenden sehe ich nämlich eindeutig mehr Frauen als Männer, die das Schauspiel mit imaginären Herzchen in den Augen verfolgen.

In dem Moment brüllt der Regisseur laut »Cut!«, wobei die Ader an seiner Stirn so stark anschwillt, dass ich kurz fürchte, sie platzt. Nicks Haltung verändert sich, als die Kameras zur Seite geschoben werden.

»Hej Püppi, hast du mir mal 'ne Coke?«, ruft er einer älteren, schwarzhaarigen Frau zu, die zu jeder Zeit einen Schritt von Hajo Thomas entfernt steht. Sie muss seine Assistentin sein. Die Angesprochene wird rot bis unter die Haarspitzen und macht sich auf, Nick sein Getränk zu bringen. Mir steigt die Galle hoch. Was muss das für ein Mensch sein, der andere so herablassend behandelt? Die schwarzhaarige Frau eilt mit einem Becher in der Hand auf Nick zu, der gerade von einer hübschen jungen Frau gepudert wird. Als sie etwa einen Meter von den beiden entfernt ist, stolpert sie über ein am Boden liegendes Kabel und schüttet Nick die Cola über das T-Shirt. Ich unterdrücke ein schadenfrohes Lachen.

Es wird still in der Halle, die Augen richten sich auf Nick Fontane in der Mitte der Halle. Doch der grinst nur und zieht sich mit einer fließenden Bewegung das Shirt über den Kopf.

Holy Moly. Das Lachen bleibt mir im Hals stecken, als ich Nicks absolut perfekt trainierten Oberkörper vor mir sehe. Seine Oberarme sind muskulös, die Brust ist definiert und kräftig. An Nicks Waschbrettbauch ist kein Gramm Fett, stattdessen kann man jeden einzelnen Muskel deutlich erkennen, sogar die v-förmigen Bauchmuskeln, die meinen Blick ganz automatisch in Richtung seiner schmalen Hüften lenken. Mein Mund wird trocken. Ich weiß aus Erfahrung, dass so ein Körper verdammt harte Arbeit ist, und frage mich unwillkürlich, welchen Sport Nick macht.

Nach einigen quälenden Sekunden reiße ich meinen Blick von seinem perfekten Oberkörper los, auch wenn ich weiß, dass er mich in meinen Träumen verfolgen wird. Ich lasse meinen Blick ein letztes Mal über Nicks Sixpack nach oben streifen – und stelle zu meinem Entsetzen fest, dass Nick mich direkt ansieht. Nicht nur dass, er besitzt sogar die Frechheit und grinst mich anzüglich an.

Ich würde am liebsten in einem Erdloch verschwinden. Verdammt! Dass mein Körper mich so betrügt und dermaßen auf Nick reagiert, kann ich mir immerhin damit schönreden, dass er nun mal ganz objektiv betrachtet ein attraktiver Mann ist.

Hastig wende ich mich um und ergreife die Flucht in Richtung »Cantina«. Mein Magen grummelt. Dabei fasse ich einen Entschluss: Sosehr ich Trash-TV liebe und so gerne ich ein Foto für Amba gemacht hätte, ich werde ab sofort einen Bogen um diesen Dreh machen. Es sind nur vier Drehtage, das werde ich schon schaffen. Vielleicht übernimmt Layla ja das Bild für mich.

Ich bahne mir einen Weg zum Restaurant und frage mich, ob ich mir lieber einen Chiapudding mit Roter Grütze oder ein Stück von dem veganen Apfelkuchen holen soll, so wie fast jeden Tag in den vergangenen Wochen. Ich ziehe mein Handy aus der Tasche und tippe für Layla und Charlie eine schnelle Nachricht, in der ich sie darüber informiere, dass der Trojaner platziert ist. Laylas Antwort kommt prompt:

Hat Nick gerade wirklich vor allen Leuten sein Hemd ausgezogen? Evelyn hat mir ein Bild versprochen, aber sie lässt sich Zeit …

Schnaubend stecke ich mein Handy zurück in meine Hosentasche. Nicht auch noch Layla.

Als ich endlich an der Kaffeebar ankomme, stelle ich enttäuscht fest, dass kein Mensch hinter dem Tresen steht. Das komplette Cafeteria-Personal muss sich unter den Schaulustigen im Eingangsbereich befinden.

Die kleine Klingel auf der Bar würde ich normalerweise nicht drücken, aber dieser ganze Zirkus, der hier wegen dieses McDreamy und der Show aufgezogen wird, macht mich wütend. Ich lasse meinen ganzen Frust an der Glocke aus. Die Klinik-Barista eilt mit hochrotem Kopf herbei, eine braune Schürze um den Bauch gebunden und ein Geschirrtuch über die linke Schulter geworfen. Ihr folgt ein Schwall Menschen. Die Dreharbeiten scheinen beendet zu sein.

Die Barista lächelt mich gequält an. »Sorry, ich musste einfach kurz linsen. Was kann ich dir machen?«

Ich schlucke eine fiese Bemerkung herunter. Sie kann schließlich nichts dafür, dass mich Nick Fontane auf die Palme bringt.

»Einen Double-Caramel-Latte mit Hafermilch, bitte.«

Hinter mir reihen sich mehr und mehr Leute ein. Ich schiele

immer wieder zur Theke, wo ich nur noch ein Stück Apfelkuchen erkennen kann. Ich reiße der Barista meinen fertigen Kaffee fast aus der Hand und schiebe mein Tablett weiter. In dem Moment, als ich gerade nach meinem geliebten Apfelkuchen greife, schiebt sich von hinten eine Hand in mein Sichtfeld und schnappt mir das letzte Stück vor der Nase weg.

Ich fasse es nicht.

»Das ist meiner!«, brause ich auf und fahre herum. Allerdings erblicke ich nur eine breite, äußerst definierte Männerbrust in einem nun blauen Poloshirt. Ich hebe den Kopf und sehe direkt in das grinsende Gesicht von Nick Fontane, der mich aus karamellbraunen Augen belustigt anblitzt. Genüsslich schiebt sich dieser verdammte Aufreißer, der offensichtlich Zeit hatte, sich ein neues Oberteil anzuziehen, ein Stück von meinem Kuchen in den Mund.

Ich sehe Rot. »Verdammt, was soll denn das? Ich stehe hier seit zehn Minuten und freue mich auf diesen Kuchen, stell dich gefälligst hinten an.«

Nicks Grinsen wird nur noch breiter, als ließen ihn meine Worte völlig kalt, amüsierten ihn sogar. Er kaut zu Ende, schluckt und sagt: »Sehr lecker. Du hast einen guten Geschmack.«

Sprachlos verfolge ich jede seiner Bewegungen, den sinnlichen Mund, seine Lippen, die sich beim Kauen hin- und herbewegen, sein ausgeprägter Adamsapfel, der beim Schlucken hüpft. Mein verdammter verräterischer Körper fängt an zu kribbeln. Mir fallen die Bartstoppeln an seinem markanten Kinn auf. Ich frage mich unwillkürlich, wie sich diese wohl zwischen meinen Schenkeln anfühlen würden.

Keine Sekunde später verpasse ich mir innerlich eine harte Rechte, um mein Gehirn wieder in Gang zu bringen. »Ich weiß, wie lecker dieser Kuchen ist. Deshalb wollte ich ihn essen«, presse ich zwischen wütend zusammengepressten Zähnen hervor. »Bevor du ihn mir weggenommen hast. Glaubst du eigentlich, dir gehört die Welt?«

Er zuckt lässig mit den Achseln, sticht mit der Gabel in den Kuchen, um ein weiteres Stück abzutrennen, und hält mir die Gabel vor den Mund. »Wir können ihn uns gerne teilen.«

»Ich teile nicht mit Aufreißern. Außerdem hast du mir die Lust auf Apfelkuchen vermutlich auf alle Zeit verdorben.«

Ich wende mich ab, lasse ihn einfach stehen. Wenn ich Nick Fontane bisher allein aus dem Grund nicht leiden konnte, weil ich alles ablehne, wofür dieser Aufreißer steht, und er mich verdammt noch mal viel zu sehr an meinen Ex erinnert, so hat er sich meine Abneigung nun durch sein Auftreten verdient. Wie kann man nur so selbstgefällig durch die Welt gehen?

Grummelnd marschiere ich zur Kasse, doch Nick folgt mir. Die Kassiererin Mary bekommt ganz rote Wangen, als sie sieht, wer da hinter mir steht.

»Hi Mary.« Nick schenkt der jungen Frau, deren Namen er gerade offensichtlich von ihrem Schild am Kittel abgelesen hat, sein charmantes Lächeln, woraufhin sie noch röter wird. »Kaffee und Kuchen gehen auf mich. Was macht das?«

»Sieben Euro siebzig«, piepst Mary.

Nick zückt sein Smartphone und hält es an das Lesegerät, bevor ich auch nur in der Lage bin, darauf zu reagieren. Schon wieder hat er mich einfach komplett überrumpelt mit seinem arroganten Verhalten.

»Ich kann mir meinen Kaffee und den Kuchen ohne Probleme selbst kaufen«, brause ich auf.

»Danke, Mary«, sagt Nick betont freundlich.

Erwartet er etwa, dass ich mich bei ihm bedanke? Da kann er lange warten. Wortlos drehe ich mich um und gehe auf die Terrasse. Einen halben Latte und viele tiefe Atemzüge später habe ich mich etwas beruhigt, als mich plötzlich das Gefühl beschleicht, dass mich jemand beobachtet. Ich verspüre so etwas wie ein Kribbeln im Nacken. Suchend sehe ich mich um – und blicke in ein Paar karamellbraune Augen.

Nick hebt nun seinerseits einen Kaffeebecher hoch und prostet mir damit über die Terrasse hinweg zu. Mein Puls, der sich gerade beruhigt hatte, beschleunigt sich wieder. Ich weiß nicht, ob es Ärger über Nick ist oder meinen verräterischen Körper. Was will dieser Kerl von mir? Vermutlich ist er es einfach gewohnt, dass ihm alle Frauen zu Füßen liegen, und jetzt habe ich aus Versehen seinen Jagdinstinkt geweckt.

Ich versuche wirklich, nicht auf seine Avancen zu reagieren und ihn zu ignorieren, aber aus den Augenwinkeln beobachte ich dennoch, wie er sich erhebt und lässig zu mir herübergeschlendert kommt. Dabei muss ich wieder an Morty denken. Auch er hatte diese lässige, verwegene Art perfektioniert, als ob ihm die Welt gehörte. In meinem Magen breitet sich ein heftiges Kribbeln aus, als Nick vor mir stehen bleibt.

»Ist hier noch frei?«, fragt er und deutet auf den Stuhl mir gegenüber. Er wartet meine Antwort nicht ab, sondern lässt sich einfach darauf fallen. »Ich dachte, wir könnten uns ein bisschen besser kennenlernen?«

»Ernsthaft?«, frage ich entgeistert.

»Warum nicht?« Schon wieder ein Achselzucken und dieses Grinsen, das etwas mit meinem Magen anstellt, das mir gar nicht gefällt.

Ich stehe auf und funkle ihn an. »Ich weiß nicht, was dein Deal ist, Nick Fontane, und warum du dir ausgerechnet mich ausgesucht hast bei all den Frauen hier, die ganz offensichtlich deutlich mehr Interesse an dir haben als ich.« Ich senke meine Stimme etwas, als mir auffällt, dass die Leute am Nachbartisch anfangen, uns anzustarren. Ich will wahrhaftig keine Szene machen, aber Nick soll verstehen, dass er sich an mir die Zähne ausbeißen wird. »Such dir eine andere, und lass mich einfach in Ruhe.«

Nick steht auf und tritt einen Schritt näher an mich heran. Offenbar will auch er nicht, dass wir belauscht werden. Er beugt sich etwas zu mir herunter, und mir wird wieder bewusst, wie groß er ist. Und wie verdammt gut er riecht.

Er zwinkert mir zu, als wisse er ganz genau, welchen Effekt seine Nähe auf mich hat. »Und wenn ich dich nicht in Ruhe lasse?«

»Du wirst dich damit abfinden müssen, dass ich darauf bestehe«, zische ich und komme langsam in Fahrt. »Glaubst du, dass dir alle Frauen automatisch zu Füßen liegen?«

Ich hole tief Luft und fixiere Nick herausfordernd. Doch Nick überrascht mich schon wieder. Er grinst noch breiter, und in seinen Wangen tauchen tatsächlich zwei Grübchen auf.

»Soso, du hast mich also voll durchschaut, was? Und erwartest jetzt vermutlich, dass ich beleidigt davonlaufe?« Er verschränkt die Arme vor seiner Brust, ein belustigter Zug um seinen Mund. »Ich habe keine Angst vor dir, Maxi von Bülow. Ich finde dich interessant. Und ich freue mich schon darauf, dich näher kennenzulernen.«

Dann nimmt er mir mein leeres Glas ab, stellt es zu seinem aufs Tablett und schlendert von der Terrasse. Ich bleibe sprachlos zurück und frage mich, warum zum Teufel er sich meinen Namen gemerkt hat.

Kapitel 8

Lautes Gebrüll dröhnt durch den Lichtschacht im IT-Raum. Neugierig drehe ich mich um, kann aber draußen nichts erkennen, da die Büsche vor dem Fenster die Sicht in den Klinikgarten versperren. Dankbar über jegliche Form der Ablenkung beschließe ich, meine Kaffeepause vorzuziehen und mir anzusehen, wie sich Nick Fontane vor der Kamera schlägt. Natürlich interessiert er mich nicht wirklich. Als ich die Stahltür zur Eingangshalle öffne, fällt mein Blick auf einen langen Tapeziertisch mit Essen und Getränken, Kameramänner und -frauen wuseln durcheinander, neben dem Aufzug ist ein Make-up-Stand aufgebaut. Dort entdecke ich Nick, der breitbeinig in einem Stoffstuhl sitzt und von einer zierlichen, braunhaarigen Frau gepudert und gekämmt wird.

Ich hatte mir vorgenommen, Nick keines Blickes zu würdigen, aber es gelingt mir nicht – wie hypnotisiert schaue ich zu ihm hinüber. Zum Glück hat er die Augen geschlossen und erwischt mich nicht dabei. Seine Haare sind mit Gel zur Seite gekämmt, und er trägt ein enges, schwarzes T-Shirt, das seine Muskeln betont. Er grinst, als die Make-up-Assistentin sich zu ihm herunterbeugt und etwas sagt, und er erwidert etwas. Sie kichert laut und gibt ihm einen vertrauten Klaps auf die Schulter. *Bestimmt war er mit ihr schon im Bett, dieser Aufreißer*. Der

Gedanke daran regt mich so auf, dass ich schnell wegsehe und in Richtung Garten gehe.

»Was machen all diese Leute hier? Wo steckt Nick? Warum ist er immer noch in der Maske?!«

Hajo Thomas läuft aufgebracht über die Wiese und fuchtelt wild mit den Händen. Ich stelle mich zu dem Pfleger Andi, der gerade eine Pause macht. Ihn hat ebenfalls die Neugier hinausgetrieben.

»Hi Andi. Was geht hier ab?«

Ich muss nicht lange auf eine Antwort warten. Obwohl wir uns nur flüchtig kennen, steigt er sofort ein: »Es scheint nicht so gut zu funktionieren mit den Dreharbeiten. Der Regisseur ist sauer.« Andi grinst mich an und wirkt sichtlich erfreut, seine Beobachtungen teilen zu können. So viel hatte ich allerdings auch schon gemerkt. Fragend schaue ich ihn an. Er beugt sich vor und raunt: »Erst beschwerte er sich, dass zu wenig los war für die Kulisse. Dann sollte das ganze Personal herkommen, und wir mussten durch den Garten laufen. Und dann war es ihm wieder zu viel.«

Ich beobachte gespannt, wie sich die Pfleger und Ärzte im Hintergrund eingeschüchtert von Hajo entfernen.

»Was soll denn hier gedreht werden?«

Andi ist natürlich voll im Bilde. »Er will Atmosphäre haben, es geht wohl um die Szene, wie Nick in der Klinik eincheckt. Nick soll eigentlich in der nächsten Szene das Wellhouse kennenlernen, wo er sich später von der OP erholen soll …«

Andi wird jäh von Hajo übertönt.

»Da bist du ja endlich. Stell dich mal drüben hin. Nein, nicht du, Werner! Ich rede mit Nick!«

Nick schlendert lässig über die Terrasse zu Hajo hinüber. Wie immer strahlt er eine Ruhe aus, als würde ihn das alles nicht interessieren. Vielleicht ist es aber auch nur Arroganz. Seine Coolness regt mich auf.

»Easy. Ich bin hier. Das hier ist eine Klinik und keine Kaserne. Fangen wir an?«

Unwillkürlich muss ich kichern, als ich Hajos fassungslosen Blick sehe. Nick hat ihm den Wind aus den Segeln genommen. Er nimmt das Käppi ab und streift sein halblanges Haar zurück.

»Mal ehrlich, hier ist einfach nichts los, ich bekomme keine guten Bilder.« Er beginnt wieder auf und ab zu laufen.

»Das ganze Gequatsche mit dem Doktor und so, schön und gut, aber die Atmo kommt einfach nicht rüber, das ist hier wie im Altenheim. Wir brauchen Action, eine Story. Die Zuschauer wollen keinen Arztbesuch sehen, sie wollen Emotionen!«

Hajo blickt sich hektisch um, als suche er nach etwas, das ihn inspiriert, dann läuft er quer durch den Garten in Richtung »Wellhouse«.

»Hier ist ja der Pool, megagut«, brüllt er, und nach wenigen Minuten steht er wieder auf der Terrasse. »Alle mitkommen. Wir drehen jetzt die Poolszene. Und wir brauchen jemanden, der mit Nick im Bild ist. Gibt es keine Mädels hier? Das ist doch eine Promi-Klinik. Bikinis und Drinks. Maike!«

Ich frage mich, ob Peters weiß, dass Hajo die Gäste einbeziehen will. Eine etwa Anfang fünfzigjährige schwarzhaarige Frau mit Brille nickt eifrig und verschwindet im Haus. Hajo läuft euphorisch voran und winkt dem Team, ihm zu folgen. Ein Schwarm von Kameraleuten, Tonmenschen und Kabelträgern schleift die Ausrüstung über den gepflegten Rasen und reißt dabei tiefe Löcher hinein. Der Einzige, der zurückbleibt, ist Nick. Er lehnt sich an die Hauswand der Villa und fummelt an seinem Handy herum.

Von ferne höre ich das Gebrüll von Hajo, der nach Nick ruft.

Der lässt genervt das Handy in der Hosentasche verschwinden und schaut sich um, sofort steht die brünette Make-up-Assistentin kichernd neben ihm und hakt ihn unter, zusammen schlendern sie Richtung Pool.

»Was für eine Action.« Andis Augen leuchten. So viel Aufregung hatte er wohl lange nicht.

»Dabei hat sie noch gar nicht begonnen«, gebe ich zurück. Dass ich jetzt hier live miterleben kann, was ich jahrelang im TV verfolgt habe, erscheint mir irgendwie bizarr. Und auch wenn ich mir eigentlich vorgenommen hatte, die Dreharbeiten zu ignorieren, so kann ich meine Neugier einfach nicht unterdrücken.

Sehnsüchtig sehe ich der Crew nach. »Ich würde ja zu gerne sehen, was sie da am Pool machen.«

Andi und ich wechseln einen kurzen Blick. Dann siegt die Neugier, und wir gehen über den Rasen, allerdings am Rande der Rosensträucher entlang. Wir machen einen Umweg in Richtung »Wellhouse« und Pool, um uns von der anderen Seite zu nähern.

»Wenn wir mal kurz schauen, kann da doch keiner was dagegen haben. Kennst du die Show eigentlich?«

»Klar. Darum bin ich auch so neugierig auf die Dreharbeiten«, gebe ich zu, als wir das »Wellhouse« schließlich über die nördliche Seite am Wasser erreichen. Wir umkreisen das moderne, verglaste Hotel, um zum Pool zu gelangen. Der liegt verlassen da. Maike scheint noch keine Statistinnen organisiert zu haben, und die Crew hat sich im hinteren Bereich der asymmetrischen Poolanlage niedergelassen. Von dort aus hören wir die aufgeregte Stimme von Hajo. Nick ist nicht in Sicht, und die Liegen unter den Sonnenschirmen sind verwaist.

»Ich schau mal vorsichtig um die Ecke, warte hier«, weise ich Andi an, der gehorsam neben einem Busch im Schatten hockt.

Ich schlendere lässig am Rand des Wassers entlang in Richtung der Stimmen. Die Dreharbeiten scheinen sich tatsächlich rund um den kleinen, hinteren Teil des Pools verlagert zu haben, der etwas abgeschieden und mit Sichtschutz versehen an der Ostseite des Hotels liegt. Ahnungslos biege ich um die Ecke.

»Was soll das?«

Vor Schreck schreie ich laut auf. Ich blicke in das genervte Gesicht von Nick, der mit freiem Oberkörper direkt vor mir steht. »Wir sind endlich mit der Szene fertig. Ich musste zehn Kopfsprünge machen, damit es Hajo reichte. Und jetzt läufst du ins Bild«, schnaubt er, während sich Hajo auf der anderen Seite des Wassers die Haare rauft. Sein Käppi liegt auf dem Boden neben ihm. Die Kameras sind um ihn herum postiert und auf Nick gerichtet, der mich weiter wütend anstarrt. So habe ich ihn im Fernsehen bislang nicht erlebt. Zeigt er gerade sein wahres Gesicht?

Ich bin völlig überrumpelt.

»Entschuldige.«

Doch Nick ist noch nicht fertig. »Was machst du überhaupt hier? Siehst du nicht, dass wir arbeiten? Hajo ist ohnehin schon schlecht gelaunt, weil wir keine Statisten haben. Und jetzt das.«

Wut kocht in mir hoch. Was bildet dieser Kerl sich eigentlich ein? Und wie redet er mit mir?

»Ich habe mich entschuldigt, krieg dich bitte wieder ein. Ich bin nicht eines deiner Groupies«, fauche ich.

Er funkelt mich wieder an, dann packt er mich entschlossen am Arm.

»Verschwinde einfach, ja?«

Wütend reiße ich mich los und versetze Nick dabei einen kräftigen Stoß. Ein lautes Platschen ertönt.

O mein Gott. Ich habe soeben Nick Fontane, den beliebtesten TV-Schauspieler Deutschlands, in den Pool geschmissen, weil die Pferde mal wieder mit mir durchgegangen sind. Das wird hundert Prozent Ärger geben, auch wenn er es zu hundert Prozent verdient hat.

Ich wage einen Blick zu Nick in den Pool, fürchte, dass er noch viel wütender ist als ohnehin schon und vermutlich gleich fordern wird, dass sie mich hinauswerfen.

Nick steht mitten im Pool, die Hände in die Seiten gestemmt. Sein Haar ist zerzaust, das Wasser läuft an seinem gemeißelten Sixpack herab. Ich kann nichts tun, als ihn einfach nur anzustarren. Sein Gesicht verzieht sich zu einem vorsichtigen Grinsen. Dann erstarre ich innerlich. Er watet langsam in Richtung Beckenrand auf mich zu und streckt mir die Hand entgegen, während er mich von unten noch breiter grinsend herausfordernd ansieht. Ich erkenne die Symbolkraft dieser Geste und reiche ihm meine Hand, um ihm aus dem Pool zu helfen. In dem Moment tritt ein Funkeln in seine Augen, seine Lippen zucken amüsiert. Zu spät verstehe ich seine Absicht. Mit einem kräftigen Ruck zieht er mich in den Pool.

Ich komme prustend an die Oberfläche und halte inne, als ich die Kameras sehe, die auf uns gerichtet sind. Mein T-Shirt klebt an mir wie eine zweite Haut und lässt vermutlich mehr erkennen, als mir lieb ist.

Bevor ich irgendwie reagieren kann, greift Nick erneut nach mir. Ich will mich losmachen, doch er hält mich so fest an den Handgelenken, dass ich aufgebe. Mit einem diabolischen Grinsen zieht er mich – an sich. Die plötzliche Nähe seines Körpers durchzuckt mich wie ein Blitz. Wir sind uns so nah, dass meine Brüste an ihn gepresst werden. Ich spüre seinen schnellen Herzschlag, auch ihn lässt diese Nähe nicht kalt.

Er lässt meine Handgelenke los und legt seine Hände auf meine Hüften. Er macht keine Anstalten, mich loszulassen, und wir schauen uns an. Mein verräterischer Körper übernimmt nun völlig das Ruder und blendet die laute Stimme in meinem Kopf, die auf Rückzug drängt, einfach aus. Ich versinke in Nicks karamellfarbenen Augen, die das Sonnenlicht und das Wasser reflektieren und fast ein wenig golden glänzen. Er fixiert mich mit einem intensiven Blick, der ein heftiges Kribbeln in meinem Bauch auslöst. Dann lässt er den Blick tiefer wandern auf meine Lippen und zieht meine Hüften noch etwas fester an sich. Das Kribbeln breitet sich in meinem Unterleib aus und erfasst meinen ganzen Körper. Ich spüre, wie mein Herz rast und das Blut in meinen Schläfen pocht, ich öffne meine Lippen, bin bereit, mich entgegen jeder Vernunft auf ihn einzulassen, während die mahnende Stimme in meinem Hinterkopf immer leiser wird. Ich schließe die Augen und spüre seinen Atem auf meiner Haut, sein Mund berührt meinen beinah.

»Geil! Weitermachen!«

Ich zucke zusammen und mache mich los – und blicke direkt in Hajos aufgeregtes Gesicht. Als ich mich umsehe, merke ich, dass zwei Kameras auf uns gerichtet sind. Mit einem Zug bin ich am Beckenrand, klettere ungeschickt aus dem Wasser und renne los. Ich eile an Hajo und der Crew vorbei, die kein Wort sagen und mich mit offenen Mündern anstarren, renne über die gepflegten, verschlungenen Wege an der Westseite der Klinik vorbei, lasse die »Cantina« links liegen und verlasse das Gelände der »Villa Berlin«. Triefend nass, ohne Fahrrad und ohne meine Tasche. Erst jetzt fällt mir auf, dass der Schlüssel darin ist.

Außer Atem und mit Seitenstichen komme ich völlig durchgeschwitzt – aber dank der sommerlichen Brise dennoch trockener als vorher – in der Cuvrystraße an. Ich bin den Weg in die WG mehr gerannt als gejoggt, und ich bete, dass Layla da ist.

Kaum stehe ich vor der abgeblätterten Altbaufassade, klingle ich Sturm. Zum Glück ist Layla tatsächlich schon zu Hause und drückt kurz darauf den Öffner. Verwundert blickt sie mir von der Wohnungstür entgegen. Sie trägt ein Spaghettiträger-Top, Shorts und sieht verschlafen aus. Sie hat sich wohl nach dem Dienst zum Nachmittagsschlaf hingelegt, wie sie es häufig tut.

»Maxi, was machst du denn hier, bist du nicht bei der Arbeit? Hast du keinen Schlüssel? Und warum sind deine Haare nass?«

»Ich glaub, hab Mist gebaut. Aber warte kurz, ich bin gleich wieder da.«

Ich schiebe mich an Layla vorbei und gehe auf direktem Weg ins Bad, wo ich meine klammen Klamotten ausziehe. Ich fühle mich fahrig und bin noch immer völlig durcheinander, zwinge mich aber, nicht an Nick Fontane zu denken. Doch unter der Dusche taucht immer wieder die Erinnerung an seine Hände auf meinen Hüften auf. Seine sinnlichen Lippen, die meinen immer näher kamen.

Verdammt. Ich stelle das Wasser auf kalt, und mir entfährt ein spitzer Schrei. Wir hätten uns um ein Haar geküsst. Vor laufenden Kameras. Wie konnte das passieren? Ich drehe die Dusche ab, wickle mich in ein Handtuch und gehe zu Layla, die im Wohnzimmer wartet. Die Balkontür steht offen, anscheinend hat Layla draußen im Liegestuhl ihren frühen Feierabend genossen.

»Was ist passiert? Hat etwa jemand den Trojaner entdeckt? Peters?« Layla starrt mich entsetzt aus ihren braunen Augen an.

»Nein, keine Sorge, das ist es nicht.«

Erleichtert atmet meine Freundin aus.

»Was ist es dann? Komm, trink erst mal was, du bist ja vollkommen verschwitzt. Und warum hast du geklingelt? Jetzt erzähl mal der Reihe nach.«

Dankbar stürze ich das große Glas Wasser hinunter, das mir Layla aus der Küche geholt hat.

»Ich bin einfach abgehauen, Tasche, Handy, Schlüssel, ist alles in der Klinik.«

»Aber warum?«

»Ich habe Nick in den Pool geschubst, wir haben uns gestritten. Dann hat er mich ins Wasser gezogen. Und wir haben uns fast geküsst. Alles vor laufender Kamera.«

Ich vergrabe mein Gesicht unter dem Kissen. Mein impulsives Verhalten ist mir peinlich.

Layla bricht in schallendes Gelächter aus. »Du hast echt Nick in den Pool geschmissen? Und er dich hineingezogen?« Ihr laufen die Tränen über die Wangen. »Hoffentlich lassen sie mich das Video sehen!«

»Das ist nicht lustig, Layla«, protestiere ich, stimme aber in ihr Lachen ein. Es lenkt mich davon ab, wie sehr mich der Beinahe-Kuss durcheinandergebracht hat. Plötzlich kommt mir ein Gedanke. »Du glaubst aber nicht, dass dieser Hajo jetzt Ärger machen wird bei Peters, oder?«

Layla zuckt die Achseln.

»Ach, das wird er schon verkraften.«

»Ich hoffe es. Ich halte mich in Zukunft wohl doch besser von den Dreharbeiten fern.« *Und vor allem von Nick Fontane,* füge ich in Gedanken hinzu. Ich bin erleichtert, dass Layla nicht weiter auf den Beinahe-Kuss eingeht. Ich schlucke. Ich muss das sofort vergessen. Dankbar steige ich in das Gespräch ein, das Layla beginnt.

»Konntest du mit deinem Programm bereits auf die Daten zugreifen?«

Jetzt bin ich es, die den Kopf schüttelt. »Leider nein. Bislang war die Luft nicht rein, ich brauche Zeit dafür, ohne Holger im Raum.« Ich seufze und stehe auf. »Ich werde morgen ganz früh in die Klinik fahren. Falls Peters wegen meiner Pool-Aktion sauer ist, sollte ich mich beeilen, bevor er mich rausschmeißt.«

Layla nickt. »Nimm meine Karte mit, sonst kommst du nicht rein, wenn deine Tasche mit allen Sachen noch dort ist. Ich habe morgen Spätdienst.«

»Perfekt, danke!«

Kapitel 9

Ich lasse mich erleichtert auf meinen Stuhl fallen. Bis hierher habe ich es schon mal geschafft, zum Glück hat jemand meine Tasche auf den Schreibtisch gestellt, und es fehlt nichts. Möglicherweise komme ich doch mit heiler Haut davon und kriege keinen Ärger. Schnell drücke ich den Knopf und trommle mit den Fingern auf den Schreibtisch und verfluche zum zigsten Mal das langsame Betriebssystem. Der Trojaner sollte mir die Tür zum Backend des Patientenmanagementprogramms »Medicom« öffnen – und zwar mit Zugriff auf alle Dateien, auch gelöschte oder verschobene. Das Schöne daran: Niemand wird herausfinden, dass ich es bin, die sich hier umsieht. Wenn dieser doofe olle Klinikcomputer nur endlich vernünftig starten würde. Wie gerne hätte ich meinen eigenen Laptop benutzt, aber der ist nicht Teil des speziell abgeschirmten Klinik-Netzwerks. Ich muss also wohl oder übel mit dieser alten Möhre vorliebnehmen.

Vin Diesel starrt mich vom Plakat hinter Holgers Schreibtisch an. Früher fand ich den Schauspieler mit seinen Muckis und der coolen, düsteren Art heiß. Aber erstens habe ich Bad Boys inzwischen abgeschworen, und zweitens hat Holgers Begeisterung für seinen Namensvetter jede Schwärmerei beendet. Ich hoffe wirklich, meinen Job hier bald an den Nagel hängen zu können. Dann muss ich Holger nicht mehr sehen. Und Vin auch nicht.

Endlich tauchen die Programm-Icons auf dem Bildschirm auf. So nah war ich noch nie dran, das Rätsel um Ambas Akte zu lösen. Ich bin gespannt, ob mein Trojaner funktioniert und ob ich die Daten aufrufen kann. Ich starte »Medicom« und will mich gerade ins Backend einloggen, als ich innehalte.

Sind das Schritte auf dem Flur? Mein Herz rast und rutscht mir dann in die Magengrube. *Verdammt. Kann man hier nie in Ruhe herumschnüffeln?* Kaum habe ich den Gedanken zu Ende gedacht, öffnet sich die Tür schwungvoll. Mirko Peters kommt herein. Überrascht sehe ich auf. Was macht er so früh hier unten?

»Ah, Frau von Bülow. Habe ich doch richtig gesehen, als ich eben aus dem Fenster schaute. Der frühe Vogel fängt den Wurm. Sehr lobenswert, dass Sie vor Herrn Diesel zur Arbeit erscheinen.«

Peters grinst mich wohlwollend an, er trägt unter seinem Kittel ein weinrotes Polohemd, enge Jeans und scheint bester Laune zu sein. Ich starre ihn verwirrt an. Was will er hier? Der Mann ist einfach unberechenbar.

»Guten Morgen, Herr Peters, ich wusste gar nicht, dass Sie schon da sind.«

Meine Stimme klingt belegt. Ich fürchte, er kann mir mein schlechtes Gewissen an der Nasenspitze ablesen. Peters kommt näher und beugt sich über meinen Schreibtisch. Plötzlich verändert sich sein Gesichtsausdruck, ihm scheint etwas einzufallen.

»Wie sind Sie überhaupt hereingekommen? Sie hatten doch gestern Ihre Tasche vergessen?« Er schaut bedeutungsvoll auf meine Handtasche.

Ich überlege blitzschnell.

»Ich hatte zum Glück meine Karte in der Hosentasche«, stammle ich. Was soll dieser Auftritt bedeuten? Eigentlich kann es nur heißen, dass Ärger droht. Peters mustert mich aus seinen kühlen, blauen Augen. Ich mache mich bereit für die Standpauke. Und schon ergreift er das Wort.

»Frau von Bülow, ich habe gestern noch länger mit Hajo Thomas über den Vorfall am Pool gesprochen.«

Ich nicke ergeben. »Es tut mir so leid, ich weiß auch nicht, was da in mich gefahren ist.«

Peters unterbricht mich. »I wo, da ist doch keine Entschuldigung nötig. Im Gegenteil.«

Er fixiert mich mit verschränkten Armen, und ein amüsiertes Lächeln umspielt seine Mundwinkel. Ich verstehe gar nichts mehr.

»Hat Hajo sich nicht über mich beschwert?«

»Das soll er Ihnen am besten selbst erzählen. Wir sind gleich mit ihm verabredet.«

Er wendet sich zum Gehen, bleibt aber in der Tür stehen. »Kommen Sie?«

»Was, jetzt? Ich wollte doch eigentlich die Patientendaten archivieren.«

»Das können Sie später noch machen.«

Ich nicke ergeben, fahre den Computer wieder runter und folge Peters zur Tür. Auf dem Weg in den ersten Stock schweigen wir, Peters eilt voran, ich kann ihm kaum folgen. Als wir über den Ärztetrakt sein Büro betreten, wartet an einem Tisch am Fenster bereits Hajo Thomas.

Er schaut uns erwartungsvoll entgegen, sein halblanges, dünnes Haar ist nach hinten gegelt, sein stoppeliger Dreitagebart wirft Schatten in seinem Gesicht, und seine dunklen Augen fixieren mich. Ein penetranter Geruch von kaltem Rauch schlägt mir entgegen. Er scheint kaum geschlafen zu haben.

»Setzen Sie sich. Wir können es kurz machen.«

Peters weist auf die Sitzgruppe, und ich nehme Platz. Mein Puls rast, und so langsam werde ich doch nervös. Ich fühle mich urplötzlich wie bei einem Tribunal, als Hajo Thomas und er sich mir gegenübersetzen. Peters klopft mit den Fingern auf den Tisch und grinst wieder. Ich kann sein merkwürdiges Verhalten einfach nicht einordnen. Bekomme ich jetzt doch Ärger?

»Ihr Auftritt gestern am Pool, der muss wirklich bemerkenswert gewesen sein. Schade, dass ich nicht dabei war.«

»Ja, ich weiß, es tut mir sehr leid. Und mir ist völlig klar, dass es ein Fehler war.«

»Aber nicht doch, im Gegenteil. Herr Thomas war sehr beeindruckt.«

Ich hebe abrupt den Kopf, den ich in gespielter Demut gesenkt gehalten hatte. Peters macht eine Kunstpause und grinst wieder breit wie ein Kater, der gerade eine Maus in die Ecke getrieben hat. Meine Verblüffung scheint ihm zu gefallen. Auch Thomas grinst, er erinnert mich dabei allerdings eher an einen Tiger, der die Zähne fletscht. Bislang hat er zu meinem Erstaunen kein Wort von sich gegeben und starrt mich weiter an, während Peters wieder das Wort ergreift und wie ein Moderator von Hajo Thomas in der dritten Person spricht, als wäre er gar nicht dabei.

»Frau von Bülow, Herr Thomas hat einen neuen Plan für die weiteren Drehtage im Haus, die Sie betreffen. Da Sie ja Praktikantin in meinem Haus sind, hat er mich angesprochen. Ich unterstütze sein Ansinnen vollkommen und stelle Sie für die Dauer der Dreharbeiten selbstverständlich von Ihren Aufgaben in der IT frei. Immerhin sind wir alle an einem bestmöglichen Ergebnis interessiert.«

Ich verstehe nur Bahnhof. Angebot? Freistellung?

Und warum habe ich das Gefühl, gar keine Wahl zu haben?

»Was meinen Sie damit genau?«

Peters grinst mich begeistert an.

»Ich habe gute Nachrichten. Herr Thomas möchte Sie bei ›Celebrity Inside‹ vor der Kamera sehen, neben Nick Fontane.«

»Was?« Ich glaube, meinen Ohren nicht zu trauen.

Doch schneller, als mir lieb ist, bekomme ich weitere Informationen, Hajo Thomas schaltet sich ein. Seine Stimme klingt rau und kratzig, und ich bilde mir ein, eine leichte Alkoholfahne zu riechen.

»Ich hätte dich gerne in der Staffel. Dein Auftritt gestern war der Hammer, du hast Action hereingebracht. Und ein gewisses Knistern. Dieser Staffel hat noch der gewisse Sex-Appeal gefehlt, also der weibliche. Nick ist natürlich *sexy as hell.* Du kommst aber auch super rüber vor der Kamera, hast Ausstrahlung und siehst gut aus. Also alles, was wir brauchen.«

Hajo Thomas grinst breit, ein lasziver Zug um seinen Mund. Ich versuche zu verstehen, was er mir da gerade offenbart.

»Sie wollen, dass ich bei ›Celebrity Inside‹ mitspiele? An Nicks Seite?«, frage ich – um Zeit zu gewinnen, aber auch, weil ich noch immer nicht ganz sicher bin, ob ich ihn richtig verstanden habe.

Hajo nickt und reibt sich die Hände, als wäre schon alles in trockenen Tüchern. Dann haut er mit der flachen Hand auf den Tisch.

»Prima. Hätten wir das alles geklärt. Ich sehe dich in der Maske. *Come as you are*, wir brauchen Authentizität.«

Damit ist für ihn das Thema offensichtlich erledigt. Für mich allerdings nicht.

»Moment mal, was soll ich überhaupt machen? Ich bin ja kein Celebrity – und auch keine Ärztin. Geht es nicht genau darum in der Show?«

Hajo verdreht die Augen und trommelt auf den Tisch, er scheint die Geduld zu verlieren.

»Du bekommst keine neue Rolle, du bist einfach, wie du bist. Also die IT-Maus, die mal ein bisschen durchs Bild läuft, Nick begleitet, die Technik an ihm richtet.«

»Bitte was? IT-Maus?« Ich funkle Hajo an. Der grinst jetzt wieder, aber es sieht eher aus, als blecke er die Zähne.

»Du weißt schon, was ich meine. Du kommst ab und zu aus deinem Keller, dann machst du bei Nick irgendwelche Kabel fest, wenn er untersucht wird, oder bedienst die Geräte bei der Untersuchung.«

»Aber das ist doch überhaupt nicht mein Job, ich bin IT-Kraft.«

Mein Protest verhallt, Hajo zieht die Brauen zusammen und starrt mich wütend an.

»Wir wollen dich vor der Kamera. Und wir werden schon was finden, was in das Skript passt. Du sollst einfach nur ein paarmal eine gute Figur machen und im Bild sein. Capito?«

Blitzschnell überlege ich, wie ich mich verhalten soll. Hajo scheint es tatsächlich ernst zu meinen. Ich versuche, auf Zeit zu spielen.

»Gut. Danke für das Angebot. Ich denke darüber nach. Wie lange habe ich Bedenkzeit?«

Doch da springt Peters auf. Er beugt sich zu mir über den Tisch und zischt: »Was gibt es da nachzudenken, Frau von Bülow? Das ist eine große Ehre, und es würde unserer Klinik sehr helfen, wenn Sie kooperieren. Sie arbeiten hier, und die Dreharbeiten gehören eben ab sofort zu Ihrem Aufgabenbereich.«

Ich weiche unwillkürlich zurück. Mir wird mit einem Mal klar, dass dieses angebliche Angebot gar keines ist. Ich schlucke und versuche, meine Gedanken zu ordnen. Denn auf keinen

Fall darf ich meinen Job hier riskieren und damit die Mission gefährden.

»Kann ich weiter meinen Aufgaben in der IT nachkommen, wenn keine Drehzeit ist?«

Peters nickt abwesend und läuft jetzt in Richtung Schreibtisch, er scheint keinen Bedarf mehr zu haben, das Gespräch fortzusetzen.

»Natürlich. Mir ist es egal, wann Sie Ihre Aufgaben erledigen, das besprechen Sie mit Herrn Diesel. Aber der Dreh ist gesetzt. Stehen Sie bitte Herrn Thomas zur Verfügung.«

Hajo lehnt sich zurück und mustert mich kurz.

»Komm einfach morgen früh ans Set in die Eingangshalle. Wir haben einen engen Plan, das Skript steht so weit. Ich hätte dich gerne dabei, wenn Nick zur Vorbesprechung seiner Operation geht. Ich sage dir dann, was zu tun ist.«

Ich senke den Blick. Widerspruch wäre zwecklos.

»Okay. Mir wäre es allerdings sehr lieb, wenn ich nicht allzu sehr in den Vordergrund treten müsste. Wäre das nur diese eine Szene morgen?«

Hajo grinst mich diabolisch an. »Nun ja. Nicht ganz. Wir haben noch einen weiteren Drehtag geplant, da soll Nick zum Flughafen und eine dieser armen Frauen treffen, die hier operiert wird. Dein Chef hat darauf bestanden, dass Nick sie vom Flughafen abholt. Wäre gut, wenn du da auch dabei sein könntest.«

Auf dem Weg zurück ins Büro versuche ich, Charlie zu erreichen. Aber sie geht nicht ran. Verdammt. Ich schreibe Layla und ihr eine Nachricht.

Bitte meldet euch, ich soll
mit Nick vor die Kamera.

Holger schaut nur kurz auf, als ich ins Büro zurückkomme, und kaut konzentriert auf seinen Gummibärchen herum. Zum Glück ist Chris nicht am Platz, er kann mir nämlich direkt auf den Rechner schauen, weshalb ich im normalen Arbeitsalltag bisher kaum etwas anderes als die mir zugeteilte Arbeit erledigen konnte.

Ich beschließe, die Gelegenheit beim Schopf zu packen und das Risiko einzugehen. Ich muss meinen Trojaner ausprobieren. Wer weiß, ob ich überhaupt erneut die Gelegenheit bekomme, wenn ich morgen früh beim Dreh dabei sein soll. Ich lasse mich überfordert auf den Stuhl fallen. Noch keine Nachricht von den Mädels.

»Ist Chris heute gar nicht da?«

Holger schiebt sich eine weitere Ladung Gummibärchen in den Mund und spült sie mit einem Schluck Club Mate hinunter. Meine Frage scheint ihn nicht zu wundern, obwohl ich mit Chris und seinem Job als Webdesigner überhaupt nichts zu tun habe.

»Homeoffice.«

Seine desinteressierte Reaktion bekräftigt mich darin, es jetzt einfach zu versuchen.

»Ich werde mal hier weitermachen und den Stapel wegarbeiten.«

Holger zuckt nur die Schultern und nickt kaum merklich. Ich ziehe unauffällig meinen Hochleistungs-USB-Stick aus der Handtasche, um mögliche Datenfunde speichern zu können. Während mein Computer hochfährt, nehme ich beiläufig einen Schluck aus meiner Wasserflasche und stelle sie so hin, dass der Eingangsport am Rechner für Holger nicht sichtbar ist. Ich tippe konzentriert auf meiner Tastatur herum. Dann wühle ich in dem dicken Stapel mit Rechnungen für medizinische Geräte und Medikamente aus den vergangenen drei Jahren, die ich elektronisch archivieren soll. Derweil schiebe ich unauffällig mit der rechten Hand den Datenstick in den Port. Ich öffne die Patientendatenbank von »Medicom« und bekomme vor Aufregung Herzrasen, als das zumindest optisch in die Jahre gekommene Programm lädt. Das ist der entscheidende Moment, an dem ich bisher scheiterte. Ich aktiviere den Backend-Modus, die Eingabemaske für Nutzername und Admin-Passwort erscheint und verschwindet sofort wieder. Mein kleiner trojanischer Helfer hat mir also wie geplant von innen die Tür geöffnet. Ich muss mich beherrschen, mir den Triumph nicht anmerken zu lassen, und starre weiter gespielt gelangweilt auf den Bildschirm. Jetzt brauche ich nur noch ein paar Sekunden. Ein schneller Blick zu Holger zeigt mir, dass er sich nicht bewegt hat. Ich wage es und gebe den Namen »Amba Malala« in die Suchmaske ein – Layla hatte mir erzählt, dass sie und Gabriel unter diesem Pseudonym die verschlüsselten Dateien gefunden haben.

Und tatsächlich. Im Dateien-Ordner blinkt ein kleines Icon, darin liegen drei Megabyte mit Daten. *O mein Gott.* Ich bin ganz nah dran, ich werde der Lösung näherkommen. Mein Herz beginnt zu rasen. Aufgeregt ruckle ich auf meinem Stuhl hin und her. Bis zu Hause kann ich meine Neugierde nicht zurückhalten. Statt die Datei auf den Stick zu ziehen, klicke auf den Ordner. Ich muss sofort wissen, was hier los ist.

Ein achtundzwanzigseitiges PDF öffnet sich, und ich halte die Luft an. Amba Modis Patientenakte lädt. Volltreffer. Aufgeregt beginne ich zu lesen.

In der Akte entdecke ich Fotos von Ambas Gesicht, Hals und der Brust, die ihre Verbrennungen zeigen, und zwei Narkose-Berichte und Operationsprotokolle. Das passt zu dem, was laut Layla in der Akte sein müsste.

Allerdings wird auf zehn Seiten die Behandlung einer komplizierten Oberschenkel-Problematik erklärt. Ich finde verschiedene Arztprotokolle im Zusammenhang mit dem Bein, doch leider kann ich den Namen der Unterschrift nicht entziffern, sie ist unleserlich. Als Kürzel auf den Briefköpfen ist nur »N. N.« eingetragen – ob das womöglich schlicht bedeuten soll, dass die Person nicht genannt werden will? Oder hat es jemand mit Vor- und Nachnamen »N« unterzeichnet? Das Merkwürdigste aber ist: Die Rede ist von einer Femurfraktur. Es folgen andere medizinische Fachausdrücke, die ich nicht zuordnen kann. Wären nicht die Fotos von Ambas Bein eingefügt, wäre ich nicht darauf gekommen, dass es hier um Ambas Oberschenkel geht. Ich reiße die Augen auf, als ich weiter durch das Dokument scrolle. Amba soll demnach dreimal operiert worden sein, zweimal im Gesicht und einmal am Bein. Ihr Bein ist doch aber nach wie vor verletzt, sie wurde nicht operiert, genau das hat Layla ja so aufgeregt. Das kann nur bedeuten, dass die vermeintliche Operation am Bein ein falscher Eintrag ist, um Geld zu kassieren. Wieder ist die Unterschrift unleserlich, sodass nicht nachvollziehbar ist, welcher Arzt die Behandlung zu verantworten hat.

Ich muss mich mit Layla und Charlie besprechen. Wir sind erst am Abend in der »Penthouse«-Bar verabredet, Charlie wollte uns unbedingt etwas Wichtiges erzählen und das nicht in der WG tun. Aber bis 21 Uhr halte ich das nicht durch. Verdammt, warum antworten sie nicht? Ich tippe noch mal eine Nachricht in unseren Chat.

Es ist dringend, ich habe in
die Akte geschaut. Können wir uns
heute Abend etwas früher treffen?

Ein Klirren lässt mich zusammenzucken, Holger greift zur Club-Mate-Flasche und schaut kurz auf. Reflexartig schließe ich das Dokument und blättere wieder beiläufig in dem Stapel neben meiner Tastatur.

Doch der Schreck war mir Warnung genug, nicht weiterzulesen. Mit einem Klick kopiere ich das PDF auf den Stick und logge mich aus dem Backend aus. Immerhin ist mir jetzt klarer als zuvor: In dieser Klinik stimmt etwas nicht. Leider weiß ich weder, was es ist, noch, wer damit zu tun hat. Endlich piept mein Handy.

Kapitel 10

Ich nehme einen tiefen Schluck von meinem Cocktail und lasse den Blick über die Dächer der Stadt schweifen. Auf jedem Stuhl der neuen, hippen Rooftopbar »Penthouse« sitzen stylish gekleidete Frauen und Männern, die lachend und schwatzend unter den letzten Sonnenstrahlen auf ihren Feierabend anstoßen. Ich komme mir in meinem Croptop, dem offenen Hemd und der weiten Jeans underdressed vor. Normalerweise muss man Wochen im Voraus einen Tisch reservieren oder mehrere Stunden anstehen. Aber Charlie hat es wieder einmal geschafft, für uns einen Platz zu ergattern, und Layla und mich hierher bestellt. Ich kann die Atmosphäre in der angesagten Location jedoch nicht genießen. Ich hätte die beiden am liebsten schon heute Nachmittag in der WG getroffen, aber Charlie faselte etwas von Vertragspflichten einer Influencerin. Offenbar hatte sie sich für später noch mit dem Besitzer der Bar verabredet.

Ich rutsche unruhig auf meinem Stuhl hin und her und kann es kaum erwarten, meinen Freundinnen zu erzählen, was ich in Ambas ursprünglicher Akte gefunden habe. Aber ich wollte Charlie, die erst heute Mittag aus L. A. in Berlin angekommen ist und im Park Inn am Alexanderplatz eingecheckt hat, nicht sofort überfallen. Ich lehne mich in meinem Liegestuhl nach vorne.

»Und wie ist das Hotel, Charlie?«

»Nicht so schön wie in der WG, aber deutlich schicker.« Sie lacht, und ihre Augen funkeln. »Aber wo wir gerade beim Thema sind: Ich habe richtig gute Neuigkeiten.«

Sie sieht so glücklich aus, dass ich für einen Moment meine Nervosität vergesse. Ich beschließe, Charlie den Vortritt zu lassen, ich kann später immer noch berichten, was ich gefunden habe.

»Was ist los?« Layla lehnt sich in ihrem Stuhl nach vorne, ihr scheint es ähnlich zu gehen.

Charlie lässt die Bombe platzen. »Als ich heute früh gelandet bin, war das nicht nur für einen kurzen Besuch. Ich bleibe die nächsten sechs Monate in Berlin.«

»Was? Das ist der Hammer!« Layla fällt Charlie um den Hals, und ich schließe mich an.

»Details! Wir wollen alles wissen.«

Charlie hat Tränen in den Augen, sie sieht richtig glücklich aus. »Meine Agentin will, dass ich zumindest vorübergehend hier in Deutschland bleibe. Sie meint, es wäre super für die PR-Show rund um die Veröffentlichung meines Buchs, schließlich wird es zunächst nur hier in Deutschland erscheinen. Das Thema ›Body Neutrality‹ ist einfach so im Hype im Moment, dass sie davon ausgeht, dass es einschlagen wird wie eine Bombe.«

»Charlie, das ist Wahnsinn. Auch wenn ich noch immer nicht verstanden habe, warum du jetzt plötzlich von Body Neutrality redest, hieß es nicht immer Body Positivity? Egal. Hauptsache, du wirst berühmt.«

»Das ist das Ziel! Aber es ist wirklich anstrengend. Die Trends sind so schnelllebig, dass ich echt ständig auf Zack sein muss, wenn ich die Woke-Culture nicht verärgern will. Man wird heute dermaßen schnell gecancelt.«

Charlie lächelt zwar, so ganz kommt die Begeisterung aber nicht in ihren Augen an.

»Was ist los, hast du etwa Bedenken?«

»Nein, das nicht. Aber dieser Schritt zurück nach Berlin, wenn auch nur vorübergehend, hat mich doch zum Grübeln gebracht. Irgendwie fühlt es sich an, als ob mir etwas fehlt.« Sie seufzt und verdreht die Augen.

Fragend sehe ich sie an und versuche, aus ihrer Miene schlau zu werden. Es war immer ihr großer Traum, ein Buch zu schreiben und auf große Lesereise zu gehen. Sie liebt das Rampenlicht und steht gerne vor der Kamera.

Charlie kaut nachdenklich an ihrer Unterlippe und schafft es, dass ihr perfekter, dunkelroter Lippenstift dabei kein bisschen verschmiert. »Ich dachte, wenn ich nach Berlin zurückkomme, hätte ich mehr geschafft.«

Ich kann meine Überraschung nicht verbergen. »Mehr? Charlie, du hast eine Wahnsinnskarriere hingelegt, hast hier deinen Job als Investigativjournalistin an den Nagel gehängt und den Schritt nach Hollywood gewagt, dir einen Namen als Red-Carpet-Reporterin gemacht und es nebenbei zur Influencerin geschafft, die sich für Diversität und Körpervielfalt ausspricht. Und du hast ein Buch geschrieben. Was willst du denn noch?«

Bei meiner Aufzählung hat sich eine leichte Röte auf ihr Gesicht geschlichen. »Wenn du es so sagst, klingt das schon ganz schön viel. Aber es ist oberflächlich: Stars, Glamour, Instagram-Scheinwelt. Wie du sagst: Ich war mal eine harte Investigativreporterin.«

»Aber dem hast du ja bewusst den Rücken gekehrt«, erinnere ich sie. »Wer sagt denn, dass Glam und Glitzer weniger wert sind? Außerdem berichtest du doch auf Instagram ständig über superwichtige Sachen.«

Charlie schwenkt mit kleinen, kreisenden Bewegungen ihren Becher und lässt abwesend die Eiswürfel klirren.

Layla stemmt die Hände in die Hüften. »Charlie Sophie Cramer. Du hörst jetzt mal auf, dich klein zu machen. Verdammt, weißt du, wie lange ich auf den Tag gewartet habe, diese Worte von dir zu hören: Du kommst zurück nach Berlin!«

Sie strahlt Charlie an, und diese erwidert endlich ihr Lächeln. »Ich komme zurück nach Berlin!«, sagt sie und lacht laut auf. »Vorübergehend.«

Layla klatscht begeistert in die Hände. »Du könntest ins Gästezimmer ziehen, und wir machen eine Dreier-WG auf!«

Als ich Charlies entsetzten Blick sehe, muss ich lachen. »Ich glaube, unsere Insta-Queen braucht ein bisschen mehr Platz als die Rumpelkammer, Layla!«

Charlie nickt mir dankbar zu und verzieht dann die Lippen zu einem gequälten Lächeln. »Ich hatte eher an eine möblierte Wohnung zur Zwischenmiete gedacht.«

Laylas Augen werden groß. »Weißt du, was das kostet?«

Charlie bleibt entspannt. »Ich bin die Preise von L.A. gewohnt. So schlimm kann der Berliner Mietmarkt gar nicht sein.«

Layla setzt an, Charlie über gestiegene Immobilienpreise in Berlin aufzuklären, aber ich höre nur mit halbem Ohr zu. Ich kann nicht länger warten. Jetzt, wo Charlie ihre Neuigkeiten geteilt hat, wird es Zeit für meine.

Ich hole tief Luft. »Ich habe die gelöschte Akte von Amba gefunden. Sie war im Backend versteckt, aber dank meines Trojaners konnte ich darauf zugreifen.«

Layla verschluckt sich fast an ihrem Spritz. »Du hast die Akte? Was steht drin?«

»Das ist das Komische. Das meiste deckt sich mit dem, was du erzählt hast, was in der Akte sein müsste, Layla. Aber da ist auch eine komplexe Oberschenkel-Behandlung dokumentiert, von der ich vorher nie gehört habe. Ambas Bein ist doch immer noch verletzt.«

Layla steht auf und setzt sich wieder, meine Neuigkeiten scheinen sie zu beunruhigen. »Ja, natürlich, das Bein ist bisher nicht operiert – und schon gar nicht hier in Berlin. Gabriel hat erst gestern wieder mit seinem Bekannten in Islamabad gesprochen. Amba war letzte Woche zum Röntgen und im MRT bei ihm im Krankenhaus. Er bereitet gerade einen Behandlungsplan vor.« Sie rauft sich die Haare. »Das muss ein Missverständnis sein. Ich verstehe das nicht.«

Charlies Augenbrauen sind während meiner und Laylas Erzählungen immer weiter nach oben gewandert. Ihr skeptischer, höchst konzentrierter, fast begieriger Gesichtsausdruck will so gar nicht zu ihrem stylishen Aussehen mit beigem Cut-out-Sommerkleid, dunkelrotem Lippenstift und Hut passen. Vor mir sitzt nicht mehr die Red-Carpet-Reporterin und Influencerin Charlie aka @Charlicious_LA, sondern die frühere Investigativjournalistin Charlotte Cramer, die eine Story wittert.

»Sorry, Mädels, aber das stinkt doch alles zum Himmel. Betrachten wir es doch mal ganz nüchtern: Eine junge Frau aus dem Ausland, ohne Geld und Verbindungen, wird nach Berlin geflogen, damit ihr geholfen wird. Dann wird sie bedroht, ihre Akte gelöscht, und nun erweist sich die komplette Dokumentation als gefälscht? Das ist kein Zufall und kein Missverständnis. Das ist Betrug. Und wenn ihr mich fragt, stecken dieser Peters und seine schmierigen Kumpanen dahinter.«

Ich finde als Erste meine Sprache wieder. »Das vermute ich auch.«

Layla ist blass geworden und schüttelt unablässig den Kopf. »Nein, Leute, hört ihr euch reden? Das ist doch keine Detektivgeschichte. Ich bin Ärztin, ich helfe Menschen.«

»Genau genommen machst du ihnen die Möpse schön«, entfährt es mir zynisch, aber Layla ignoriert meinen Einwand geflissentlich.

Charlie kaut nachdenklich auf einem Zweig Minze herum, der als Deko aus ihrem fast leeren Moscow Mule ragt. »Was ist mit den anderen?«, fragt sie plötzlich.

Layla und ich sehen uns an. »Welchen anderen?«

»Na, den anderen Pro Bono-Patientinnen. Wenn bei einer Schindluder betrieben wurde, ist doch mit einiger Sicherheit bei den anderen ebenfalls an der Akte rumgepfuscht worden.«

Ich schlage mir mit der Hand gegen die Stirn. »Daran habe ich bisher nicht einmal gedacht, ich war so auf Amba fokussiert.«

Laylas Kopfschütteln ist so vehement geworden, dass ihre Locken fliegen. »Nein, Charlie, das kann ich mir nicht vorstellen! Das hätte ich doch mitbekommen, wenn hier im großen Stil Patientenakten manipuliert werden.« Sie bricht ab.

»Hast du mal nachgeschaut?«, fragt Charlie inquisitorisch.

Layla überlegt. »Nein, ehrlich gesagt nicht. Ich habe in der Regel keinen Anlass, die Akten entlassener Patienten zu lesen, sofern sie nicht zurück in die Klinik kommen. Aber dennoch kann ich es mir nicht vorstellen.«

»Ich mag zwar etwas eingerostet sein. Aber Einzelfälle sind selten. Ihr müsst größer suchen, wenn ihr herausfinden wollt, was in der ›Villa Berlin‹ los ist.«

Layla und ich sehen uns an. Dann springe ich auf, aber Charlie hält mich fest.

»Wo willst du hin? Jetzt kannst du eh nichts mehr ausrichten. Uns fällt schon was ein, wie es weitergeht.«

Charlie hat recht. Ich lasse mich wieder in meinen Stuhl fallen und führe meinen Drink an die Lippen.

Ich lache trocken auf. »Immerhin muss ich in nächster Zeit nicht mehr ständig Excel-Tabellen pflegen.«

»Warum?«

Ich erzähle meinen Freundinnen von der Unterredung in Peters Büro heute früh. »Mein kleiner Streit mit Nick gestern ist komplett nach hinten losgegangen. Ich hatte Schiss, dass die mich deswegen rausschmeißen, aber es ist genau anders herum: Ich soll bei ›Celebrity Inside‹ mitmachen. Irgendwie hat dieser Hajo sich in den Kopf gesetzt, dass es zu wenig Frauen und Emotion in der Staffel gibt. Und Peters hat mir eindeutig zu verstehen gegeben, dass es mich den Job kostet, wenn ich mich weigere.«

»Was? Und das erzählst du erst jetzt?«

Ich zucke mit den Schultern. »Na ja, es ist nicht gerade eine gute Nachricht. Und ich hatte echt anderes im Kopf … Könnt ihr mich bitte auf der Stelle bemitleiden?«

Layla sieht mich tatsächlich mitleidig an, aber Charlie winkt ab. »So schlimm wird das schon nicht werden. Außerdem hast du tatsächlich keine andere Wahl, wie es aussieht. Und einen riesigen Vorteil hat das alles. Du darfst mit Nick Fontane drehen!«

Ich verdrehe die Augen. »Das ist definitiv nicht das Beste an der ganzen Sache!«

Charlie lacht. »Bist du immer noch sauer auf Nick? Ich habe ihn umgänglich und freundlich erlebt. Ich würde sogar wetten, dass ihr super zusammenpasst.«

Ich traue meinen Ohren nicht. »Der Typ ist arrogant und überheblich und denkt, dass ihm die Welt gehört. Und er hat mir meinen Kuchen weggeschnappt. Außerdem dieses ganze Bad-Boy-Auftreten …«

Auf Charlies Gesicht breitet sich ein Grinsen aus. »Oh, daher weht der Wind. Er gefällt dir! Zugegeben, er ist unfassbar heiß. Ich würde ihn nicht von der Bettkante stoßen.«

Layla verschluckt sich fast an ihrem Drink und prustet Aperol über den halben Tisch. »Ich glaube, Maxi auch nicht. Hast du nicht erzählt, dass ihr euch fast geküsst hättet?«

Verdammt. Ich hatte gehofft, dass sie diesen Teil der Pool-Eskapade vergessen hat. Ich versuche schnell, jegliche Ideen der beiden zu diesem Thema im Keim zu ersticken, und funkle sie aus zusammengekniffenen Augen an. »Er kann so heiß sein, wie er will, von Typen wie ihm habe ich die Schnauze voll. Das endet immer böse.«

Layla schweigt, aber Charlie nickt grinsend. »Dann sollten wir dringend das Thema wechseln. Was meint ihr, in welchem Stadtteil soll ich nach einer Wohnung zur Zwischenmiete suchen?«

Kapitel 11

Als ich am nächsten Tag mein Rennrad den kurzen Weg zur Klinik hochschiebe, hat mich die Nervosität mehr im Griff, als mir lieb ist. Ich habe keine Ahnung, was auf mich zukommt, wie Hajo sich meine Rolle als IT-Frau in der Show vorstellt. Aber ich habe gestern Abend nach drei – oder vier – Drinks beschlossen, mich einfach meinem Schicksal zu ergeben und diesen verdammten Dreh hinter mich zu bringen, ohne mich noch einmal von Nick Fontane provozieren zu lassen. Rein, unauffällig im Hintergrund stehen und wieder raus, das ist mein Plan. Vielleicht kann ich dazwischen das Foto für Amba machen.

Ich recke die Schultern und betrete die Klinik durch den Seiteneingang, die Terrassentür der »Cantina«. Ich hatte gehofft, mich kurz an das Spektakel zu gewöhnen, aber kaum bin ich in der Eingangshalle angekommen, wo unzählige Lichter, Stative, Kabelrollen und Tonangeln aufgebaut sind, winkt mich Hajos rechte Hand Maike, die schwarzhaarige Frau mit der Cola, zu sich, platziert mich auf demselben Stoffstuhl, auf dem neulich auch Nick geschminkt wurde, und überlässt mich einer kleinen, rundlichen, hübschen Maskenbildnerin, die sich als angenehm, weil wortkarg erweist und Tanja heißt.

Als sie fertig damit ist, mein Gesicht mit diversen Pasten und

Pinseln zu bearbeiten, meine Augen betont und die Lippen getönt hat, tritt sie einen Schritt zurück und nickt zufrieden. Sie hält mir einen Spiegel hin, und ich muss überrascht anerkennen, dass die Frau ihr Handwerk beherrscht. Ich sehe aus wie ich und dennoch anders. Nur der pinkfarbene Lippenstift passt überhaupt nicht zu mir.

»Sorry, Ansage vom Boss«, sagt sie und zuckt mit den Achseln, als hätte sie meine Gedanken gelesen.

In diesem Moment ertönt Hajo Thomas' dröhnende Stimme. »Ah, da bist du ja! Sehr schön, und ich sehe schon, dass Tanja dich hübsch gemacht hat. Der pinke Lippenstift ist ein guter Touch«, kommentiert Hajo, während er mich begutachtet.

Dann dreht er sich zu seiner Assistentin um, die in diesem Moment mit Gabriel im Schlepptau neben ihm zum Stehen kommt. »Der Herr Doktor. Sehr schön. Fehlt nur noch unser Star. Nick?« Er brüllt dermaßen laut nach seinem Hauptdarsteller, dass ich mir am liebsten die Ohren zuhalten möchte. »NICK, verdammt. Kannst du ein einziges Mal pünktlich sein?«

»Schon gut, ich bin da«, ertönt eine weiche, tiefe Stimme hinter mir, und Nick tritt hinter einem Paravent in der Ecke hervor. Bei seinem Anblick wird mein Mund trocken. Tanja scheint ihn bearbeitet zu haben. Er sieht aus wie aus dem Ei gepellt mit seiner schwarzen Jeans, ein teuer aussehendes graues T-Shirt betont seinen trainierten Oberkörper, sein Gesicht ist glatt rasiert, und die halblangen Haare sind definitiv von einem Profi bearbeitet worden. Ich schlucke, weil mein Körper sofort auf ihn reagiert und mein Herz einen Schlag aussetzt. Das kann ja heiter werden.

Ich bin für einen Moment abgelenkt, als mir sein männlicher Geruch in die Nase steigt. Er riecht nach teurem Aftershave und etwas Herbem, das ich nicht einordnen kann.

»Sorry.«

Ich sehe zu ihm auf und erwarte, dass er mich anfährt, aber zu meiner Überraschung lächelt er belustigt.

»Schnüffelst du gerade an mir?«

Schnell wende ich das Gesicht ab, damit er nicht sieht, wie ich rot werde. »Als ob.«

»Ich glaube, du hast gerade an mir gerochen. Hat es dir gefallen?«

»Nein. Du solltest dich mal wieder waschen.«

Nicks Grinsen wird breiter, und ich schlucke den aufkeimenden Ärger hinunter.

Hajo hat sich von einer auffallend hübschen jungen Frau mit einer blonden Wallemähne und einer kleinen Kamera in der Hand in ein Gespräch verwickeln lassen, sodass mir nichts anderes übrig bleibt, als etwas hilflos neben Nick stehen zu bleiben. Am liebsten würde ich weglaufen, aber ich weiß nicht, wohin. Also beschließe ich, die Gelegenheit beim Schopf zu greifen.

»Äh, Nick. Können wir ein Foto machen? Es ist für Amba, eine ehemalige Patientin aus Pakistan. Sie war vor ein paar Wochen hier in Berlin und liebt ›Celebrity Inside‹.«

Ich erwarte, dass er mich auslacht oder wenigstens einen blöden Spruch reißt, stattdessen zuckt Nick nur mit den Achseln. »Klar.«

Ich ziehe mein Handy hervor, und Nick legt zu meiner Überraschung seinen Arm um meine Schulter, sodass ich seinen Duft wieder intensiv wahrnehme. *Als wir uns das letzte Mal so nah waren, hat er mich fast geküsst.* Ich schiebe den Gedanken beiseite und setze schnell ein künstliches Lächeln auf, er grinst professionell, und ich drücke ab. Ich stoße einen Seufzer der Erleichterung aus.

Nick betrachtet mich mit einem frechen Grinsen. »Wenn so ein bisschen Kuscheln alles ist, was es braucht, um dich zum

Seufzen zu bringen, hätte ich das gerne schon früher machen können.«

Ich ermahne mich innerlich zur Ruhe. Ich werde mich nicht von ihm provozieren lassen.

»Ich kann dich aber auch küssen, wenn dir das lieber ist.« Seine Stimme ist ganz nah an meinem Ohr.

Wütend fahre ich herum. »Wenn du willst, dass ich dich noch mal in den Pool schubse. Ich kann dir wahlweise gerne eine Ladung Cola übers Shirt kippen.«

Meine Worten prallen von Nick ab wie von Teflon, sein Grinsen wird umso breiter. »Baby, wenn du willst, dass ich mich für dich ausziehe, musst du nur fragen.«

Seine Dreistigkeit verschlägt mir fast den Atem. Vor allem aber lässt sie mich all meine guten Vorsätze vergessen. Ich richte mich auf und sehe Nick direkt in die Augen. »Jeder weiß, dass du dich für alles ausziehst, was nicht bei drei auf den Bäumen ist. Das ist wahrlich nichts Besonderes.«

Kurz zuckt ein fast gequälter Ausdruck über sein Gesicht, aber Nick hat sich sofort wieder im Griff. Er hebt sein Shirt an, nimmt meine Hand und legt sie sich auf den stahlharten Sixpack. Ich schlucke, was ihm natürlich nicht entgeht.

»Nichts Besonderes, hm?« Seine Stimme verhöhnt mich.

Ich schlucke. Ich will schon etwas entgegnen, da klatscht Hajo begeistert in die Hände und nimmt mir den Wind aus den Segeln. »Genau das will ich sehen, ihr Lieben! Dieser *spark* zwischen euch, das Flirten. Das ist Entertainment. Also macht genau so weiter.«

Ich hatte erwartet, dass Hajo von mir verlangt, das brave Mäuschen zu spielen, was eine Herausforderung geworden wäre. Aber wenn ich Nick Kontra geben darf, soll es mir recht sein. Solange ich gewinne.

Ich nicke. »Okay. Wo fangen wir an?«

Hajo sieht sich um, entdeckt eine blonde, junge Frau, die sich auffällig dicht neben Nick gestellt hat und mit einem süßen Lächeln auf ihn einredet. In mir regt sich eine Abneigung gegen diese Frau, die ich mir gar nicht erklären kann. Ich kenne sie nicht mal. Aber die Art, wie sie an Nick klebt und ihn anhimmelt, triggert etwas in mir. Ich kann es nicht anders sagen: Es wirkt fast aggressiv, wie nah sie bei ihm steht und ihn anstarrt. Ich sehe zu Nick und stelle überrascht fest, dass er wenig begeistert aussieht.

»Tammy, Schatz, ich weiß, dass du ganz heiß darauf bist, dein Interview mit Nick zu machen, aber komm mal her. Ich möchte dir jemanden vorstellen.«

Tammy dreht sich mit einem affektierten Seufzen zu Hajo um, kommt dann aber tatsächlich zu uns geschlendert.

»Tommy, ich war gerade totaaaaaaal beschäftigt«, sagt sie kaugummikauend. Hat sie einen leichten amerikanischen Akzent? Dann hält sie inne, und ein Lächeln überzieht ihr herzförmiges Gesicht. »Oh, das ist witzig. Tommy änd Tämmy. Wir sind Namens-Twinsies. Dass mir das jetzt erst auffällt.« Sie klatscht in die Hände und hüpft dabei begeistert auf und ab. Definitiv ein amerikanischer Akzent – aber kein echter.

Hajo winkt genervt ab. »Also, Tammy, das hier ist Maxi. Mir war diese ganze Staffel ein bisschen zu lame, deshalb haben wir sie ins Skript geschrieben. Maxi und Nick haben eine ganz tolle Chemie, wir werden sie also immer wieder featuren. Du kannst Maxi jederzeit Fragen für Social Media stellen und vielleicht ein kleines Porträt machen.« Er unterbricht seinen Redeschwall und sieht zu mir. »Maxi, was ist dein Insta-Handle? Gib Tammy später deine ganzen Infos, damit sie dich taggen kann. Sie ist unser Social-… unsere Social-Frau und begleitet den Dreh. Natürlich kümmert sie sich vor allem um Nick, aber du wirst sicher auch mal benötigt.«

Ich stehe sprachlos da, weiß gar nicht, wie ich darauf reagieren soll. Tammy, die mich jetzt zum ersten Mal wahrzunehmen scheint, mustert mich abschätzig von oben bis unten. Als ihr Blick meinen trifft, zucke ich kurz zusammen. Sie funkelt mich böse an. Dann macht sie eine Riesenblase mit ihrem pinken Kaugummi, lässt sie platzen und nickt mir zu. »Ich schaue mal, ob ich sie unterkriege.« Sie grinst, und ich frage mich, ob ich mir das böse Blitzen in ihren Augen nur eingebildet habe.

Hajo, der offensichtlich genug von Tammy und mir hat, klatscht in die Hände und winkt das ganze Team zu sich. Ich positioniere mich möglichst weit von Nick entfernt.

»Also, Leute, wir machen es, wie es im Plan steht. Dr. Goldberg begrüßt Nick in der Klinik und führt ihn in den Behandlungsraum. Kamera folgt. Dann Cut, Szenenwechsel. Licht ist schon oben aufgebaut. Wir gehen hoch, Goldberg erklärt die OP, zeigt ein 3-D-Bild, wie es aussehen wird, malt mit dem Edding diese Striche in Nicks Gesicht. Bisschen Blabla über diese Frauen, das war's. Capito?«

Nick räuspert sich. »Ich werde mir definitiv keine Striche ins Gesicht malen lassen.«

»Das ist auch wirklich nicht nötig für die Vorbesprechung. Wir haben heute ganz andere Methoden«, mischt Gabriel sich ein.

Hajos Nacken läuft knallrot an, und die Ader auf seiner Stirn schwillt an. Mir entfährt ein leises Kichern. Langsam dreht sich Hajo zu mir um. »Du! Deine Aufgabe ist es, schön auszusehen. Bleib einfach immer ganz dicht an Nick dran. Und mach dich an irgendwelchen Geräten in der Nähe zu schaffen.« Er hebt wieder abrupt die Stimme. »Hat jemand einen Schraubenzieher und ein Tablet? Vielleicht kannst du das 3-D-Modell zeigen.«

Ich schlucke und nicke, unterdrücke die Frage, wozu ich einen Schraubenzieher brauche. Ich wünsche mir zum tausendsten Mal, meine Impulse besser unter Kontrolle zu bekommen. Die bringen mich mit dieser Filmcrew permanent in Bedrängnis.

»Immer schön an Nick dranbleiben, Ansage vom Chef.« Unbemerkt ist Nick an mich herangetreten. Seine raue, tiefe Stimme ist wie eine Liebkosung an meinem Ohr, und die feinen Härchen stellen sich in meinem Nacken auf. Mir bleibt eine Antwort erspart, weil Hajo sich in diesem Moment auf seinen Regiestuhl setzt und den Drehbeginn verkündet.

»So, alle auf ihre Plätze.«

Die zwei Kamerateams gehen mit Gabriel und Nick in jeweils unterschiedliche Ecken der Eingangshalle, nur ich bleibe ratlos mitten im Raum stehen.

»Kann sich mal jemand um die Blitzbirne kümmern?«, schreit Hajo, und Maike eilt zu mir, drückt mir ein Tablet und einen Schraubenzieher in die Hand und zieht mich zu meiner immensen Erleichterung in die Ecke hinter Gabriel.

Die Szene in der Halle ist erstaunlich schnell abgedreht. Mit etwas Glück werde ich kaum im Bild sein. Trotzdem bin ich froh, mich heute früh für ein schlichtes, schwarzes T-Shirt entschieden zu haben, auf dem man die Schweißflecken hoffentlich nicht sehen kann, die sich in den letzten Stunden mit Sicherheit gebildet haben.

Als zweite Szene steht der Dreh in Gabriels Büro an, in dem ich tatsächlich noch nie zuvor war.

»Du kannst dich da in die Ecke stellen und irgendwie an dem Drucker herumschrauben«, weist Maike mich an, während Hajo mit Gabriel und Nick die letzten Details bespricht. Hajo scheint das Interesse an mir verloren zu haben, und ich versuche, in meiner Ecke möglichst nicht aufzufallen, während ich gespannt den Dialog zwischen Gabriel und Nick verfolge.

Gabriel platziert Nick auf einem Stuhl in der Mitte des Raumes und klärt ihn zunächst über das Charity-Programm auf. »Wie Sie sicher wissen, fließt ein Teil der Einnahmen dieser Klinik in ein hochgeschätztes Pro-Bono-Programm, dessen Schirmherrin die Bundespräsidentin ist. Auch Ihr Eingriff kommt direkt einer jungen Frau zugute, die bei einem Attentat in ihrer Heimat vor einigen Wochen schwer verletzt worden ist und einen Arm verloren hat. Es ist eines der tragischsten Schicksale, die wir hier je behandelt haben, und wir konnten einen Spezialisten für die komplexe Operation gewinnen. Da sie zusätzlich zu einer Hauttransplantation eine Prothese bekommen soll, die direkt mit ihren Nerven verknüpft werden muss, ist der Eingriff unglaublich kostspielig. Ich freue mich, dass Sie sich entschieden haben, die kompletten Kosten der Operation zu verdoppeln. Das ist sehr großzügig. Ich möchte mich im Namen der ›Villa Clinics‹ und der ›Stiftung Camino‹ herzlich bei Ihnen bedanken.« Gabriel schüttelt ihm gerührt die Hand, und ich starre fasziniert zu Nick, der sich sichtlich unwohl fühlt.

»Ja, äh, gerne geschehen.« Er bricht ab, dreht sich dann halb zu Hajo um, wobei sein Blick mich in meiner Ecke streift. »Müssen wir das unbedingt thematisieren?«, fragt er barsch.

Hajo winkt ab. »Natürlich müssen wir, Darling. Wir wollen der Welt doch zeigen, was für ein toller Typ du bist.«

Nick zuckt resigniert mit den Achseln, und ich versuche fieberhaft, die Informationen zu verarbeiten. Nick will wirklich so viel Geld an die Stiftung spenden?

Gabriel lenkt das Thema auf die geplante Nasen-OP.

»Herr Fontane, der geplante Eingriff ist simpel, wir führen hier täglich ähnliche Korrekturen mit Modellage durch. Sie können sich sicher sein: Bei uns sind Sie in den besten Händen.« Gabriel lächelt seinen Patienten aufmunternd an. Ich bin beeindruckt von seiner Schauspielkunst. Man merkt ihm kaum an, dass jedes Wort geskriptet ist.

Dann richtet er eine Lampe auf Nicks Gesicht. »Ihre Nase ist eindeutig einmal gebrochen worden. Wie ist das passiert?«

Nick zögert kurz, fährt sich unsicher mit der Hand durchs Haar. Ich frage mich plötzlich, wer dieser Nick Fontane eigentlich ist.

Die Antwort kommt schnell. Nick setzt sein überheblich-charmantes Grinsen wieder auf und tippt sich gegen die leicht schiefe Nase mit dem Höcker in der Mitte. Storytime.

»Ach, das Übliche: Eine kleine Rauferei unter Jungs – und dann bin ich eine Treppe runtergestürzt. Ich habe mich nicht getraut, es meinen Eltern zu erzählen, also war ich nie beim Arzt.«

Gabriel, der ihm die Geschichte ebenso wenig zu glauben scheint wie ich, sieht ihn streng an. »Das erklärt, warum die Ligamente so schief zusammengewachsen sind. Eine solche Nase sehen wir sonst häufig von Amateurboxern oder anderen Kampfsportlern. Was ist denn Ihre Motivation, sich die Nase nach all den Jahren begradigen zu lassen?«

Erneut zögert Nick kurz, dann knipst er sein Tausend-Watt-Grinsen wieder an. »Wie Sie sicher wissen, würde ich gerne den nächsten Schritt in meiner Karriere gehen. Hollywood. Der berühmte Schauspielberater Guru Hedhi Megshwa hat mir diesen Schritt dringend angeraten. Derzeit würden glattere Gesichter bessere Chancen haben, sagte er.« Er zuckt wieder mit den Achseln, und mich beschleicht die Vermutung, dass Nick mit einem lockeren Achselzucken das ganz und gar Gegenteilige von dem ausdrücken möchte, was er eigentlich sagt.

Ich muss von allen guten Geistern verlassen sein, aber ich beschließe, mich in die Unterhaltung einzumischen.

»Und du machst immer alles, was irgendwelche Typen in Hollywood von dir verlangen?«

Sofort richten sich zwei Kameras und mehrere Augenpaare auf mich. Ich richte meine Konzentration jedoch nur auf ein paar wunderschöne, karamellfarbene Augen, die mich wieder einmal völlig in ihren Bann ziehen. Aus dem Augenwinkel sehe ich, dass Hajo ein Zeichen gibt, weiterlaufen zu lassen. Ermutigt füge ich hinzu: »Nicht, dass ich es dir ausreden wollen würde. Die 3-D-Animation mit dem prognostizierten Ergebnis sieht definitiv *glatt* aus.« Ich betone das Wort glatt auf eine Art und Weise, die deutlich macht, dass es kein erstrebenswertes Adjektiv ist.

Wie zum Beweis halte ich das Tablet hoch, auf dem sich langsam ein 3-D-Modell von Nicks Kopf dreht, das Maike mir vorhin geöffnet hat. Allerdings hat Nick hier eine deutlich kleinere, absolut perfekt aristokratisch-gerade Nase.

Nick steht auf und tritt an mich und das Modell heran, so dicht, dass er mich ganz leicht berührt. Ich würde mich gerne gegen ihn lehnen, die Wärme seines Körpers spüren.

Nick beugt sich noch näher zu mir. »Das ist …«

»Langweilig«, entfährt es mir.

»Wunderschön«, sagt Nick. Erstaunt sehe ich auf und stelle fest, dass Nick mich eingehend mustert.

Mein Herz setzt einen Schlag aus, und ich überlege krampfhaft, ob er tatsächlich mich gemeint hat – oder seine Nase.

Gabriel räuspert sich laut. »Wir könnten dann jetzt an die Untersuchung gehen.«

Ich zucke zurück und verfluche mich dafür, dass ich mich von Nicks Erscheinung schon wieder so habe einlullen lassen.

Hajo klatscht begeistert in die Hände. »Okay, supi. Gut gemacht. Nick, zieh dein Shirt aus. Hat mehr so Check-up-Charakter.«

Nicks Miene verfinstert sich. »Warum sollte ich für eine Nasen-Untersuchung mein Shirt ausziehen?«

Hajo fährt direkt aus der Haut. »Weil ich es dir sage, capito?« Ich bin kurz davor, Hajo ein paar Ansagen zu machen, bremse mich aber im letzten Moment. Ich muss ganz bestimmt nicht Nicks Kämpfe ausfechten.

»Du, IT-Häschen«, Hajo deutet auf mich. »Hilf Nick mit den Kabeln.«

»Ist das dein Ernst?«

Hajos Stirnader pulsiert verdächtig. »Sehe ich so aus, als würde ich Scherze machen?«

Ich gebe zu: Hajo macht mir inzwischen ein bisschen Angst. Und das nicht nur, weil er mich mit einem Wort bei Peters anschwärzen könnte, und dann wäre ich raus. Er ist derart impulsiv, dass er mich fast einschüchtert, und das kommt selten vor.

Resigniert trete ich zu Nick, der es irgendwie geschafft hat, das Kabel seines Mikrofons einmal um sein T-Shirt zu wickeln und einen Knoten zu machen.

»Diese Scheiße hat sich komplett ineinander verwickelt, so ein Dreck.«

Nicks Gesicht ist rot angelaufen, und ich habe ihn noch nie so echauffiert gesehen. Ich weiß nicht, was mich leitet, vielleicht ist es Mitleid. Ich lege dem Fluchenden behutsam die Hand auf den muskulösen Oberarm. »Jetzt halt einfach mal still.«

Ich habe zwar keine Ahnung von Tontechnik, aber im Knotenentwirren bin ich ganz gut. »Warum lässt du dir diese Scheiße von Hajo gefallen? Hat er was gegen dich in der Hand?« Ich spreche so leise, dass nur Nick mich hören kann, während ich vorsichtig versuche, den Anfang vom Kabel zu finden.

Nick wird schlagartig ganz ruhig, aber sein Körper unter meinen Finger bleibt nach wie vor angespannt. Er schweigt, und ich setze meine Bemühungen fort. Allerdings komme ich so nicht weiter.

»Ich, äh, müsste mal den Empfänger von deinem Hosenbund

lösen.« Nick hebt die Arme und gewährt mir uneingeschränkten Zugang zu seinem Körper. Die Realisation setzt bei mir ein wie ein Schlag, und mit einem Mal bin ich befangen. Sanft hebe ich sein Shirt und taste nach dem Empfänger, den Nick sich hinten an die Hose geklippt hat. Dabei streifen meine Finger seine harten Bauchmuskeln. Nick zuckt bei der Berührung einmal kurz zusammen, und ich höre, wie er den Atem einzieht. Ich grinse innerlich. Ihn lässt die Nähe definitiv nicht kalt – so wie vorhin.

Ich ziehe den Stecker aus dem kleinen Gerät und folge dem Kabel nun deutlich forscher an Nicks Rücken hinauf zum Ärmel, wo es sich verheddert hat. Zufrieden stelle ich fest, dass Nick ein Schauer über den Rücken läuft, als ich ihn berühre.

»Es gehört dazu. Ich muss mich mit Typen wie ihm gut stellen, wenn ich Karriere machen will«, presst Nick fast unhörbar aus zusammengebissenen Zähnen hervor. Überrascht sehe ich auf und versinke in seinen Karamellaugen. Ich hatte nicht mehr mit einer Antwort gerechnet.

Ich lasse meine Finger langsam an seiner Seite hinuntergleiten, ohne meinen Blick von ihm zu lösen. Wir beide wissen, dass diese Berührung völlig unnötig ist und nur meinem persönlichen Vergnügen dient. Und Nicks Gesichtsausdruck nach zu urteilen, auch seinem.

Ich reiche Nick mit meiner anderen Hand das Kabel. »Das hast du nicht nötig«, flüstere ich. Etwas lauter sage ich. »Jetzt kannst du dich wieder ausziehen. Wir alle wissen, wie sehr du auf diese Gelegenheit gewartet hast.«

Dann gehe ich zurück in meine Ecke, aber nicht ohne Nick einen durchdringenden Blick über meine Schulter zuzuwerfen. Ich befürchte allerdings, dass ihm ganz und gar der Biss fehlt.

Kapitel 12

Nach den nervenaufreibenden Dreharbeiten scheint es mir wie eine Wohltat, zurück in das dunkle, ruhige IT-Büro zu kommen. Allerdings stelle ich zu meinem Missfallen fest, dass sich die TV-Crew auch hier breitgemacht hat. Schlimmer: Auf einem der Schreibtische liegt ein Haufen Klamotten, der mich verdächtig an Tammy erinnert, dazu kommen Schminkzeug und ein Selfie-Stick. Außer Holger ist zum Glück aber niemand da. Ich nicke ihm zu, und er grinst sogar ein wenig erfreut, als er mich sieht.

»Na, Holger, viel zu tun heute?«

»Ja, geht. Ich muss noch für Chris was vorbereiten.«

Damit ist die Unterhaltung schon wieder beendet, und ich starte aufgeregt meinen Rechner. Unauffällig schiele ich auf meinem Handy auf das Foto, das Gabriel mir geschickt hat. Dort hat er die Namen eines Teils der Pro-Bono-Patientinnen und einiger prominenter Frauen und Männer geschrieben, die in der Klinik behandelt wurden. Ich bin sehr gespannt, ob ich Unregelmäßigkeiten auch bei anderen Patienten finde. Es ist wie die Suche nach der Nadel im Heuhaufen, aber irgendwo muss ich anfangen. Und Holger scheint sich nicht dafür zu interessieren, was ich gerade mache. Ich starte »Medicom« und logge mich in den Patientenbereich ein. Layla und ich haben beschlossen, zunächst im Frontend nach Hinweisen zu suchen, was aber nicht einfach wird bei der schieren Menge an Daten. Es müssen mehrere Tausend Patientenakten sein, sie gehen von A wie Abalana bis zu dem klangvollen Z wie Zoé, mit Sicherheit ein Künstlername, wenngleich ich nie von dieser Person gehört habe. Ich klicke auf den Namen King-Lil Wun, den ich auf Gabriels Liste entdecke. Es sind dreißig Seiten, und ich gleiche sie mit den Notizen in meinem Handy ab. Die koreanische Rapperin, von der mir Layla erzählt hatte, bekam laut Klinikbericht eine Nasenoperation, eine Brustvergrößerung und noch verschiedene minimalinvasive Behandlungen. Lippen aufspritzen, Fett absaugen – mit einem kurzen Blick erkenne ich, dass in der Akte im Original alles genau so steht wie in Laylas Bericht.

Ich wende mich der nächsten Patientin zu, scrolle mich willkürlich durch die digitalen Akten. Die meisten umfassen etliche Seiten. Irgendwann klicke ich wieder auf M wie Modi. Die Akte von Amba ist wie gehabt leer.

Ich erkenne hier einfach kein Muster, und ich kann unmöglich jede Datei öffnen und prüfen. Ich muss es anders angehen und zwinge mich dazu, einen gedanklichen Schritt zurückzugehen. Was tut man, wenn man den Wald vor lauter Bäumen nicht sieht? Den Blickwinkel ändern. Wenn Ambas Akte heraussticht, weil sie leer ist, muss ich vielleicht nicht nach Fehlern in den Akten selbst suchen, sondern nach deren Abwesenheit.

Also lasse ich mir im Programm die einzelnen Patientenaktenordner sortiert nach ihrer Größe anzeigen.

Ich atme scharf ein. Etliche Ordner sind leer. Vollständig leer. Null Kilobyte Inhalt. Warum? Probeweise klicke ich einige Akten an. Die meisten haben arabische oder zumindest nicht europäisch klingende Namen.

Ratlos starre ich auf den Rechner. Den Namen zufolge wäre es möglich, dass es sich bei den Ordnern um Patientinnen handelt, die pro bono operiert wurden, also um verletzte Frauen aus Kriegs- und Krisengebieten. Aber warum sind sie alle leer?

Holger räuspert sich am Tisch neben mir, und ich zucke zusammen. Ich hatte für einen Moment vergessen, wo ich mich befand. Ich notiere mir einige der Namen mit leeren Akten, um sie später mit Layla durchgehen zu können. Vielleicht nehmen wir Charlie dazu, schließlich hat sich ihr Instinkt als richtig erwiesen: Ambas Akte ist nicht die einzige ohne Inhalt. Doch allein die Erkenntnis hilft mir noch nicht weiter. Obwohl …

Ich werfe Holger, der mit Headset leise murmelnd vor dem Rechner sitzt, einen kurzen Blick zu. Er trägt heute ausnahmsweise kein Metal-Shirt, sondern ein schwarzes Hemd, das über der Brust spannt. Peters hatte gestern darum gebeten, dass sich heute alle Mitarbeiter »von der Putzfrau bis zum IT-Chef« in ihren besten Klamotten blicken lassen, da heute das Team von Hajo Thomas mit der Kamera durch alle Räume gehen will. Zum Glück ist es bisher nicht aufgetaucht.

Holger scheint so vertieft, dass ich beschließe, den Moment zu nutzen. Ich klicke den Button fürs Backend, um mir die leeren Dateien dort genauer anzusehen. Bei Amba hat das schließlich auch funktioniert.

Wie beim letzten Mal erscheint die Log-in-Maske, aber anstatt mich direkt einzuloggen, blinkt der Cursor im Passwort-Feld. Und blinkt. Verdammt. Wurde ich entdeckt? Warum funktioniert mein Trojaner nicht mehr?

Ich starre auf den Bildschirm. Am liebsten hätte ich die Tastatur genommen und an die Wand geworfen. Doch es hilft alles nichts, ich muss an die Daten kommen, wenn wir Amba helfen wollen. Kurz entschlossen schiebe ich meinen Stuhl zurück.

»Holger, hast du mal eine Minute?«

Holger zieht sich das Headset herunter.

»Was gibt's?«

»Ich wollte gerade mal alle Operationen abgleichen, bei denen Propofol in der Anästhesie verwendet wurde. Ich dachte, es wäre sinnvoll, die Rechnungen danach zu archivieren, welches Betäubungspräparat am häufigsten bei den OPs eingesetzt wurde.«

»Ja. Im Prinzip clever.«

Erfreut lege ich nach.

»Nur komme ich nicht an die Ordner der Frauen, die hier für einen guten Zweck operiert werden, die Pro-Bono-Frauen, weißt du? Ich brauche nur die Information über die Medikamente. Bei den Patientinnen finde ich aber keine Daten.«

»Schon klar.« Holger lehnt sich zurück und schiebt seinen Bauch vor. Er verschränkt die Arme hinter dem Rücken, dabei rutscht das Hemd aus seiner Hose.

Dass man ihm jedes Wort aus der Nase ziehen muss, macht mich völlig wahnsinnig. Ich mahne mich zur Ruhe und frage beiläufig: »Du meintest doch neulich, dass nur du den Zugang zu allen Patientendaten hast, oder? Kannst du mir auch einen geben, damit ich meine Liste vervollständigen kann?«

Holger schüttelt den Kopf und taxiert mich dabei aus zusammengekniffenen Augen. »Da musst du den Chef fragen. Peters.«

»Peters?« Ich starre ihn an. Das wird ja immer komplizierter. Und warum kann dieser Mann nicht mal mehr als zwei Sätze am Stück von sich geben?

»Pro bono ist eine andere Stufe. Da komme ich nicht ran, selbst wenn ich wollte.«

»Warum eine andere Stufe? Das ist doch ein System, ein Backend, hier arbeiten doch alle mit Medicom.«

Holger blinzelt mich durch seine rechteckige Brille an und zuckt die Achseln. Mein Drängeln führt sofort zum vollständigen Rückzug.

»Interessiert mich nicht, warum, ist auch nicht unser Job. Pro bono läuft nur über Peters.«

Ich komme bei Holger nicht weiter. Doch zumindest muss ich so viel herausfinden wie möglich.

»Dann hat er das bestimmt ausgekoppelt und über ein Exit-Passwort auf einen Extra-Server mit Remote-Option gesichert. Meinst du, er würde mir einen temporären Zugang geben für die Abfrage?«, bluffe ich.

Holger, offenbar wenig beeindruckt von meinen Fachkenntnissen, schüttelt den Kopf.

»Selbst wenn ich wollte, keine Chance. Das läuft nicht über den Server, dann könnte er die Daten ja nicht mehr bearbeiten. Sondern über seine Master-Keycard als Teil der Mehrstufenidentifikation. Lass gut sein. Das ist nicht die Aufgabe für Praktikantinnen.«

Ich muss alles aufbringen, Holger nicht zu zeigen, wie sehr mich die Information, die er mir soeben unwissentlich gegeben hat, schockiert. Dann also diese Karte.

»O ja richtig, wie dumm von mir, daran hatte ich gar nicht gedacht. Von dir kann ich noch einiges lernen.«

Ich schenke Holger einen unterwürfig-bewundernden Blick, eine Methode, die mir zutiefst zuwider ist. Doch dies ist ein Notfall, und sie zieht sofort.

»Na ja, man kann nicht alles wissen. Übung macht den Meister. Außerdem ist das hier im Haus sehr speziell und kompliziert geregelt.« Er schnauft kurz und grinst.

»Sicher zu kompliziert für mich?« Ich gebe jetzt alles und klimpere mit den Augen. Fast ein wenig schockiert registriere ich, wie er plötzlich gesprächig wird. Zumindest für seine Verhältnisse.

»Peters hat sich alles auf seine goldene Keycard gespeichert. Eine echte Wunderwaffe, das Teil, damit kann er die halbe

Klinik einsehen oder auch lahmlegen, wenn er wollte.« Holger grinst vergnügt und blinzelt mir wieder zu.

Wenn Holger gerade schon in Plauderlaune ist, vielleicht kann er mir ja trotzdem weiterhelfen?

»Ziemlich komisch, dass die Daten der Pro-Bono-Patientinnen so schwer zugänglich sind, findest du nicht? Zumindest macht es die Arbeit nicht einfacher für uns.«

Holger zuckt die Achseln. Er macht wieder dicht.

»Nicht mein Business. Solange ich hier meine Arbeit machen kann, interessiert mich das nicht.«

In diesem Moment geht die Tür auf, das Gespräch ist unterbrochen. Social-Media-Tammy kommt herein, ihr Smartphone vor dem Gesicht. Sie trägt hüfthohe Wide-Leg-Jeans und einen kurzen, weiten Batik-Hoodie, der ihren braun gebrannten, flachen Bauch freigibt, während sie mit dem Handy herumfuchtelt. Sie nickt uns nur kurz zu und schaut geradewegs an mir vorbei, dann plappert sie los.

»Und hier seht ihr jetzt mein Office. Das hier sind Mäxi änd Holger. Der Chef der IT, er hat es voll drauf mit der Technik. Und Mäxi … geht ihm zur Hand.«

Ich zwinge mich, den bösen Blick zurückzuhalten, den ich ihr am liebsten entgegenschleudern würde. Leider habe ich mich entschlossen, die Rolle zu spielen, da muss ich jetzt wohl durch. Wie schon bei unserer ersten Begegnung fällt mir Tammys gekünstelter amerikanischer Akzent auf, das »und« spricht sie wie ein »änd« aus. *Albern.* Tammy blickt weiter konsequent an mir vorbei. Scheinbar hat sie wenig Lust auf den Dreh mit mir.

Ohne unser Einverständnis abzuwarten, schwenkt sie dann plötzlich ihr Smartphone herum und filmt in den Raum hinein. Schnell klicke ich das Programm weg und setze ein Grinsen auf.

»Hier sitzt Holger Diesel, der Van Diesel der IT. Er ist der absolute Crack, Leute, er kriegt jedes Programm rum. Club Mate und Gummibärchen sind sein Sprit, sein Brain ist seine Superpower.«

Holger versucht, sich hinter seinem Bildschirm zu verkriechen, aber Tammy ist in die Knie gegangen und filmt ihn von unten, um das Vin-Diesel-Poster mit einzufangen. Dann hebt sie den Daumen, springt auf und steht sofort neben mir. Tammy gehört zu den Menschen, die keine Distanz einhalten und einem immer auf zehn Zentimeter auf den Leib rücken. Sie wird es mit ihrem dicken Fell mal weit bringen, davon bin ich überzeugt. Plötzlich steht sie hinter mir.

»Änd das hier ist Mäxi. Sie arbeitet auch hier in der IT der ›Villa Berlin‹. Aber noch mehr, Mäxi ist der neue Shootingstar. I promise, ihr werdet bald mehr über sie erfahren.«

Nicht, wenn ich etwas mitzureden habe. Ich grinse in die Kamera und halte wie Tammy zuvor den Daumen hoch. Damit scheint Tammy zufrieden zu sein und legt dann das Handy weg. Sie stemmt die Hände in die Hüften und verkündet gönnerhaft in unsere Richtung:

»Danke, Leute, das war echt nice. Ich wollte Authentizität, darum habe ich euch leider nicht vorwarnen können.«

Ich glaube ihr kein Wort. Ich wette, sie wollte mich überrumpeln, damit ich einen besonders dämlichen Eindruck mache. Hoffentlich verschwindet sie bald wieder. Ihr penetrantes Geblubber am Set nervt mich. Es ist, als sei sie immer da – zumindest, wenn Nick zugegen ist.

Ich werfe einen Blick auf mein Handy und sehe eine Nachricht von einer unbekannten Nummer.

Hallo Maxi. Morgen wird die Szene am Flughafen gedreht. Hier die Daten: Bitte sei morgen früh um 6 Uhr am BER, der Flieger landet um 8. LG, Maike.

Ich lasse das Telefon sinken. Das geht aber verdammt früh los. Das Opfer, das ich für diese Mission bringe, ist wirklich nicht gerade klein. Aber gut. Peters möchte seine tollen Bilder mit der Pro-Bono-Frau, und ich muss mitmachen. Also habe ich auch morgen wieder keine Zeit, um nach Spuren zu suchen. Andererseits komme ich ohne die Keycard ohnehin nicht weiter und muss mir etwas überlegen, vielleicht kann ich versuchen, Peters einzuwickeln und etwas über die Funktion dieser Karte herauszubekommen.

Kapitel 13

Herrschaftszeiten, Tammy, musst du immer im Weg stehen? Wenn der Flieger landet, hältst du dich aber im Hintergrund. Capito?«

»Aye, aye, Boss.« Tammy grinst ihren Chef an, sein Geschrei prallt an ihr ab.

»Ist Nick jetzt endlich angekommen? Maike!«

Die dünne, schwarzhaarige Frau drängt sich zwischen einigen wartenden Passagieren hindurch und hält sich in sicherem Abstand zu ihm. Hajos Gesicht ist gefährlich gerötet. Obwohl es in der Wartehalle des BER-Flughafens höchstens 18 Grad sind, stehen ihm Schweißperlen auf der Stirn, unter den Achseln breiten sich dunkle Ringe aus. Er läuft vor dem Panoramafenster auf und ab, und außer Tammy und Maike wagt sich niemand in seine Nähe. Die Crew aus Kameraleuten, Kabelträgern und der Make-up-Assistentin hat sich in einen Sicherheitsabstand von mehreren Metern aufgebaut, bereit, jeden Moment das Equipment hochzunehmen, wenn der Flieger aus Afghanistan endlich landet. Mirays Flug hat sich um eine Stunde verspätet. Wir lungern nun seit fast drei Stunden am BER herum. Die anderen Dreharbeiten waren nicht möglich, da Nick nicht auftauchte. Hajo beweist eindrücklich, dass Geduld nicht zu seinen Stärken gehört. Die Menschen in der Abflughalle schauen neugierig herüber.

»Ich habe Nick erreicht. Er ist jeden Moment da«, informiert ihn Maike und rückt ihre Brille zurecht, bevor sie sich wieder in Deckung bringt.

»Ach, doch schon? Nach drei Stunden? Wenn er noch nach dem Flieger kommt, können wir den Dreh vergessen. Das wird alles viel zu knapp.« Hajo schnappt nach Luft, während Maike nervös auf ihr Handy starrt.

Am Rande der Halle geht Peters am Fenster auf und ab und späht ungeduldig auf das Rollfeld, während er nahezu pausenlos telefoniert. Er trägt ausnahmsweise keinen Kittel über seinem dunkelblauen Maßanzug und ist so auffallend braun gebrannt, dass er entweder die letzten Tage auf der Skybar verbracht hat oder im Solarium war. Offenbar will er bei seinem Auftritt als Klinik-Chef vor der Kamera, der die neue Pro-Bono-Patientin begrüßt, besonders gut aussehen.

Ich vertreibe mir die Wartezeit mit Daddeln am Handy und versuche, meinen latenten Ärger über Nicks Zuspätkommen herunterzuschlucken. Eigentlich hatte ich nach dem letzten Dreh das Gefühl, dass Nick vielleicht doch nicht so ein Gockel ist, wie ich ursprünglich annahm. Aber die Aktion heute beweist mir wieder das Gegenteil. Den feinen Herrn Schauspieler kümmert es nicht, dass wir uns hier die Beine in den Bauch stehen, statt schon mal die restlichen Szenen abzudrehen. *Grr.* Der Dreh mit mir hätte längst im Kasten sein sollen, und mein Auftritt dauert nur dreißig Sekunden. Dafür hänge ich hier nun fast drei Stunden mit künstlich zerzaustem Haar und rot geschminkten Wangen herum, damit ich vor der Kamera aussehe, als wäre ich gerannt. Einzig und allein Nick versaut mir einen frühen Feierabend.

»Na, Leute, ist der Flieger endlich gelandet?«

Ich zucke zusammen. Direkt hinter mir steht Nick und grinst

mich an, seine karamellbraunen Augen blitzen. Er trägt eine Lederjacke, ein schlichtes blaues T-Shirt und sieht darin so unverschämt gut aus, dass mir kein Wort aus der Kehle kommt. Sein herbes Aftershave löst bei mir leichten Schwindel aus, und ich ärgere mich über mich selbst, dass er diesen Effekt auf mich hat. Komischerweise ist meine Wut von eben wie weggeblasen, stattdessen pocht mein Herz wie wild, als ich ihn sehe. Sein Haar ist etwas kürzer, er muss beim Friseur gewesen sein. Dass mir das überhaupt auffällt, ärgert mich gleich umso mehr, genauso wie der Gedanke, dass er damit sogar noch besser aussieht. Ich nicke ihm betont cool zu. Doch er schaut mich mit einem intensiven Blick an.

»Maxi, ich habe dich gar nicht erkannt. Was ist denn mit deinen Haaren passiert? Du siehst so wild aus. Steht dir.«

»Sehr witzig.«

»Doch, ist so.«

Bilde ich es mir ein oder zwinkert er mir zu allem Überfluss zu? Ich ärgere mich, dass mir keine schlagfertige Entgegnung einfällt, und bringe nur ein lahmes »Na dann« hervor. Doch Nick scheint nicht an einem weiteren Schlagabtausch interessiert.

»Bin ich wirklich viel zu spät? Ich hatte fünfzig Anrufe in Abwesenheit von Hajo. Ich dachte, 9 Uhr wäre der Termin. Demnach bin ich doch eigentlich pünktlich?«

»Ich glaube, das sieht Hajo anders. Der Termin war um 6 Uhr.«

Ich deute zum anderen Ende des Fensters, wo Hajo auf und ab tigert und auf sein Handy starrt. Er hat Nick noch nicht entdeckt.

»Ach, der soll mal cool bleiben. 6 Uhr morgens ist einfach nicht meine Zeit.«

»Wenn du ihm das genau so sagst, wird er sicher volles Verständnis haben. Übrigens bin ich die Leidtragende bei deiner Verspätung.«

»Wie das?« Er schaut mich neugierig und mit blitzenden Augen an.

»Die Szene mit uns soll als Erstes gedreht werden. Die, wo ich Tammy und dir hinterherlaufe und euch das Equipment übergebe. Hast du das Skript etwa nicht gelesen?«

Er schaut mich ertappt an. Hat er nicht. Es hat ihn also gar nicht interessiert, ob ich heute überhaupt dabei bin. Ich versuche, meine Enttäuschung über diese Erkenntnis herunterzuschlucken.

»Oh, das tut mir leid. Selbstverständlich wäre ich pünktlich gewesen, hätte ich gewusst, dass du warten musst.«

Er schaut mich eine Spur zu lang an. In seiner Stimme ist ein Unterton, den ich nicht so ganz deuten kann. Er klingt plötzlich nicht mehr ironisch, sondern … fürsorglich? Oder spielt er nur mit mir? Schnell wische ich die Gedanken beiseite und weiche wieder auf das Geplänkel aus.

»Ach. Plötzlich? Gerade sagtest du doch, du wärest pünktlich gewesen?«

Nick schaut mich verwirrt an, als könne er meinem Stimmungswechsel nicht ganz folgen. Doch für weitere Gespräche bleibt keine Zeit. Hajo baut sich vor ihm auf.

»Nick, wo warst du? Verdammt noch mal! Du bist drei Stunden zu spät. Wir sprechen später darüber. Erst mal drehen wir jetzt schnell die Szene mit Maxi. Das muss im Kasten sein, bevor der Flieger landet. Tammy? Wo steckst du, Tammy!«

Hajo brüllt so laut durch die Halle, dass alle herüberschauen, was ihn überhaupt nicht interessiert. Sein Kopf ist hochrot, und seine Stirnader hebt sich bestimmt zwei Zentimeter ab. Ich befürchte, er wird kollabieren, wenn Tammy nicht sofort gehorcht. Nick und ich wechseln einen kurzen Blick. Er rollt die Augen und zwinkert mir dann kurz zu. Ich unterdrücke ein Grinsen. Verdammt. Wir sind doch keine Verbündeten, er ist nicht Morty, mit dem ich mich wortlos verstand, wo ein Blick reichte, um zu wissen, was der andere denkt. Nick ist ein Player, der immer in irgendeiner Rolle steckt.

»So, los, können wir endlich?«

Nick lässt sich nicht anmerken, dass er nicht weiß, was im Skript steht, und schlendert lässig zu Tammy, die uns entgegenkommt. Sie formt mit den Lippen ein »Hi!« in Richtung Nick und zwinkert ihm vertraulich zu. Und er zwinkert tatsächlich zurück. Ihr Blick streift mich kurz, und ein gehässiges Grinsen leuchtet in ihrem Gesicht auf. In meinem Bauch macht sich ein unbestimmtes Gefühl breit. Läuft da was zwischen den beiden? Neulich wirkte er etwas genervt von Tammy. Aber es würde mich nicht wundern, wenn sie inzwischen was miteinander hätten.

Hajo reißt mich aus meinen Gedanken. »Das muss jetzt flott gehen. Ihr beiden geht los. Maxi, zum Eingang der Halle, und dann rennen.«

Sollte sich Nick an dem Kommando stören, so lässt er es sich nicht anmerken. Mir widerstrebt dieser Kasernenton gewaltig, aber ich gehe brav mit einer großen, schwarzen Tasche zum Eingang des Wartebereichs. Während sich die Crew in Position bringt, bewegen sich Tammy und Nick in Richtung Fenster. Tammy legt Nick die Hand auf den Unterarm und lacht affektiert, während die Kameraleute filmen. Ich kann mich nicht daran erinnern, dass das so geplant war, aber ich schlucke das unwohle Gefühl hinunter. Vermutlich ist auch Tammys Auftritt Hajos Bedürfnis nach mehr hübschen Frauen geschuldet.

Ich mache mich bereit, wie es mir aufgetragen wurde, und sprinte los, als die beiden am Passagierausgang angekommen sind. Ich renne wie bei einem Hundertmeterlauf und brülle durch die Halle: »Tammy. Du hast dein Equipment in der IT in der ›Villa Berlin‹ vergessen. Wie willst du ohne die Sachen den Dreh mit Nick auf Insta streamen?«

Tammy dreht sich um, und ich knalle ihr mit voller Wucht die schwere Tasche vor die Brust. Das stand so nicht im Skript. *Ups.* Sie strauchelt, was ich mit Genugtuung registriere, und wirft mir einen hasserfüllten Blick zu. Nick schaut zwischen uns hin und her, bevor Tammy herauspresst: »Oh, danke, Maxi.« Sie vergisst dabei völlig, dass sie mich immer »Mäxi« genannt hat. Nick sagt gar nichts, sondern grinst mich nur mit seinem breitesten Aufreißer-Lächeln an. Er hat Glück, dass genau das auch seine Aufgabe in der Szene sein sollte.

Laut ausgesprochen, klingt mein Satz noch dämlicher als in der Theorie. Als würde ich als IT-Praktikantin der Social-Media-Beauftragten ihre Ausrüstung aus dem Keller der »Villa Berlin« bis zum Flughafen hinterhertragen. Davon mal abgesehen, dass ich keine Ahnung habe, wie Tammy ihre Beiträge streamt. Aber Hajo war nicht davon abzubringen. Dass er solche logischen Fehler in der Show in Kauf nimmt und mich unbedingt weiter in Szene setzen wollte, wirkt auf mich, als stehe er unter enormem Erfolgsdruck.

»Und danke.« Seine Stimme klingt nicht mehr ganz so gestresst wie in den Stunden zuvor. »Das war gar nicht so schlecht, Maxi. Aber ich würde gerne noch mal eine neue Aufnahme machen. Und zwar …«

In diesem Augenblick unterbricht ihn eine Lautsprecherdurchsage.

»Der Flug QA 756 Qatar Airways aus Kabul über Islamabad ist gelandet. Wir bitten um Entschuldigung für die Verspätung.«

Peters kommt angerannt, Hajo winkt hektisch, und die Crew

setzt sich in Bewegung durch die Halle und platziert sich vor der Absperrung vor der Milchglastür. Während sie die Kameras in Position bringen, gibt Hajo Anweisungen.

»Werner, Winnie, bitte denkt dran, keine Passagiere filmen, nur die Frau. Ich will kein einziges Gesicht drauf haben, sonst können wir das Material wegwerfen, das ist der Deal mit dem Flughafen.«

Peters positioniert sich am Ausgang und lässt sich im Scheinwerferlicht von Tanja erneut abpudern. Die rundliche Visagistin ist so klein, dass Nick sich weit zu ihr runterbücken muss. Ihm scheint das aber nichts auszumachen. Peters dreht sich mehrere Minuten lang im Scheinwerferlicht. Ich beobachte die Szene vom Fenster aus und bin froh, dass ich meinen Auftritt hinter mir habe und höchstens noch von Weitem zu sehen sein werde.

Die Bodencrew und einige Schaulustige haben sich um Peters versammelt und warten darauf, dass die Passagiere endlich ankommen. Minuten später öffnet sich endlich die Milchglastür, und etliche Menschen in dunkler Kleidung kommen heraus, Frauen mit Kopftüchern, aber auch junge und alte Frauen in leuchtend bunten Gewändern. Ich versuche, ein erwartungsvolles Gesicht zu machen, da die Kameras jetzt direkt auf uns gerichtet sind. Langsam kommt eine schüchtern dreinblickende Frau mit einem beigefarbenen Kopftuch und einem dunkelblauen, langen Kleid heraus. Erst auf den zweiten Blick sieht man, dass sie nicht nur stark humpelt, sondern ihr auch der rechte Arm fehlt. Sie blickt sich unsicher um, um den Hals trägt sie ein Schild: »Miray Abdullah«. Sie ist mir sofort sympathisch, vielleicht, weil sie mich ein wenig an Amba erinnert. Ihre riesigen, dunkelbraunen Augen strahlen, als sie auf uns zugeht. Sie nickt freundlich und lächelt uns zu, ich kann aber die Müdigkeit der Strapazen eines so langen Flugs auf ihrem Gesicht erkennen.

Die Kameras sind jetzt auf allen Seiten und filmen Peters, der Miray entgegenläuft. Sie wirkt verschüchtert, soweit ich das von meinem Platz erkennen kann. Was muss diese Frau in ihrer Heimat durchgemacht haben?

»Mrs Abdullah. Es ist mir eine Ehre, Sie als Patientin und als Gast in Berlin zu begrüßen. Sicher möchten Sie sich erst einmal von dem langen Flug ausruhen.«

Er dreht sich mehrmals um sich selbst, um die richtige Kamera zu erwischen, dann stellt er sich neben Miray und wartet darauf, dass Tammy ihre Fotos für Instagram macht. Nick, den ich gar nicht mehr gesehen hatte in dem Trubel, taucht plötzlich bei der Gruppe auf. Sie haben sich nun so weit in Richtung Ausgang entfernt, dass ich ihre Worte nicht mehr hören kann, außerdem werden sie von einer Traube von Kamera- und Tonleuten verdeckt.

Danach muss die arme Miray noch einmal zum Ausgang humpeln, und Peters spielt die Begrüßungsszene nach, einmal steht Nick im Hintergrund, einmal wartet er neben mir an der Absperrung, während Peters mit weit ausgebreiteten Armen auf Miray zugeht.

Gerade beschließe ich, dass ich für heute genug gesehen habe und Hajo mich offenbar nicht mehr braucht. Da kommt Nick zu mir herübergelaufen. Er grinst, aber nicht so breit wie für die Kameras, sondern lächelt eher freundlich und schaut mir direkt in die Augen.

»Na, noch immer hier?«

»Ich wollte gerade gehen. Wir sind doch fertig, oder?«

Er zuckt die Achseln.

»Ich denke schon. Lief ja gut mit dem Equipment. Wenn auch ein echt seltsamer Einfall von Hajo. Aber gut, er musste mich irgendwie unterbringen in der Szene, und an dir hat er ohnehin einen Narren gefressen.«

Er grinst jetzt wieder frech und fährt sich durchs Haar. Dann dreht er sich um und lehnt sich mit dem Rücken direkt neben mich an das Geländer vor dem Panoramafenster. Sein nackter Unterarm berührt meinen, und es fühlt sich an, als würde ich an der Stelle verbrennen.

Minutenlang stehen wir so dort nebeneinander, und ich rühre mich nicht. Ich werde einfach nicht schlau aus ihm, habe aber auch nicht das Bedürfnis wegzugehen. Komisch. Es ist irgendwie schön, dass wir uns mal nicht an die Gurgel gehen, und ich ertappe mich dabei, diese Stille mit ihm tatsächlich zu genießen. Ich beobachte das Treiben in der Halle und die Crew am anderen Ende, aber eher wie durch einen Nebel. Ich spüre nur Nicks kräftigen, warmen Unterarm. Ob ich mit ihm reden soll? Das Eis zwischen uns zum Schmelzen bringen? Ich setze ein paarmal an, lasse es aber lieber. Nach einigen Minuten bricht er das Schweigen.

»Langsam könnten sie mal Schluss machen. Miray muss doch völlig erledigt sein, ich möchte gar nicht wissen, was die Frau alles durchgemacht hat.«

Überrascht blicke ich auf. Seine Stimme klingt verändert, ungewohnt ernst.

»Wenn ich mir vorstelle, dass sie ihre Kinder alleinlassen musste, um herzukommen, dann fast zwei Tage Anreise. Natürlich ist es eine große Chance für sie. Aber sie sollten ihr jetzt mal eine Pause gönnen. Was meinst du?«

Ich traue meinen Ohren kaum. So einfühlsam hätte ich Nick ganz bestimmt nicht eingeschätzt. Woher weiß er das alles über Miray?

Nick sieht mich noch immer erwartungsvoll an. »Äh, ja, ich denke auch, dass es ganz schön überwältigend für sie ist. Meine

Freundin Amba zumindest meinte, dass sie in den ersten Tagen in Berlin komplett überfordert war.«

Ich beiße mir auf die Zunge. Verdammt, warum erzähle ich ihm das? Natürlich hakt er nach.

»Wer ist Amba?«

Ich zögere. Sollte ich ihm wirklich von ihr erzählen? Andererseits habe ich den Eindruck gewonnen, dass ihm ehrlich an den Pro-Bono-Frauen gelegen ist, und zu Miray war er nur freundlich.

»Sie hat vor einigen Wochen am Pro-Bono-Programm teilgenommen. Ihr Gesicht war nach einem Bombenanschlag in Pakistan komplett entstellt. Sie hat hier mehrere Hauttransplantationen und eine Rekonstruktion bekommen.«

Ich zögere und werfe einen schnellen Blick die Halle hinunter, wo Peters sich gerade von Hajo verabschiedet. Gut so. Eigentlich sollte ich nicht unbedingt damit hausieren gehen, dass ich Amba kenne. Nick könnte mich in Teufels Küche bringen. Ich sollte das Thema beenden.

»Jedenfalls ist sie jetzt zurück in Pakistan, und es geht ihr viel besser. Miray wird sich bestimmt schnell eingewöhnen.«

Nick schweigt, sieht mich aber auf eine Art und Weise an, die mir durch Mark und Bein geht. Ich bin mir plötzlich zu einhundert Prozent sicher, dass dieser Nick, der interessierte, freundliche, nicht allzu oft in Erscheinung tritt.

»Woher wusstest du so viel über Miray? Von ihren Kindern und so?«

Nick fährt sich mit der Hand durchs Haar. Ich weiß inzwischen, dass er das immer macht, wenn er unsicher ist. »Ich habe Dr. Goldberg gefragt. Ich wollte wissen, was mit meinem Geld passiert und wem damit geholfen wird. Kannst du ein Geheimnis bewahren?« Sein Blick wird eindringlich, und ich nicke.

»Dieses Charityprogramm ist der einzige Grund, warum ich

dem ganzen Dreh zugestimmt habe. Ich finde das wirklich toll.« Überrascht sehe ich ihn an. Er redet einfach weiter. »Und warum machst du das alles mit? Gib's zu, du willst dir keine Gelegenheit entgehen lassen, mit mir zusammenzuarbeiten.« Er grinst mich verwegen an, seine unverwüstliche Maske wieder in Position.

Ich zucke mit den Achseln. Ich könnte ihm jetzt eine gepfefferte Antwort geben, aber ich mag diesen neuen Nick irgendwie. Er hat sich mir geöffnet, also will ich es auch tun. Die Wahrheit kann ich ihm allerdings nicht sagen, ich versuche es mit einem Teil davon.

»Wegen Amba. Ich weiß, wie glücklich sie ist, dass sie diese Chance bekommen hat. Wenn ›Celebrity Inside‹ hilft, dass noch mehr Gelder in das Programm fließen und so mehr Frauen geholfen werden kann, ist das ein Opfer wert.«

Ich zucke zusammen, als mir die Doppeldeutigkeit dieser Aussage bewusst wird. Wenn unsere Theorie stimmt, bedeutet das, dass Peters und seine Schergen sich umso mehr daran bereichern können. Verdammt.

In dem Moment kommt Hajo winkend auf uns zu, eine grinsende Tammy im Schlepptau.

Nick stößt sich seufzend von der Wand ab, dreht sich aber noch einmal zu mir um. »Die Pflicht ruft. Danke fürs Ablenken.«

»Äh, Nick, könntest du das für dich behalten? Also, dass ich Amba kenne?«

Jetzt ist es an ihm, mich überrascht anzuschauen. Eine Sekunde später grinst er. »Weißt du was, Maxi, ich glaube, wir sollten uns öfter mal einfach so unterhalten – ohne Kameras und ohne zu streiten. Ich habe das Gefühl, das könnte interessant sein.«

Dann schlendert er lässig zu Hajo und Tammy, die sich sofort auf ihn stürzt. Ich bleibe ratlos zurück. Was meint er damit? Etwa ein Date? Und warum schlägt mein Herz bei der Vorstellung so viel schneller?

Ich schüttle das Gefühl ab und mache mich auf den Weg zum Ausgang.

Kapitel 14

Als ich auf dem Flughafenparkplatz in meinen Van steige, beglückwünsche ich mich zu der Entscheidung, heute früh auf die Öffis verzichtet zu haben und stattdessen Parkgebühren zu bezahlen. Denn das bedeutet, dass ich jetzt nur ins Auto steigen muss und quasi aus der Stadt draußen bin. Holger erwartet mich heute nicht in der Klinik, und ich beschließe, den freien Nachmittag zu nutzen und eine Runde nach Brandenburg zu fahren, um meinen Kopf freizubekommen, bevor ich mich heute Abend mit Layla und Charlie treffe. Neben der drängenden Frage, wie ich an eine Keycard komme, um auf die Daten zuzugreifen, spukt ein gewisser Schauspieler nämlich konstant durch meine Gedanken.

Was mir da immer hilft: Fahrtwind, das tuckernde Geräusch meines Dieselmotors und Weite. Ich halte nicht einmal an, fahre einfach nur mit geöffneten Fenstern über Landstraßen um die Hauptstadt, bis mein Kopf erfolgreich leer gepustet ist und ich bereit bin, den Rückweg einzuschlagen. Alles, was ich jetzt noch brauche, ist eine heiße Dusche. Dann bin ich bereit, mich meinen Problemen wieder zu stellen.

In einem weiten Shirt und bequemen Joggern setze ich mich an den Küchentisch und warte bei einem kalten Bier auf meine

Freundinnen. Layla sollte nach ihrem Dienst in der Klinik eigentlich längst da sein, Charlie kommt direkt aus dem Hotel – oder von was auch immer gearteten Terminen, die ihre Agentin ihr vermittelt hat. Ich ertappe mich dabei, wie meine Gedanken immer wieder zu Nick wandern. Es war angenehm, mal nicht die ganze Zeit zu streiten, sondern zusammenzuarbeiten. Ich hatte damit gerechnet, dass es für ihn nur ein PR-Gig ist, ein Job wie diese ganze Show, aber er hatte sich Mühe gemacht, mehr über Miray herauszufinden. Für einen kurzen Moment dachte ich sogar, hinter seine Fassade zu blicken und jemanden mit Tiefgang zu erkennen, der menschlich ist, empathisch. Aber wer weiß, ob das nicht auch nur eine Rolle ist.

Das Türschloss klackt, ich höre Stimmen im Flur. Layla und Charlie müssen sich im Treppenhaus getroffen haben. Einen Moment später stehen die beiden in der Küche, Layla vollbepackt mit Plastikcontainern, aus denen es herrlich aromatisch duftet.

»Ich war nach meiner Schicht noch kurz meine Mutter besuchen, und sie hat mir Essen für die ganze Woche mitgegeben.«

Begeistert springe ich auf und nehme ihr die Behälter ab. »Du glaubst doch nicht ernsthaft, dass das eine ganze Woche reicht? Ich habe so einen Hunger, das hält vermutlich nicht mal bis morgen. Oh, Börek. Willst du mir deine Anne nicht mal ausleihen?«

Layla schweigt betreten, und ich brauche einen Moment, um zu begreifen, dass sie meinetwegen so reagiert.

»Alles okay. Nur weil meine Mutter nicht mehr lebt, darfst du trotzdem glücklich mit deiner sein.« Ich knuffe sie in die Seite. »Und ich lasse mich gerne von ihr bekochen. Na los. Charlie, holst du die Teller aus dem Schrank?«

»Jawoll.«

Charlie steuert zielsicher den richtigen Schrank an und schnappt sich das Geschirr. Auch wenn meine Freundin es bevorzugt, im Hotel zu übernachten, bis sie ihre perfekte Untermiet-Wohnung gefunden hat, sie wird immer ein Ehrenmitglied dieser WG bleiben.

»Und du glaubst also, dass die leeren Akten alle zu Pro-Bono-Patientinnen gehören?«, fragt Layla mit großen Augen zwischen zwei Bissen Köfte und Auberginenmus. Natürlich konnte ich nicht bis nach dem Essen warten, bevor ich meinen Freundinnen von meiner Entdeckung erzählt habe.

Ich schiebe die Liste mit den Namen zwischen den Schüsseln hindurch über den Tisch. »Ich habe mir einige Namen aufgeschrieben. Kommt dir etwas bekannt vor?«

Mit gerunzelter Stirn studiert Layla die Liste. »Herrje, Maxi, du hast echt eine furchtbare Schrift. Und ich bin Ärztin, wenn ich das sage, bedeutet das etwas.«

Charlie beugt sich zu Layla und liest vor: »Laarni Flores, Soraya Khaled, Dudu Malahi, Roga Zaher … Kommt dir davon etwas bekannt vor?«

Layla nickt. »Ich glaube, dass das alles ehemalige Pro-Bono-Patientinnen sind. Ich habe einige davon bei der Gala gesehen.«

Charlie runzelt die Stirn. »Bist du dir sicher?«

»Laarni Flores war die Frau, die Opfer einer Säureattacke wurde und schlimme Panikattacken hatte. Ich meine, sie stammt von den Philippinen. Sie war so freundlich und stark, trotz allem, was ihr passiert ist, und musste alleine für das Auskommen ihrer Familie aufkommen. Sie hat zwei kleine Jungs.« Laylas Stimme bricht.

In mir steigt Wut auf. »Aber warum sollte jemand ihre Akten löschen? Das ist doch alles komplett verrückt!«

»Du hast doch Ambas Akte im Backend auftreiben können. Kannst du das nicht auch mit den anderen machen?«, fragt Charlie mit ernstem Gesichtsausdruck.

Sie trägt heute kaum Make-up, ihre blonden Haare hat sie zu einem lockeren Dutt zusammengebunden, und in ihrem Oversize-Shirt und Jeans mit Brille auf der Nase sieht sie ganz so aus wie die Investigativreporterin von früher.

Ich schüttle den Kopf. »Wenn das hier System hat, wäre es wie die Suche nach der Nadel im Heuhaufen. Ich habe keine Berechtigung, die Pro-Bono-Daten im Gesamten einzusehen. Der Trojaner hat mir ja nur die Tür geöffnet, ich müsste jede einzelne Frau einzeln abrufen – das würde Wochen dauern. Aber ich habe Holger ausgehorcht. Nur Peters hat Zugriff auf die vollständigen Akten der Pro-Bono-Patientinnen. Und die sind verschlüsselt.«

»Kannst du sie hacken?«

»Wenn ich Zugang zu Peters' Rechner und genug Zeit hätte, bestimmt. Aber er hat die Daten zusätzlich über seine Keycard gesichert – und die trägt er immer bei sich.«

Charlie sieht aus dem Fenster und überlegt. »Könnte man eine neue Karte programmieren und die benutzen?«

»Das habe ich auch überlegt, aber ich glaube nicht, dass das so einfach geht. Ich habe neulich mitbekommen, wie Holger für Hajo eine Karte programmiert hat. Dazu fehlt mir die Berechtigung. Außerdem hat er das Kartenschreibgerät in seinem Schrank eingeschlossen. Das ist zu kompliziert … Ich müsste schon Peters' Karte mit allen Zugangsberechtigungen kopieren. Und er gibt sie nie aus der Hand.«

Layla räuspert sich. »Ich könnte an seine Karte kommen.«

»Was?« Charlie und ich platzen gleichzeitig heraus.

Layla rutscht unsicher auf ihrem Stuhl hin und her. »Na ja, Peters hat mir bereits ein paarmal seine Karte geliehen, weil ich meine ständig vergesse. Er würde sich nicht mal wundern, wenn ich mich mal wieder ausschließe …«

In meinem Kopf fängt es sofort an zu rattern. »Ich müsste an den Keycard-Scanner aus Holgers Schrank herankommen. Aber Moment. Wartet mal kurz.«

Ich ziehe mein Handy aus der Tasche und tippe eine schnelle Nachricht über den gesicherten Messengerdienst SendSafe.

Hi Rabbit, brauche Hilfe. Kannst du
mir einen Scanner besorgen, mit dem ich eine
verschlüsselte Keycard kopieren kann?

Ich sehe im Status, dass Rabbit online ist, und warte gespannt auf Antwort. Vor Nervosität trommle ich mit den Fingernägeln auf den Tisch.

Layla erzählt Charlie unterdessen zum etwa zehnten Mal, wie sie sich vor einiger Zeit auf dem Dach ausgeschlossen hatte und aus Versehen Peters und seine Kompagnons belauscht hat.

»… mir hat das Herz geklopft bis zum Hals, ich habe mich gefühlt wie in einem Agententhriller.«

Charlie nickt geduldig. Sie lässt Layla einfach reden, wohl in der Annahme, dass sie damit ihren Schreck verarbeiten kann.

»Das nimmt Ausmaße an wie in einem Spionagefilm. Aber darf ich euch mal eine blöde Frage stellen: Warum geht ihr damit nicht zur Polizei?«

Layla verstummt, und ich blicke von meinem Handy auf. In mir sträubt sich alles dagegen, mit den Behörden zu arbeiten. Wie war das mit dem gebrannten Kind und dem Feuer?

»Warum sollten wir denn zur Polizei? Was sollten wir zur Anzeige bringen? Wir wissen nur, dass etwas nicht stimmt, also müssen wir erst mal herausfinden, was es ist.«

Charlie sieht erst mir, dann Layla fest in die Augen. »Aber

das ist der Plan, oder? Wenn ihr merkt, dass etwas wirklich Illegales passiert, verständigt ihr die Polizei?«

Layla nickt. »Natürlich bringen wir es zur Anzeige, wenn sich unser Anfangsverdacht bestätigt und wir Beweise sichern können.«

Ich zögere, nicke dann. »Es ist nicht ganz so einfach. Eigentlich würde ich die Behörden gerne raushalten. Was wir hier vorhaben, ist schließlich nicht ganz legal – auf so vielen Ebenen. Das könnte uns richtig böse auf die Füße fallen.«

Charlie bleibt hart. »Spielt keine Rolle. Ihr müsst ab sofort alle Beweise sichern und euch eurer Sache sicher sein. Die Behörden müssen ständig mit nicht ganz legalen Quellen umgehen, das ist immer Abwägungssache. Wenn sie so etwas Schlimmeres für die Allgemeinheit verhindern können, werden sie dir auch nicht blöd kommen, Maxi. Außerdem bist du nicht vorbestraft.«

Layla hebt irritiert eine Augenbraue. »Warum sollten sie dir blöd kommen, Maxi?«

»Seit meiner Verhaftung damals bin ich einfach vorsichtig – selbst wenn ich offiziell keinen Eintrag in meiner Kartei habe. Dafür haben die Anwälte meiner Eltern gesorgt.« Ich zupfe einen Krümel von meinem T-Shirt. Ich werde mich nicht in dieses Thema reinsteigern, das hilft niemandem. Außerdem schmerzt der Gedanke an meine Eltern, die kurz darauf gestorben sind, ohne dass wir noch einmal darüber sprechen konnten.

Layla lässt nicht locker. »Aber du wurdest doch nicht mal angeklagt. Ich dachte, das war alles ein blödes Missverständnis.«

»Es war kein Missverständnis, sie haben mich einfach in die Mangel genommen«, platzt es aus mir heraus. Verdammt, ich wollte doch an mich halten. »Wenn mein Vater sich nicht eingeschaltet hätte, säße ich vermutlich jetzt unschuldig hinter Gittern. Sie haben mir irgendwann einfach nicht mehr zugehört.

Das ist so ein Druck, den die Polizisten in den Verhören ausüben. Die haben schon vorher eine Theorie und bringen dich dazu, sie zu bestätigen – egal, ob du es gemacht hast oder nicht.«

Charlie legt mir beruhigend eine Hand auf den Arm. Irgendwie scheint sie heute der Puffer zwischen uns zu sein. »Es ist vorbei, und wir wissen alle, dass es eine beschissene Zeit für dich war. Aber das ändert nichts an der Tatsache, dass ihr in dieser ›Villa‹-Sache mit echten Beweisen zu den Behörden gehen müsst.«

Ich schließe meine Augen für einen Moment und atme tief durch, wie ich es schon oft bei Layla beobachtet habe. Ich öffne sie wieder und nicke. »Ja, du hast recht. Es tut mir leid, das Thema macht mich nur einfach weiterhin fertig. Vielleicht kann Layla das dann übernehmen?«

»Klar, ich bin an deiner Seite.«

Charlie legt ihren anderen Arm um Layla und drückt uns beide an sich. »Und ich helfe euch, wo ich kann. Ganz ehrlich, das ist eine Wahnsinnsgeschichte. Wenn ich noch Investigativjournalistin wäre …«

Ich setze mich wieder an meinen Platz und nehme einen Schluck aus meiner Bierflasche, erleichtert, den schwierigen Teil des Gesprächs hinter mich gebracht zu haben. Ich schnappe mir noch ein Börek und beiße genüsslich in die herrlich käsige Filoteigrolle.

Plötzlich vibriert mein Handy. Es ist Rabbit.

Keycard-Scanner sollte kein Problem sein,
könnte aber ein paar Tage dauern.
Schick mir die Details, ich kümmere mich drum.

»Yes!« Ich führe einen kleinen Tanz auf meinem Stuhl auf. »Rabbit kann uns ein Kopiergerät für Keycards besorgen. Jetzt brauchen wir nur noch einen Plan, wie wir Peters seine Karte abluchsen.« Erwartungsvoll sehe ich Layla an. »Meinst du, dass du das hinbekommst?«

Layla wird blass und lässt ihre Gabel sinken. »Ich kann es versuchen.«

Ich nicke zufrieden. »Sobald wir das Teil von Rabbit haben, finden wir eine Gelegenheit. Ein Schritt nach dem anderen.«

Layla nickt unsicher. »Ich frage mich wirklich, wie du das alles machst, Maxi. Die Suche nach den Informationen, die Dreharbeiten.«

Ich seufze. »Ich fühle mich die meiste Zeit wie eine Versagerin. In der Klinik behandeln sie mich wie eine ahnungslose Studentin, und beim Dreh fällt diesem Hajo ein Quatsch nach dem anderen ein. Wenn Amba nicht wäre …«

»Gabriel hat erzählt, dass du Nick neulich ziemlich die Meinung gegeigt hast.« Sie grinst.

Charlie, die gerade ein Stück Brot in Hummus getaucht hat, hebt eine Augenbraue. »Ach?«

Ich rutsche unruhig auf meinem Stuhl hin und her. Ich will nicht über Nick reden. Wobei, das stimmt nicht. Ich würde am liebsten ununterbrochen über Nick reden. Aber ich weiß nicht, ob ich bereit bin, mit meinen Freundinnen über ihn zu reden. Ich weiß ja selbst nicht, was ich von ihm halten soll.

»Ihr habt euch gestritten?«, hakt Charlie nach.

»Wir streiten uns die ganze Zeit. Ich habe neulich bei Gabriel im Büro nur angedeutet, dass ich es dämlich finde, wenn er seine Nase operieren lässt, nur weil ein Hollywood-Guru ihm das sagt. Ich finde, seine Nase verleiht ihm Charakter.« Zu meiner unsäglichen Schande steigt mir bei meinen letzten Worten die Röte ins Gesicht.

»Das finde ich auch, obwohl es aus rein medizinischer Sicht nicht dumm ist, eine schiefe Nasenscheidewand zu richten. Es kann sein, dass er das früher oder später ohnehin machen muss«, wirft Layla ein.

»Ich glaube, da steckt mehr dahinter«, sage ich nachdenklich. »Nick treibt mich die meiste Zeit in den Wahnsinn mit seiner überheblichen Art. Aber irgendwie gewinne ich immer mehr den Eindruck, dass das alles nur eine Rolle ist, die er spielt.« Meine Freundinnen hören mir schweigend zu, also fahre ich fort. »Heute am Flughafen war er anders. Er interessiert sich wirklich für die Pro-Bono-Frauen. Und ich habe ihm von Amba erzählt.«

»Was?« Layla und Charlie platzen gleichzeitig heraus.

Ich winke ab und füge hinzu, noch bevor ich darüber nachdenken kann. »Nicht, was ihr denkt. Aber mir ist bewusst geworden, dass er und ich mehr gemeinsam haben, als ich dachte.«

Charlie klatscht in die Hände. »Hab ich doch gesagt!«

»Was?«

»Na, dass ihr super zusammenpassen würdet. Und was willst du jetzt tun?«

»Nichts«, beeile ich mich zu sagen, aber meine roten Wangen verraten mich.

»Maxi, lass es raus!«

»Ich glaube, er hat angedeutet, dass wir uns mal privat treffen sollten.«

Jetzt klatscht auch Layla in die Hände. »Und?«

Ich zucke betont gleichgültig mit den Achseln. »Dafür müsste er mich erst mal fragen.«

Kapitel 15

Ich sitze gerade beim Frühstück am Küchentisch und debattiere innerlich, ob ich nach der Arbeit an den See fahren soll, merke aber, dass es mich nicht so stark dorthin zieht, wie es schon oft der Fall war, als plötzlich mein Handy klingelt. Die Nummer auf dem Display ist mir unbekannt. Ich seufze. Das ist bestimmt jemand vom Dreh und macht mir einen Strich durch meine Pläne. Dieser Hajo ist so unberechenbar, ich frage mich, wie er seinen Job macht. Kurz überlege ich, es einfach zu ignorieren, fasse mir dann aber ein Herz.

»Hallo?«

Meine Stimme klingt belegt, ich habe heute bislang nicht viel gesprochen.

»Guten Morgen, Maxi!«

Mir fällt vor Schreck beinahe mein Handy aus der Hand.

»Maxi? Bist du noch da?«, ertönt Nick Fontanes tiefe Stimme aus meinen Lautsprechern. »Ich hoffe, ich störe nicht.«

Seine Stimme hat wieder diesen herausfordernden, spielerischen Unterton. Mein Schock, dass Nick Fontane mich einfach so anruft, weicht Irritation. Was will er von mir? Wenn er mich tatsächlich treffen will, warum schreibt er dann nicht, wie jeder normale Mensch, eine Nachricht? Das muss mit dem Dreh zu tun haben, anders kann ich es mir nicht erklären.

»Ich bin da.« Ich räuspere mich.

»Also, Maxi, wie sieht es aus? Wann hast du Zeit?« Wumm. Mein Herz muss kurz ausgesetzt haben und fängt nun mit einem gewaltigen Wumms wieder an zu arbeiten.

»Wofür? Zeit …«

Nick lacht. Es klingt nicht überheblich oder spottend, sondern irgendwie natürlich.

»Na, für ein Date. Ich habe doch am Flughafen gesagt, dass wir uns mal treffen sollten. Was meinst du?«

Seine Offenheit überfordert mich und imponiert mir zugleich. »Okay.«

»Ja? So einfach?« Freude schwingt in seiner Stimme mit, und ich muss mich zur Vorsicht mahnen. Der Typ ist Schauspieler. Das könnte alles seine Masche sein. Andererseits muss ich zugeben, dass mich schon sehr lange kein Kerl mehr so beschäftigt hat wie Nick Fontane.

Also lasse auch ich meine Stimme weicher werden. »Ja, wirklich. So einfach. Was schwebt dir vor?«

Seine Antwort kommt wie aus der Pistole geschossen. »Wie wäre es gleich heute?«

»Äh, okay.« Ich überlege erst, bevor ich antworte. Und stelle fest: Ich will ihn heute treffen.

»Toll. Treffen wir uns um 18 Uhr am unteren Ausgang im Klinikpark?«

»Ja, und was machen wir dann?« Meine Frage klingt denkbar dämlich. Doch er lässt sich nichts anmerken.

»Lass dich überraschen. Ich freue mich. Und, Maxi?«

»Ja?«

»Speicher dir meine Nummer ein. Du wirst sie brauchen.« Er legt auf, und ich stelle fest, dass ich wie ein Honigkuchenpferd grinse.

Als ich um kurz vor 18 Uhr über den Rasen des Klinikparks Richtung Landwehrkanal laufe, bin ich viel nervöser, als ich es mir jemals eingestehen würde. Ich nähere mich der Hecke am Rand des Parks, in die kanalseitig ein gut gesichertes Tor eingelassen ist, das jetzt offen steht. Am Ufer liegt ein kleines Motorboot, aber ich kann es von hier nicht richtig ausmachen. Ich bin tatsächlich noch nie hier unten gewesen und frage mich, warum Nick sich so gut auskennt. Vermutlich hat er seine Beziehungen bei Peters spielen lassen.

Ein Fußweg führt am Kanal entlang, das Ufer säumen alte Weiden, Birken und Kastanien. Nick wartet vor dem Tor auf mich, und er sieht auch wieder unverschämt gut aus. So gut, dass es eigentlich verboten gehört. Er trägt eine neue, dunkelblaue Jeans, und das weiße Hemd sieht aus, als wäre es nur für ihn gemacht und betont seine breiten Schultern und die schmale Hüfte. Die obersten Knöpfe hat er geöffnet und die Ärmel locker hochgekrempelt, seine Jackettjacke locker über den Arm gelegt. Er ist das perfekte Abbild des Casual Chic – was mich eigentlich überhaupt nicht ansprechen würde. Ich mag Männer etwas rauer, kantiger. Aber Nick scheint hier eine Ausnahme zu bilden – obwohl ich ihn auch an unserem ersten Abend im Jogger verdammt sexy fand. Er grinst mich an. Ich kann nicht anders und erwidere sein Lächeln. In meinem Bauch regt sich ein zartes Flattern, Wärme breitet sich aus. Als es mein Herz erreicht, setzt es einen Schlag aus.

Mein Puls beschleunigt sich, als Nick mir ein weiteres, unverschämt heißes Grinsen schenkt. Seine Augen blitzen, als er mich kurz mustert, gerade lang genug, um nicht aufdringlich zu wirken.

»Hallo, Maxi. Du siehst umwerfend aus.«

»Hallo, Nick.«

Ich überlege kurz, ob ich ihm ebenfalls ein Kompliment machen sollte, halte aber lieber den Mund. Trotz meiner adligen Familie – oder vielleicht gerade deshalb – habe ich mich nie so richtig mit gesellschaftlichen Konventionen und Umgangsregeln befasst. Als Teenager rebellierte ich gegen die Erwartungen meiner Eltern, mich anzupassen, und habe meine Haltung dazu bis heute beibehalten. Komplimente mache ich, wenn ich Lust dazu habe, nicht aus Höflichkeit. Ich räuspere mich, um die kurze Stille zwischen uns zu überbrücken.

»Und was hast du nun vor? Gehen wir spazieren?«

»Nur ein paar Meter.«

Nick grinst wieder, deutet zum Tor und führt mich hindurch und direkt zum Steg, an dem das Motorboot auf dem Wasser schaukelt. Es ist eines dieser Mietboote mit einem kleinen Außenborder, die man stunden- oder tageweise für Touren auf den Seen rund um Berlin mieten kann. Wir haben voriges Jahr zu Laylas Geburtstag zusammengelegt und mit ein paar Freunden einen unvergesslichen Tag auf dem Müggelsee verbracht. Überrascht bleibe ich stehen. Will er mit mir eine Tour machen?

Nick scheint meine Gedanken zu lesen.

»Ich dachte, nachdem wir schon zusammen am Flughafen waren, können wir uns neuen Verkehrsmitteln zuwenden.«

Ich muss lachen, meine Unsicherheit fällt von mir ab. Langsam komme ich in Flirt-Laune.

»Willst du mit mir verreisen?«

»Liebend gerne. Für heute würde mir aber ein Abendessen reichen.«

Er deutet auf das Boot. Ich erkenne dort einen kleinen Tisch und zwei Stühle, die in seiner Mitte Platz finden, eingedeckt mit weißem Tischtuch, vollem Gedeck und bereits brennenden Stabkerzen. Rund um das Sonnendach des Boots hängen hübsche kleine Lampions und eine Lichterkette und sorgen für romantische Stimmung. Ich bin beeindruckt, was Nick hier auffährt. Eigentlich bin ich eher der Typ »Kneipe und mal sehen, was dann passiert«. Dass ein Mann sich so viel Mühe für ein Date gibt, bin ich nicht gewohnt. Ich schiebe den gefährlichen Gedanken beiseite. Nur weil ich mich mit Nick treffe, heißt das nicht, dass ich ernsthaft an ihm interessiert wäre. Oder er an mir. Nach allem, was ich weiß, ist er dazu gar nicht in der Lage.

»Kommst du? Oder hast du etwa Angst vorm Wasser?« Nicks neckischer Ton reißt mich aus meinen Gedanken. Ich folge ihm auf den Steg und klettere über die Seiten des Bootes, froh, mich für eine enge Jeans und ein spitzenbesetztes Top und nicht für ein Kleid entschieden zu haben.

»Essen wir hier oder fahren wir auch?«

Nick schmunzelt. »Ich würde sagen, wir fangen mal mit Essen an und schauen, ob ich das unversehrt überstehe.«

»Keine Angst, meine Giftbox habe ich zu Hause gelassen.« Geplänkel mit Nick fällt mir leicht, und es würde sich irgendwie künstlich anfühlen, höflichen Small Talk zu machen.

Nick zieht eine Augenbraue hoch. »Ich hatte eher an die Messer gedacht. Aber keine Angst – es gibt Fisch, kam mir deutlich sicherer vor.«

Ich kann nicht anders, ich muss lachen.

Nick bittet mich an den Tisch, und auf ein unsichtbares Zeichen von ihm betritt plötzlich ein Kellner im schwarzen Frack das Boot.

»Schönen guten Abend, die Herr- und Damschaften. Mein Name ist Luca, und ich werde Sie heute durch den Abend begleiten. Zum Start beginnen wir mit einem Aperitivo Nonino, dann werde ich den ersten Gang bringen, eine Interpretation der Gazpacho. Kann ich beginnen?«

Nick nickt ihm auffordernd zu, und Luca dreht sich zu einem kleinen Barwagen neben dem Steuer des Bootes um, um die Drinks zu mischen.

Ich lehne mich entspannt zurück. Das ist schon jetzt das verrückteste Date, auf dem ich je war. Und ich hätte nicht gedacht, dass ich mich so wohl fühlen würde.

»Ich habe viel fancy Essen in meinem Leben vorgesetzt bekommen, aber das war definitiv unter den Top drei.« Ich lege meine Gabel zurück auf den leeren Dessertteller, von dem ich eben das letzte Stück White Choc Caramel Mousse gekratzt hatte, und reibe mir zufrieden meinen Bauch. Als ich aufsehe, bemerke ich, wie Nick mich ansieht. Sein Blick hat jede Spur von Neckerei verloren, aber ich kann ihn nicht recht deuten. Es ist nicht das erste Mal, dass ich ihn heute Abend dabei ertappe, wie er mich beobachtet. Es gefällt mir, verunsichert mich aber auch.

»Was? Habe ich Karamell am Kinn?«

»Nein, nein. Ich habe dich nur noch nie so gelöst gesehen. Steht dir.«

»Ich bin mir nicht sicher, ob das ein Kompliment war oder eine Beleidigung.«

»Definitiv ein Kompliment. Du hast ein wunderschönes Lächeln. Du zeigst es nur nicht so oft.«

Ich runzle die Stirn. »Falsch. Ich zeige es nur nicht jedem.« Es ist so leicht, mit ihm zu flirten, und die vergangenen Stunden sind wie im Flug vergangen.

Nick fasst sich theatralisch an sein Herz. »Da muss ich mich wohl noch mehr anstrengen.«

Mit einem Mal vergeht mir das Lachen. Ein eiskalter Schauer rinnt über meinen Rücken. Das. Diese Geste. Die Hand auf dem Herzen. Ich weiß nicht, wie oft Morty mich so zum Lachen gebracht hat, wenn ich sauer auf ihn war, weil er sich nicht von seinem Computer lösen konnte. »Meine Schöne, vergib mir, ich werde mich mehr anstrengen«, säuselte er dann immer.

Ich stehe auf, will einfach nur weg. Wie konnte ich so dumm

sein, mich auf dieses Date einzulassen? Ich weiß doch ganz genau, wohin das führt.

Ich wende mich zum Steg, wo Luca gerade wieder das Boot betritt, um unsere Teller abzuräumen.

»He, Maxi, was ist denn los?« Nick ist ebenfalls aufgestanden und sieht mich überrascht an. »Ist dir nicht gut?«

Verdammt. Wie komme ich aus der Nummer raus? »Doch, mir ist nur …« Ich unterbreche mich selbst und reibe mir die Arme. »Es ist spät, und es wird langsam kalt. Ich sollte besser gehen.« Das ist die lahmste Ausrede der Welt, und Nick weiß es auch.

»Bist du sicher? Ich dachte, wir könnten noch eine Runde mit dem Boot drehen, jetzt, wo das Essen vorüber ist.«

Ohne meine Antwort abzuwarten, zieht er sein Jackett aus und legt es mir um. Eine wohlige Wärme durchzieht mich, zugleich breitet sich ein intensives Kribbeln in meinem Unterleib aus, als ich den Duft wahrnehme, der mich umgibt. Nick geht zu Luca, um ihm die restlichen Utensilien vom Essen auf den Steg zu reichen, und ich setze mich völlig benebelt auf eine gepolsterte Bank am Bug des Bootes. Ich hatte fast vergessen oder einfach ausgeblendet, dass wir noch immer direkt unterhalb der Klinik geparkt sind. Vermutlich hat uns längst jemand entdeckt, und spätestens morgen wird es über den Flurfunk getratscht: Maxi und Nick hatten ein Date.

Ich muss grinsen. Wenn die wüssten. Ich werde definitiv nicht weiter gehen als bis hier. Auch wenn ich zugeben muss, dass ich heute Abend so viel Spaß hatte wie lange nicht.

»Was gibt's zu grinsen?« Nick lässt sich neben mich auf die Bank fallen.

Ich deute auf das Wasser vor uns, die Sonne, die gerade hinter der Stadt im Westen untergeht. »Das hier. Du hast ganz schön aufgefahren.«

Er zuckt gespielt gelangweilt mit den Achseln. »Ach das. Nur das Beste für eine so schöne Frau wie dich.«

Einen Moment starre ich ihn nur an und frage mich, ob er das ernst gemeint hat. Dann pruste ich los. »Hat der Spruch auch nur ein einziges Mal funktioniert? Ich dachte echt, du hättest mehr auf dem Kasten.«

Nick sinkt ein wenig in sich zusammen und fährt sich mit der Hand durch die Haare. »Sorry. Das war echt daneben. Wenn ich nervös werde, falle ich manchmal in meine Rolle als ›Doktor Love‹ zurück. Dass der nicht besonders feinfühlig mit Frauen ist, weißt du ja vermutlich.«

Mein Lachen verebbt. Ich habe das Gefühl, dass das hier vor mir einmal keine Maske ist, sondern tatsächlich Nick Fontane.

»Bist du traurig, dass die Serie zu Ende ist? Für Schauspieler muss das doch der Jackpot sein, die Titelfigur in einer Serie zu spielen?«

Er setzt sich wieder etwas aufrechter hin, und mir entgeht nicht, dass er ein Stück näher gerutscht ist. Unsere Oberschenkel berühren sich, und in meinem Magen breitet sich ein sanftes Kribbeln aus.

»Doktor Love war eine Wahnsinns-Chance für mich, ein Sprungbrett. Aber es war Zeit, dass ich mich weiterentwickle und der Welt zeige, was ich wirklich draufhabe.«

»Hollywood?« Ich hebe eine Augenbraue.

Er zögert kurz, und es ist, als würde ein Schatten über sein Gesicht huschen. »Ja, Hollywood«, bestätigt er dann nickend.

Aber das kaufe ich ihm nicht ab. »Was war das eben? Du hast nicht an Hollywood gedacht, oder?«

Nick schluckt. »Du bist verdammt aufmerksam, Maxi. Dir kann man nichts vormachen. Nicht mal ich.« Er lacht, und ich stimme ein, aber ich weiß, dass es nicht stimmt. Ich habe mir nur früher zu viel vormachen lassen. Aber so leicht mache ich es ihm nicht. Ich sehe ihn erwartungsvoll an. Nick nimmt meine Hand und legt sie sich in den Schoß. Als wäre es das Normalste der Welt, beginnt er, mit meinen Fingern zu spielen. Ich halte ganz still, obwohl seine Bewegungen mir durch Mark und Bein gehen.

»Die Schauspielerei war immer easy für mich. Wo ich herkomme …« Er bricht kurz ab. »Sagen wir mal so, es war nicht leicht. Irgendwann hat mich ein Typ auf der Straße angequatscht, er suche Talente, ob ich mir vorstellen könnte, Model zu werden. Ich dachte, der verarscht mich, aber die Kohle hat mich überzeugt. Dann kam eine Nebenrolle in GZSZ und das Angebot von ›Doktor Love‹. Aber eigentlich will ich lieber Filme machen.«

»Als Schauspieler?«

Er schüttelt den Kopf. »Regie. Ich habe letzten Sommer mit ein paar Leuten von der Filmhochschule einen Kurzfilm gedreht und sogar einen Wettbewerb gewonnen.«

Überrascht unterbreche ich ihn. »Aber das würde ich doch wissen, oder?«

Er schüttelt den Kopf, grinst unsicher. »Das musst du jetzt für dich behalten, okay?« Ich nicke. »Ich heiße gar nicht Fontane. Das ist ein Künstlername. Als Regisseur bin ich unter meinem eigentlichen Namen aktiv, Nicolas Hardenberg.«

Ich starre ihn an, unschlüssig, was ich sagen soll. Nick hat es tatsächlich geschafft, mich zu überraschen. Es ehrt mich, dass er mir seine Sehnsüchte anvertraut. Trotzdem fragt eine kleine Stimme in meinem Kopf, ob nicht genau das seine Masche ist.

Nick spielt noch immer mit meinen Fingern, und mir fällt auf, dass er auf eine Antwort wartet.

»Warum machst du das alles? Den Dreh? Hollywood?«

»Es ist verdammt schwer, in der Branche Fuß zu fassen, vor allem international. Aber das ist eben, wo die Kohle ist. Als

Schauspieler kann ich gute Kontakte knüpfen. Und wenn ich im Rahmen der Show etwas für einen guten Zweck tun kann, ist das natürlich ein Bonus.« Er schüttelt sich kurz, sieht mich dann mit klarem Blick an. »Und du? Ich werde einfach nicht schlau aus dir. Du hältst mir bei jeder Gelegenheit den Spiegel vor, dabei spielst du das Spiel ja auch mit. Ist es nur wegen deiner Freundin, dieser Amba?«

Ich entziehe ihm meine Hand, und mir wird sofort kalt. Dass er sich Ambas Namen gemerkt hat, überrascht mich. Aber es ist zu gefährlich, dieses Thema jetzt anzuschneiden. Ich beschließe, das Thema zu wechseln, und zucke mit den Achseln.

»Wer sagt denn, dass ich das nicht alles mache, damit ich Zeit mit dem berühmten Nick Fontane verbringen kann? Vielleicht bin ich dein größter Fan.« Ich klimpere affektiert mit den Wimpern und lege ein Säuseln in meine Stimme.

Nick sieht mich einen Moment lang einfach an, dann stiehlt sich ein gefährliches Grinsen auf seine Lippen. Er schnappt sich meine Hände wieder, verwebt seine Finger mit meinen und lehnt sich ein bisschen näher zu mir, sodass ich die Wärme seiner Haut spüren kann und mir der betörende Duft seines Aftershaves und von etwas absolut Männlichem in die Nase steigt. »Wenn du mein größter Fan bist, stört er dich sicher nicht, wenn ich dich küsse.«

Er kommt immer näher, seine sinnlichen Lippen leicht geöffnet, und mein Herz schlägt so heftig, dass ich fürchte, es fällt mir gleich aus der Brust. Mein ganzer Körper kribbelt und wird wie magnetisch von Nick angezogen. In seinen Augen liegt eine Herausforderung, aber er hält einen Zentimeter vor mir inne. Die Botschaft ist klar: Er wird mich nur küssen, wenn ich es auch will. Und, Himmel, ja, ich will ihn küssen. Mein Körper schreit nach seiner Berührung, meine Haut sehnt sich nach seiner, in meinem Bauch lodert eine Flamme der Leidenschaft.

Ich zögere nur einen Moment. Mein Kopf warnt mich noch ein letztes Mal, dass es dumm ist, sich auf einen Player wie Nick Fontane einzulassen. Aber meine Gefühle, meine Begierden sind stärker.

Ich nicke fast unmerklich, aber es ist, als würde ein Damm brechen. Nick überbrückt den letzten Zentimeter, und unsere Lippen treffen sich zu einem leidenschaftlichen Kuss.

Ich vergesse alles um mich herum, das Boot, die Spaziergänger am Landwehrkanal, die Klinik, die nur wenige Meter entfernt liegt – und lasse mich in den Kuss fallen. Nur am Rand nehme ich wahr, dass eine kleine Gruppe Menschen auf Höhe des Boots zum Stehen kommt. Nicks Lippen nehmen mich in seinen Bann. Sie sind weich und doch drängend auf meinen, und wir verschmelzen. Nick legt seine Hand in meinen Nacken und zieht mich noch näher zu sich. Gleichzeitig begehrt seine Zunge Einlass in meinen Mund. Ich gewähre ihn und komme ihm begierig entgegen, wir küssen uns voller Leidenschaft. Seine Hand gleitet meinen Rücken hinab und packt auf Höhe meiner Taille zu. Ich stöhne auf. Mein Hände fahren begierig an seinem Oberkörper hinauf, ich spüre die festen Muskeln durch den Stoff seines Shirts. Die Flamme in meinem Bauch wird riesengroß und breitet sich aus. Meine Haut glüht. Und ich weiß: Nur Nick, seine Berührungen, seine Küsse, können die Sehnsucht stillen, die von meinem Körper Besitz ergreift. Nick hat mich auf der Bank nach hinten gedrängt und liegt halb auf mir. Seine Hand erkundet langsam meinen Körper, fährt unter mein dünnes T-Shirt und streichelt meine Seite, wandert immer weiter über meinen Bauch hoch, höher, zu meinen Brüsten. Meine Nippel haben sich vor Erregung fest zusammengezogen, und ich kann es kaum erwarten, dass er sie berührt.

Ein lautes Fluchen holt mich in die Realität zurück. Es klang viel zu nah. Ich schiebe Nick von mir und sehe mich panisch um. Mein Blick fällt sofort auf das Kameraobjektiv, das geradewegs auf Nick und mich gerichtet ist, ein rotes Licht signalisiert die Aufnahme. Ich brauche einen Moment, um die Lage zu überblicken. Hinter der Kamera taucht ein Gesicht auf, das ich kenne. Es ist einer der »Celebrity-Inside«-Mitarbeiter. Er hält sich den Kopf, offensichtlich hat er ihn sich bei dem Versuch, näher an Nick und mich heranzukommen, irgendwo angestoßen. Hinter ihm, noch auf dem Steg, steht ein Tonmann mit Angel.

Ich springe auf. »Was soll das? Was macht ihr hier?« Hilflos und wütend sehe ich zu Nick, der zwar genauso überrascht aussieht wie ich, aber ruhig auf der Bank sitzen bleibt.

»Spuck's aus«, fordere ich den Kameramann, ich glaube, er heißt Winnie, auf. Dabei ahne ich längst, was hier gespielt wird. Winnie reibt sich die Halbglatze.

»Tammy hat uns geschickt, wegen Filmmaterial für die Staffel. Aber …«

Ich lasse ihn nicht ausreden, sondern fahre zu Nick herum. Ich fühle mich, als hätte man mich erst angezündet und dann mit einer eiskalten Dusche übergossen. Er hat mich hereingelegt.

»Das ist einfach nur niederträchtig«, zische ich Nick zu, bevor ich an Winnie vorbei vom Boot eile.

»Maxi, warte!«, ruft Nick mir nach, aber ich ignoriere ihn, renne den Fußweg am Landwehrkanal entlang. Ganz egal, wohin, Hauptsache weg.

Kapitel 16

»Was ist denn los mit dir? Du wirkst so abwesend.«

Halbherzig richte ich mich vom Sofa auf. Layla verschränkt die Arme vor der Brust und mustert mich besorgt. Mir war schon den ganzen Abend aufgefallen, wie sie immer wieder zu mir herübersah. Ich bereue, dass ich nicht einfach in den Van gestiegen und an den See gefahren bin, statt den Versuch zu unternehmen, mich in der WG abzulenken. Auf gar keinen Fall möchte ich auch nur einen Gedanken an Nick Fontane verschwenden. Seine zehn Anrufe in Abwesenheit und seine Nachricht, dass er mit mir reden will, dass alles ein Missverständnis ist – all das lässt mich kalt. Oder zumindest arbeite ich darauf hin, dass es mir nichts ausmacht.

»Gar nichts ist. Du musst nicht so gucken, als wäre ich ein Pflegefall.«

Sofort ändert sie ihre Haltung. »Entschuldige, Maxi. Das wollte ich nicht.«

Layla macht ein betroffenes Gesicht und setzt sich neben mich. Sofort tut mir mein scharfer Tonfall leid.

»Ach was, schon gut.«

»Komm, sag. Denkst du an Nick? Wie ist denn eigentlich der Stand bei euch?«

»Es gibt keinen Stand.«

Meine Stimme klingt wieder schroffer als beabsichtigt. Doch dieses Mal bleibt Layla hartnäckig.

»Ich sehe dir doch an, dass was passiert ist. Du wirkst total abweisend.«

Ich tue das, was ich immer mache, wenn ich nicht weiterweiß: Ich beschließe, der Situation zu entfliehen und zu gehen. Es kostet mich genug Kraft, Nicks Anrufe zu verdrängen. Mit Layla über all das reden würde es noch schlimmer machen. Der Kuss auf dem Boot, das Kribbeln im Bauch, sein Verrat mit den Kameras – all das ist viel zu verworren. Wir haben weder eine Affäre miteinander, noch entwickelt sich etwas zwischen uns. Es kommt mir sehr gelegen, dass ich ohnehin in den Boxclub muss, um den Scanner bei Rabbit zu holen.

Layla fixiert mich.

»Rede mit mir, Maxi, bitte. Ich bin deine Freundin. Ich kann mir vorstellen, was du empfindest. Du hast Angst. Aber Nick ist nicht dein Ex, gib ihm eine Chance. Ich habe den Eindruck, dass er …«

Ich lasse sie nicht weiterreden. Bei Druck mache ich sofort dicht. Und ich fühle mich in die Ecke gedrängt, auch wenn sie meine beste Freundin ist. »Sorry, Layla, aber ich muss mich erst mal sortieren. Ich gehe in den Boxclub. Bis später, ja?«

Ohne ihre Reaktion abzuwarten, verschwinde ich in meinem Zimmer, um meine Sportsachen zu packen.

Der vertraute Geruch nach Leder, Beton und Schweiß schlägt mir entgegen. Zum Glück ist im Club heute kaum etwas los. Innerhalb weniger Minuten habe ich Shorts und T-Shirt gegen meine Sportsachen getauscht. Als ich gerade meine Schuhe schnüre, tauchen ein paar Füße vor mir auf. Rabbit.

»Na, Schatz, lange nicht gesehen. Lust auf eine kleine Runde?«

Seine tiefe, angenehme Stimme gibt mir sofort neue Energie. Ich springe auf.

»Ist tatsächlich wieder ein paar Tage her. Du suchst wohl einen ebenbürtigen Gegner, was? Aber lass dich erst mal drücken.«

Ich umarme meinen alten Freund beziehungsweise das, was ich von seinem massigen Körper zu fassen bekomme. Ich schmiege mich an und blicke hoch auf seinen Killerbunny, der aus seinem weit ausgeschnittenen Muskelshirt am Halsausschnitt hervorschaut. Rabbit tätschelt mir etwas unbeholfen den Rücken.

»Nu, nu, alles gut mit dir, Maxi? Du bist wieder so sentimental.«

Ich mache mich los. Tatsächlich, er hat recht, schon bei meinem letzten Besuch habe ich mich von ihm trösten lassen. Vermutlich liegt es daran, dass Rabbit und der Club eine Art Familienersatz für mich sind. Er kennt mich einfach so lange, weiß als einer der wenigen über meine ganze Geschichte Bescheid. Auch wenn wir nie wirklich über Morty gesprochen haben.

Beim Gedanken an meinen Ex spüre ich, wie mir jede Energie wieder entweicht. Mutlos lasse ich die Hände sinken und schaue zu Boden.

»Vielleicht vertagen wir den Fight lieber, Rabbit, mir ist heute doch nicht so gut. Außerdem wollte ich dich noch was anderes fragen.«

Rabbit fasst mich am Kinn und schaut mir direkt in die Augen. Sein Blick ist klar und gerade, so, wie nur Boxer schauen können.

»Du wärmst dich erst mal auf, und dann sehen wir weiter.«

Sein Tonfall duldet keinen Widerspruch, und ohne zu protestieren, nehme ich Handschuhe und Springseil entgegen. Ich folge Rabbit in den letzten Ring am Ende der Halle. Schweigend springe ich zehn Minuten lang Seil, während Rabbit mich antreibt. An Reden ist nicht zu denken, ich komme völlig aus der Puste, ziehe aber durch bis zum Schluss. Anschließend reicht mir Rabbit wortlos eine Wasserflasche und deutet auf den Punchingball.

»Hau zu. Und dabei erzählst du mir, was los ist. Du hast jemanden kennengelernt, stimmt's?«

Anders als bei Layla lösen seine Worte keinen Fluchtinstinkt bei mir aus. Rabbit kennt mich so gut wie ein großer Bruder oder Vater, wenn er etwas sagt, dann muss etwas dran sein. Der Vergleich mit meinem Vater fällt mir zum ersten Mal ein, und mir schießen die Tränen in die Augen. Ich schlage auf den Punchingball ein und schlucke sie hinunter. Die Vergangenheit hat keinen Platz mehr in meinem Leben.

Aber Nick ist nun mal nicht die Vergangenheit. Und er spukt durch meinen Kopf, viel zu oft, als dass ich mir einreden kann, dass er mir nichts bedeutet.

Mit zusammengebissenen Zähnen und außer Atem werfe ich ihm die ersten Brocken hin. »Ich habe jemanden kennengelernt. Er heißt Nick. Schauspieler. Er ist heiß, aber er spielt nur mit mir.«

Rabbit wirft mir einen kurzen Blick zu, während er um den Punchingball tänzelt. Anscheinend will er mir nicht das Gefühl geben zu drängeln. Die Strategie ist durchschaubar, aber erfolgreich. Nach einer Weile und einigen Punches später sprudelt es aus mir heraus.

»Er hat etwas an sich, geht mir unter die Haut. Ich fühle mich zu ihm hingezogen. Es lief nichts zwischen uns, aber wir haben uns geküsst. Doch er hat mich verarscht, er hat mich nur benutzt.«

»Moment mal. Das kapiere ich nicht. Warum hat er dich benutzt?«

Ich lasse die Fäuste sinken und lehne mich an die Absperrung. Rabbit schaut mich mit unschuldiger Miene an und tut so, als wäre er nicht allzu interessiert an meiner Antwort, aber ich kenne ihn lang genug, um zu wissen, dass das nur Show ist, um mich aus der Reserve zu locken.

Es funktioniert.

»Ich weiß einfach nicht, was echt ist und was gespielt. Im einen Moment ist er superaufmerksam und küsst mich, im nächsten wird klar, er macht das nur für die Kameras. Und dann sind da immer noch die ganzen anderen Frauen, die um ihn herumschwirren.«

»Du bist eifersüchtig. Maxi, so kenne ich dich gar nicht.«

Ich hole aus und versetze dem Punchingball einen harten Schlag. »Ja, verdammt! Und ich verstehe selbst nicht, wieso. Aber immer, wenn ich in seiner Nähe bin, werde ich komisch. Er ist wie ein Magnet.«

Rabbit nickt grinsend. »Also geht es nur um Sex. Dann hol ihn dir! Dafür brauchst du doch diesen Schauspieler gar nicht. Was ist mit dem süßen Surfer, der Dunkelhaarige, den du mir mal am See gezeigt hast? Carlos? Wie hieß der noch?«

O mein Gott, Rabbit ist wirklich überhaupt nicht mehr auf Stand. »Das ist Sébastien. Wakeboarder, kein Surfer. Und das war nie was. Jedenfalls ganz anders Bei ihm ging es wirklich nur um Sex.«

»Und bei Nick geht es nicht nur darum? Du willst ihn, richtig?«

»Nein. Oder doch. Ich weiß es nicht. Ich will ihn nicht wollen, aber ich kann nichts dagegen tun.«

Ich bin selbst überrascht über meine Worte. Rabbit ist wieder zu seiner Taktik des Schweigens und Abwartens zurückgekehrt. Er lässt mir Zeit, meine Gedanken zu sortieren. Vielleicht ist es diese Ruhe, vielleicht auch die bloße Tatsache, dass ausgerechnet Rabbit neben mir steht. Aber ich gestehe mir endlich ein, was das Problem ist.

»Ich glaube, der Punkt ist, dass mich Nick an Morty erinnert. Und deshalb kann ich ihm nicht trauen.«

Rabbit versteift sich, hält inne. Ich bereue, es ausgesprochen zu haben. Zur Ablenkung nehme ich das Seil von der Absperrung und beginne zu hüpfen.

»Was ist mit Morty, was erinnert dich an ihn?«, fragt Rabbit vorsichtig.

Ich stolpere. »Verdammtes Seil, viel zu kurz!«

Wütend drehe mich um und beschließe, dass ich genug trainiert habe. Am besten verschwinde ich sofort. Ein Gespräch über Morty möchte ich auf gar keinen Fall führen. Ich habe mich seit Jahren erfolgreich von allem, was mit ihm zu tun hat, ferngehalten. Ich habe diesen Mann, der zumindest indirekt Schuld hat am Tod meiner Eltern, aus meinen Gedanken verbannt. Und ich möchte nicht über ihn sprechen.

Doch das sieht Rabbit offensichtlich anders. Er hält mich sanft, aber bestimmt an der Schulter fest und zieht mich zurück. Außer uns ist niemand hier in der hinteren Ecke der Halle, von ferne höre ich das rhythmische Klopfen eines Boxers, der auf einen Sack einhaut.

Rabbit blickt mir fest in die Augen. »Hör mir zu, Maxi. Ich habe lange genug geschwiegen, aber es wird Zeit, dass ich dir das sage. Ja, Morty hat dir damals verdammt wehgetan. Er hat sich wie ein Arschloch verhalten und dir das Herz gebrochen. Aber er kann nichts für den Tod deiner Eltern.«

Ich schnappe buchstäblich nach Luft. Rabbit hat ein Tabu gebrochen. Ich schüttle den Kopf.

»Nein. Ich will das nicht hören.«

Ich ärgere mich, dass meine Stimme so brüchig und piepsig klingt, und versuche, das zu kompensieren, indem ich mit voller Wucht gegen den Punchingball haue. Leider verfehle ich die Mitte. Das Ding entwickelt eine Unwucht aus der falschen Richtung und trifft mich voll an der linken Wange. Ich taumle, Rabbit fängt mich auf.

»Fuck!«

Ich brülle so laut, dass ich mich vor mir selbst erschrecke. Von der anderen Seite der Halle schaut der Boxer hinüber. Rabbit reicht mir schweigend die eiskalte Wasserflasche, und ich halte sie gegen meine feuerrote Wange. Als das Brennen nachlässt, kippe ich das Wasser in einem Zug hinunter.

Ich sehe ihn nicht an, sondern nehme meine Sachen. »Nicht mein Tag heute, entschuldige. Ich gehe jetzt wirklich besser.«

Doch da habe ich die Rechnung ohne Rabbit gemacht. Er packt mich an den Schultern und zwingt mich, ihn anzusehen.

»Ich weiß, du wolltest nie über Morty reden, und ich habe mich dran gehalten. Aber du hast dich in etwas verrannt, Maxi. Du wolltest das verdrängen, aber es steht dir jetzt im Weg. Dieser Nick ist nicht Morty. Sag schon. Wie sieht er aus? Was tut er? Was erinnert dich an Morty?«

Ich löse mich aus seinem Griff und starre an die hohe Betondecke mit den blinden Dachfenstern. Verdammt. Was hat Nick eigentlich mit Morty gemeinsam?

»Na ja … er hat halblange, braune Haare, er sieht Morty irgendwie ähnlich. Zumindest live, nicht im Fernsehen. Und er wirkt so selbstgefällig. Alle Frauen liegen ihm zu Füßen. Und dann seine Gesten … als hätte er Morty studiert. Er wirkt auf mich wie ein Aufreißer, der mich bei der nächsten Gelegenheit gegen eine andere austauschen würde.«

Rabbit grinst tatsächlich. Wütend funkle ich ihn an, doch er hört nicht auf und fängt auch noch weiter an zu bohren.

»Maxi, du merkst selbst, dass da sehr viel ›hätte, könnte, würde‹ drinsteckt. Was hat er dir getan?«

Stur blicke ich an die Betondecke.

»Er hat mich verraten. Die Kameras nach unserem Date.«

Rabbit grinst nicht mehr, sondern stellt sich direkt vor mich und schaut mir fest in die Augen.

»So. Und jetzt reden wir über Morty.«

Sein Blick duldet keinen Widerspruch. Ich hole tief Luft, und mit einem Mal platzt es förmlich aus mir heraus.

»Wir waren ein Paar, wir gehörten einfach zusammen. Er hat sogar mal gesagt, dass wir irgendwann heiraten. Und dann hat er sich wie ein Arschloch verhalten.«

Bei der Erinnerung an den Morgen nach dem Club und unser Gespräch damals kommen mir die Tränen, doch ich schlucke sie herunter.

»Los, rede weiter.« Rabbit fixiert mich wieder mit seinen Blicken.

»Hätte er mich damals nicht bei der Polizei verraten, wären meine Eltern wie geplant in Urlaub gefahren und nicht erst eine Woche später. Sie wären nicht in die Maschine gestiegen, die abgestürzt ist, und sie würden heute noch leben.«

Rabbit sagt nichts, sondern starrt ebenfalls an die Decke, wie ich nach einem kurzen Seitenblick feststelle. Er fängt meinen Blick allerdings auf und richtet sich auf.

»Es war ein tragischer Zufall, dass sie gestorben sind. Daran ist niemand schuld, solche Dinge passieren nun mal. Wir haben damals ganz schön viel Mist gebaut mit der Hackerei. Morty ist zu weit gegangen, sich entgegen seinem Versprechen in die Rechner des Innenministeriums zu hacken, aber er hat niemanden auf dem Gewissen.«

Genau vor diesem Gespräch graute mir seit Jahren, vor den Erinnerungen an damals. Als ich vor lauter blinder Liebe die Schuld auf mich genommen hatte. An die Nacht, als die Polizei in der WG klingelte, in der Morty damals lebte, seinen Rechner beschlagnahmte und uns mitnahm. Und ich dummes Schaf habe ihn geschützt und behauptet, ich sei diejenige gewesen, die die Asyldaten abgegriffen hat. Ich habe Morty gedeckt, obwohl er sich nicht an die Abmachung gehalten hat, dass wir niemals so weit gehen wollten.

»Er hatte es mir versprochen, Rabbit! Wir hatten ausgemacht, dass wir nur bei den NGOs nachschauen, wie viele Menschen abgeschoben werden sollen. Wir wollten die Frauen und Kinder retten. Aber Morty hat einfach einen Alleingang gemacht und mich nachher sitzen lassen.«

Eigentlich will ich Rabbits Erwiderung gar nicht hören. Aber da er direkt neben mir ist, kann ich mich seinen Worten und seiner tiefen Stimme nicht entziehen.

»Es war mies von Morty, dich hängen zu lassen, nachdem du die Schuld auf dich genommen hast.«

»Und das Allerschlimmste: Dann hat sich der Scheißkerl nach Österreich zu dieser Frau abgesetzt, während ich unschuldig bei der Polizei saß und mir keiner mehr geglaubt hat, dass ich es nicht war. Hätte mein Vater mich da nicht rausgeholt …« Ich merke selbst, wie sich meine Stimme überschlägt, und verstumme.

»Ich erinnere mich.«

Rabbit steht auf, geht ein paar Schritte Richtung Wand und kommt dann zurück.

»Ich habe immer respektiert, dass du nicht über Morty reden willst. Aber bei dir scheint sich da einiges angestaut zu haben.«

»Wie meinst du das?«

Rabbit sucht nach den richtigen Worten. Das wundert mich nicht. Er war noch nie der Freund von großen Gesprächen über Gefühle oder Zwischenmenschlichkeiten, erstaunlich, dass er schon so viel gesagt hat. Ich sehe ihm an, wie schwer es ihm fällt weiterzusprechen. Er schaut zu Boden und wurschtelt mit seinen großen Händen hin und her wie ein kleines Kind. Eine Welle von Liebe für meinen harten, weichen Freund überkommt mich, vielleicht gehen mit mir gerade sämtliche Gefühle durch, die durch die Gedanken an die Vergangenheit aufkommen. Ich nehme Rabbit vorsichtig in den Arm, als wollte ich ihn trösten, dabei bin ich doch diejenige, die völlig durch den Wind ist. Genau genommen klemme ich mich unter seine Armbeuge, und er tätschelt unbeholfen meine Schulter.

»Du musst mit Morty und dem Ganzen endlich abschließen. Du bist eine erwachsene Frau. Morty hat dich übel verarscht und sitzen gelassen. Aber es gibt auch andere Männer, und du kannst nicht immer davonlaufen, weil dich einer an ihn erinnert. Das meine ich.«

Hilflos schaut er mich an. Doch er ist noch nicht fertig.

»Gib diesem Nick doch mal eine Chance. Vielleicht wusste er nichts von den Kameras. Könnte ja sein.«

Ich schaue ihn an, und mir fällt nicht so richtig ein, was ich dazu sagen soll. Aber die Anspannung fällt von mir ab, und ich fühle mich plötzlich leichter als vorher.

Rabbit löst sich vorsichtig von mir, grinst mich an und wirft mir dann die Boxhandschuhe zu, die er sich um den Hals gehängt hatte.

»Und jetzt hol ich dir den Gesichtsschutz, und wir legen los.«

»Okay.«

Ich grinse zurück, und wir machen uns auf den Weg in die Umkleidekabinen, wo die Ausrüstung hängt. In der Halle ist es inzwischen etwas voller geworden, der Barkeeper ist eingetroffen und sortiert lautstark die Drinks im Kühlschrank neben der Proteinbar. Als er Rabbit entdeckt, nickt er ihm kurz zu. Als wir an dem kleinen Stahlschrank vorbeikommen, in dem Rabbit seine Klamotten einschließt, hält er inne.

»Ich habe übrigens was für dich, Maxi.«

Fragend schaue ich ihn an. Was könnte er wohl haben? Er scheint meine Gedanken zu erraten und knufft mich in die Seite.

»Du denkst wirklich nur noch an diesen Nick. Dabei dachte ich, dass du wegen etwas ganz anderem hergekommen bist.«

Erst da fällt es mir ein.

»Du hast den Scanner? So schnell? Das ist ja der Hammer! Viel früher als erhofft.«

»Pst.« Rabbit schaut sich vorsichtig um. »Das ist wirklich eine Riesenaktion gewesen, den zu organisieren. Kein Wort darüber in der Öffentlichkeit, okay?«

»Jaja, schon klar, aber jetzt gib her das Ding. Ist es da drin?«

Ich ziehe ihn in Richtung Stahlschrank, aber er verschränkt die Arme.

»Nicht so schnell, meine Liebe. Zunächst mal darf ich um einen kleinen Kampf bitten.«

»Okay, auf die paar Stunden kommt es auch nicht mehr an.«

Kapitel 17

Layla tippelt nervös von einem Fuß auf den anderen und schielt immer wieder zu Peters' Turm auf der Skybar. Die meisten schicken Lounge-Ecken sind unbesetzt. In der Skybar ist an normalen Kliniktagen zu den frühen Abendstunden meist wenig los, wenn nicht gerade ein neuer Superstar präsentiert wird. Ich stoppe meine Gedanken, die schon wieder zu Nick wandern, und verscheuche die Erinnerung daran, wie er in Jogginghose und Hoodie aus dem Aufzug am anderen Ende der Bar trat. Und ich ihn nur als Nick Fontane, Doktor Love und Frauenschwarm erkannte. Es kommt mir vor, als wären seither Monate vergangen. Niemals hätte ich gedacht, dass ich diesem Mann einmal so nahe kommen würde. War es Nick oder Doktor Love, den ich geküsst habe, der mir in die Augen gesehen hat, der mir zärtliche Worte ins Ohr geflüstert hat? *Schluss jetzt, reiß dich zusammen. Es geht um Amba.*

Meine innere Ermahnung an mich selbst richte ich dann auch an die zögerliche Layla.

»Nun geh schon runter, bevor Peters rauskommt und uns hier zusammen herumstehen sieht. Es geht um Amba. Oder soll ich doch mitkommen, und wir machen die Übergabe auf dem Flur bei deinem Ärztezimmer? Entscheide du.«

Erschrocken zuckt Layla zusammen. Meine zugegebenermaßen manipulative Technik, diese Option noch mal auf den Tisch zu bringen, hat gewirkt. Das Risiko, dass Schwester Yvonne oder jemand anders sie auf dem Flur vor Peters Büro im ersten Stock der »Villa« dabei erwischen könnte, wie sie mir Peters' Keycard übergibt, scheint ihr den nötigen Ruck zu geben.

»Nein. Das ist zu riskant. Ich gehe lieber alleine zu ihm. Jetzt.«

Ich nicke zustimmend.

»Dann los. Ich warte.«

Layla zieht entschlossen die Luft durch die Nase und zupft ihren mehrere Nummern zu großen Kittel zurecht, in dem sie fast verschwindet, als würde sie sich auf ihren Auftritt vorbereiten. Ich balle aufmunternd die Faust.

»Das schaffst du. Rede dir ein, dass du *wirklich* deine eigene Karte verloren hast. Du siehst sie vor dir. Sie liegt mitten auf dem Küchentisch der WG. Gabriel hat dich heute unten mit reingenommen, aber du musst nun heute kurzfristig noch dringend in dein Büro. Du brauchst ein paar Patientenakten. Und außerdem willst du dir dort natürlich kurz vor Feierabend einen Kittel in deiner Größe holen und nicht dieses Riesenteil von Evelyn weiter tragen.«

Layla kichert, ihr Gesicht hat sich deutlich entspannt. Mit klimpernden Wimpern und Kleinmädchenstimme piepst sie: »Herr Peters, darf ich Ihre Master-Keycard haben? Ich muss in mein Büro und komme nicht rein, schauen Sie doch, mein Kittel …«

»Natürlich nicht so. Du musst ihn doch nicht anbaggern, sondern ihm mit logischen Argumenten kurz seine Karte abnehmen. Der große Kittel ist doch nur on top, damit es noch echter wirkt. Du schaffst das.«

Layla nickt ergeben und verschwindet in Richtung Aufzug. In dem viel zu großen Kittel sieht sie ein bisschen aus wie das kleine Gespenst.

Kaum schließen sich die Aufzugtüren hinter ihr, fische ich mein Handy aus der Handtasche. Enttäuschung durchflutet mich. Keine Nachricht von Nick, auch kein Anruf in Abwesenheit mehr. Hat er es etwa aufgegeben, mit mir reden zu wollen? Sein letzter Versuch, mich zu erreichen, war gestern, als ich im Boxclub über ihn nachgedacht habe. Viel weiter hat mich das aber nicht gebracht. Oder doch? Merkwürdigerweise ist meine Wut auf ihn seither verraucht, da ist nun ein anderes Gefühl, das ich nicht so richtig einordnen kann. Einem Impuls folgend, öffne ich den Messenger. Zumindest eine Nachricht könnte ich ihm schreiben. Vielleicht stimmt es ja doch, dass er nichts von den Kameras wusste, vielleicht waren seine zärtlichen Worte ehrlich gemeint, seine Küsse nicht nur heiß, sondern so tief, wie sie sich anfühlten.

Lieber Nick, danke für deinen Anruf,
ich war beschäftigt.

Bescheuert. Ich lösche den Text wieder.

Lieber Nick, ich konnte nicht rangehen,
wollen wir mal reden?

Noch schlimmer. Warum sollte ich mit ihm reden wollen? Wenn überhaupt, will ich nur Klarheit schaffen. Wir müssen schließlich erneut zusammen vor die Kameras. Wie blöd würde ich denn dastehen, wenn alle Welt im Fernsehen dabei zuschauen kann, wie mich Nick Fontane um den Finger wickelt? Und dann in der Realität fallen lässt? Diese Vorstellung löst bei mir regelrechte Panik aus. Ich habe das Gefühl, komplett die Kontrolle über mich zu verlieren, über meine Gefühle, über mein Leben. Ich stecke entschlossen das Handy in meine Tasche. Am besten werde ich Nick vollständig ignorieren und aus meinen Gedanken verbannen. Wobei, vielleicht wäre jetzt die Gelegenheit, ein für alle Mal zu klären …

In diesem Moment pingt der Aufzug, und die Tür öffnet sich, Layla kommt heraus, dieses Mal in ihrem eigenen Kittel. Ihre Wangen sind gerötet, aufgeregt blickt sie sich um und bleibt vor mir stehen. O mein Gott, hat sie die Karte? Die Antwort bekomme ich Sekunden später.

»Da!«

Sie reicht mir die goldene Keycard. Ich atme erleichtert aus.

»Toll. War es schwer? Ach, erzähl es mir lieber später. Ich fang gleich mal an.«

Doch Layla scheint total unter Adrenalin zu stehen. Sie sprudelt hervor: »Ganz so leicht war es nicht. Peters hat mich ganz komisch angeschaut und wollte wissen, warum ich das nicht schon morgens gemeldet und mir eine Ersatzkarte besorgt habe. Er meinte sogar, dass es illegal ist, mit einem Kollegen auf dessen Karte in die Klinik zu gehen und dass das auch in meinem Vertrag steht. Die Zugangsbedingungen sind sehr streng. Ich hatte richtig Angst, aber dann habe ich doch etwas nett geguckt und …«

»Das hast du super gemacht«, unterbreche ich meine aufgeregte Freundin diplomatisch und grapsche nach der Karte, während ich mit der anderen Hand in meiner Tasche nach dem Scanner greife. Ich brauche jetzt genau zwei Minuten und dreizehn Sekunden, um die Daten zu übertragen, und ich darf keine Zeit verlieren. Layla steht hilflos vor mir und wartet offenbar auf eine Anweisung. Ich verschwinde in der Nische neben dem Eingang zu Peters' Turm-Büro, und sie folgt mir.

»In drei Minuten hast du die Karte wieder«, informiere ich sie überflüssigerweise – ich hatte ihr schon zigmal eingebläut, dass wir für die gesamte Aktion inklusive Rückgabe der Karte etwa sechs Minuten planen sollten. Ich drehe mich zur Brüstung der Skybar, wo mich niemand sehen kann, bevor ich den Scanner heraushole. Mit einer schnellen Bewegung ziehe ich die Karte aus meiner Hosentasche, um sie in den Schlitz einzustecken. Und lasse sie aus Versehen fallen.

Ich bücke mich. Und blicke genau in einen kleinen Schacht direkt unter mir, eine Art Schacht, durch den entweder Wasser abläuft oder Luft hinaufgeleitet wird, was auch immer. Jedenfalls wird mir blitzartig klar, dass in seinen Untiefen soeben die goldene Keycard verschwunden sein muss. Auf dem Teakholz-Boden ist sie jedenfalls nicht zu sehen. Ich gehe in die Knie, um hineingreifen. Verdammt, was für ein Zeitverlust.

In diesem Moment höre ich ein mechanisches Geräusch. Ich fahre herum und sehe, wie Peters aus der wenige Meter entfernten Tür vom Turm hinaustritt.

»Ah, Frau Dr. Sahin. Schön, Sie hier oben zu treffen.« Layla starrt ihn entgeistert an und schaut zu mir hinüber. Er folgt ihrem Blick und entdeckt mich in der Nische. Zum Glück habe ich mich noch rechtzeitig hingestellt und versuche, mich mit coolem Gesichtsausdruck an die Brüstung zu lehnen.

»Frau von Bülow, was machen Sie denn hier? Ach was, es geht mich ja eigentlich nichts an. Warten Sie auf Nick Fontane?«

Er verzieht sein Gesicht zu einem erfreuten Grinsen und kommt auf mich zu. Was will er nur von mir? Blitzschnell überlege ich. Wichtig ist erst mal, dass er nicht durchschaut, warum Layla und ich uns hier verabredet haben. Dass wir befreundet sind, weiß er ohnehin, also bleibt nur die Flucht nach vorn.

»Guten Abend, Herr Peters. Nein, ich warte nicht auf Nick. Ich wollte mit Layla heute hier oben anstoßen. Ich bin so dankbar für das Praktikum bei Herrn Diesel, heute erst durfte ich ihm beim Programmieren der neuen Software helfen. Ich werde sehr viel aus dieser Klinik mitnehmen. Danke für diese Chance.«

Peters nickt zufrieden und bleckt grinsend seine großen, weißen Zähne. Er ist, wie ich gehofft hatte, eitel genug, um meine Schmeicheleien für bare Münze zu nehmen.

»Sehr schön. Das freut mich.«

Er wendet sich Layla zu.

»Frau Dr. Sahin, dürfte ich dann bitte meine Karte wiederhaben? Ich würde mir gerne einen Drink genehmigen. Der Tag war wirklich sehr anstrengend.« Er lacht etwas verlegen, sein Alkoholkonsum scheint ihm unangenehm zu sein. Ich nutze diesen Moment der Schwäche aus und schalte mich ein. Es ist die einzige Chance, die wir haben. Layla starrt mich mit großen Augen an, doch ich schlendere betont locker auf Peters zu.

»O ja, ich kann mir vorstellen, dass Sie wahnsinnig viel zu organisieren haben. Diese Dreharbeiten sind bestimmt sehr aufwendig. Ich bin ja schon auch ein Fan von Nick Fontane, aber so einen Star im Haus zu haben …«

»Absolut. Ständig kommt etwas dazwischen, und wir müssen neu planen.«

Peters nickt dankbar und greift in seine Kitteltasche, wischt sich mit einem Stofftaschentuch die Schweißperlen von der Stirn. Tatsächlich ist es noch sehr heiß, die Luft ist drückend und schwül. Wir stehen nun zu dritt zusammen vor der Tür zu seinem Turm. Ich versuche, Layla mit Blicken zu verstehen zu geben, dass wir Zeit gewinnen müssen, und reiße die Augen auf und rolle sie in Richtung Brüstung, wo die Keycard verschwunden ist. Sie scheint zu verstehen, dass sie endlich aktiv werden muss, und nimmt ihren ganzen Mut zusammen. Sie holt tief Luft.

»Herr Peters, hätten Sie vielleicht Zeit, die Operation und das weitere Vorgehen mit Miray zu besprechen? Es gibt nämlich große Probleme mit ihrem Arm, der externe Kollege, der die OP durchführt, hat mich vorhin angerufen. Ich wollte Sie nicht beunruhigen, aber die Einsicht in die Akte hat ergeben, dass wir für diesen Fall besondere Vorkehrungen treffen müssen.«

Schlau. Sehr schlau. Und geistesgegenwärtig. Laylas Strategie geht auf. Peters zieht die Brauen zusammen und beugt sich vor, seine Keycard hat er offenbar vergessen.

»Welche Komplikationen? Was meinen Sie?«

Layla macht ein betrübtes Gesicht und sieht zu Boden, als würde sie sich scheuen, ihm die Nachricht zu überbringen. Ich hätte nicht gedacht, dass sie eine so gute Schauspielerin sein kann.

»Nun ja. Nach Durchsicht der Akte bin ich nicht sicher, ob wir die Verletzung zufriedenstellend behandeln können.«

»Was meinen Sie damit?«

Peters starrt sie an. Sie hat jetzt seine volle Aufmerksamkeit. Sehr gut. Und Layla legt nach.

»Wollen wir uns vielleicht setzen und in Ruhe darüber sprechen? Die Situation ist tatsächlich komplex. Ich habe einen solchen Fall schon einmal gehabt und würde Ihnen gerne mögliche Behandlungsziele erörtern.«

Peters nickt gefasst und nimmt Layla am Arm, die ihn in Richtung Bar dirigiert. »Lassen Sie hören«, sagt er. »Bitte, setzen Sie sich. Was wollen Sie trinken?«

Ich nutze den Moment, in dem ich in Vergessenheit geraten bin, und beobachte, wie Layla und Peters auf den Barhockern am minimalistischen Tresen Platz nehmen. Sie sind die einzigen Gäste. Was nur an der Uhrzeit liegen kann. Die Skybar gilt inzwischen als Geheimtipp, wenn man über den neuesten Tratsch informiert sein will oder einfach noch nicht nach Hause möchte.

Ich gehe in die Knie und lasse meine Hand in dem Schacht verschwinden, taste mich auf dem rauen Untergrund vor, ich spüre etwas Glitschiges und greife in Steine. Und dann nach etwas Hartem. Die Karte. Vor Erleichterung sinke ich gegen die Brüstung. Ich ziehe sie heraus und lasse sie mit dem Scanner in meiner Handtasche verschwinden. Gerade will ich in der Tasche versuchen, die Karte in die Öffnung hineinzustecken, da wendet sich Peters auf seinem Hocker um.

»Maxi, was machen Sie da in der Ecke? Wollten Sie nicht mit Layla anstoßen? Kommen Sie doch zu uns herüber.«

»Natürlich, sehr gerne, ich wollte Sie bloß nicht stören.« Ich springe eilfertig auf und gehe zu den beiden herüber. Auf dem Tresen stehen zwei halb volle Gläser, ich vermute, es ist Gin Tonic. Layla verzieht ihr Gesicht zu einem künstlichen Lächeln und greift nach dem Glas.

»Ja, lass uns anstoßen, Maxi. Was möchtest du trinken? Entschuldige, ich musste dringend über Miray sprechen.« Ihre Stimme überschlägt sich fast, und ich bin sicher, dass sie dieses Theater nicht mehr lange durchhalten wird. Ich steuere den Hocker neben Layla an, während mich Peters erwartungsvoll angrinst.

»Gerne. Ich wollte nur nicht die Besprechung stören.«

Ich brauche den Scan. Ohne den Scan ist alles verloren.

Der gut gebaute Barkeeper mit dem Schnurrbart grinst mir auffordernd zu. Ich bestelle geistesabwesend einen Mojito. Jeden Moment kann die Stimmung bei Peters kippen, ich kenne ihn inzwischen gut genug. Was, wenn er die Lust an dieser Unterhaltung verliert und seine Karte zurückfordert?

»Verzeihung, ich bin gleich wieder da.«

Peters nickt wohlwollend und wendet sich wieder Layla zu. Ich stehe auf und gehe in Richtung Toiletten. Ich stolpere durch die schwere Stahltür, fummle hektisch nach dem Scanner und der Karte. Sicherheitshalber verziehe ich mich in eine der beiden Kabinen und schließe ab. Endlich kann ich mich auf die Aufgabe konzentrieren.

Ich schalte das Gerät an, wie Rabbit mir erklärt hat, und es blinkt bläulich. Es ähnelt einem Kartenlesegerät im Supermarkt, nur dass es deutlich flacher ist. Ich atme tief durch und ziehe Peters' goldene Karte aus der Kitteltasche und stecke sie hinein. Auf dem Mini-Display erscheint die Schrift »Loading Data«. Ein leichtes Schnarren erklingt, und ich starre ungeduldig auf das Gerät, versuche aber, ruhig zu bleiben, damit nicht noch was schiefgeht. Rabbit meinte, das Teil wäre sehr empfindlich.

Die Zeit vergeht. Eine Minute. Zwei Minuten. Es erscheint mir unglaublich lang.

»Data loaded« erscheint, und es blinkt hektisch mehrfach.

Erleichtert ziehe ich die goldene Karte heraus und lasse sie in meiner Hosentasche verschwinden. Dann ziehe ich die pinkfarbene Blankokarte, die Rabbit mir gegeben hat, aus meiner Tasche und stecke sie in den Schlitz. Nervös kaue ich auf meiner Unterlippe. Endlich beginnt das Gerät wieder hektisch zu blinken, dieses Mal in Grün, und verkündet: »Card duplicated«.

Yes.

Schnell stopfe ich Scanner und pinke Karte zurück in meine Tasche und schließe die Klotür auf. Am Waschbecken lasse ich kurz Wasser über meine Hände laufen.

Als ich zurück zur Bar gehe, sind Peters und Layla in ein tiefes Gespräch verwickelt. Ich setze mich neben sie und stupse sie an, während ich die goldene Karte in die Tasche ihres Kittels gleiten lasse.

Layla richtet sich auf und schaut erst Peters an und dann mich.

»O verdammt. Maxi, kannst du mich mitnehmen? Gabriel wollte vorbeikommen, und er hat keinen Schlüssel. Er muss jeden Moment da sein.«

Peters blickt verständnislos von Layla zu mir und zurück.

Er scheint zu begreifen, dass wir nach Hause wollen, und springt auf.

»Wir haben ja sicher alles besprochen, richtig?«

Layla nickt, sie wirkt angespannt, als könne sie jeden Moment in Tränen ausbrechen. Ich beschließe, dass wir schnellstens verschwinden sollten. Layla greift in den Kittel und hält Peters die Karte hin.

»Vielen Dank, Herr Peters. Ich werde wirklich versuchen, besser auf meine Karte aufzupassen. Wir sehen uns morgen.«

Im Aufzug haben Layla und ich keine Zeit, um zu reden, sie sieht erschöpft aus. Als wir das Klinikgebäude verlassen haben und das Tor durchqueren, stupse ich sie vorsichtig an.

»Das haben wir gut hinbekommen.«

»Ja.«

Ich lege den Arm um sie, während wir langsam zum Van gehen.

»Ich glaube, ich kann das nicht, Maxi. Entschuldige. Ich bin keine große Hilfe bei der Mission.«

Kapitel 18

Es fühlt sich an, als würde die pinke Karte ein Loch in meine Hosentasche brennen. Dabei kann niemand wissen, dass ich sie überhaupt bei mir trage. Trotzdem überkommt mich jedes Mal, wenn jemand hinter mir geht, regelrechte Panik, und ich habe die unbestimmte Angst, sie könnte aus der Tasche herausragen oder herausfallen. Die Alternative wäre jedoch, die kopierte Keycard irgendwo herumliegen zu lassen, und das kommt nicht infrage. Ich muss jederzeit bereit sein, sie einzusetzen. Zum Glück ist der nächste Drehtag mit »Celebrity Inside« erst für morgen angesetzt, ich hoffe also, heute endlich eine Gelegenheit für ihren Einsatz zu finden. Nick soll morgen tatsächlich seine Nase operiert bekommen. Dabei gefällt mir Nick auch gerade wegen seiner schiefen Nase.

Verdammt. Ich habe mich schon wieder ablenken lassen. Dieser Kerl schleicht sich permanent in meine Gedanken. Jedes Mal, wenn ich an diesen Kuss denke, klopft mein Herz schneller, mein Puls beschleunigt sich, und in meinem Bauch flattert ein Riesenschwarm Schmetterlinge los, nur um kurz darauf tief in meinem Schoß zu einem Ball heißer Lust zu verschmelzen. Allerdings fällt mir dann unweigerlich ein, was nach dem Kuss passiert ist, und heiße, bittere Scham steigt in mir auf.

Ich schiebe jeden Gedanken an »Celebrity Inside« und Nick

Fontane von mir und konzentriere mich auf die Datenbankpflege, die ich als Alibi wiederaufgenommen habe, um einen Plan für mein weiteres Vorgehen auszuhecken. Um die Karte zu nutzen, müsste ich entweder an Holgers oder Peters' Rechner. Das sind die einzigen Arbeitsplätze, an denen eine Zwei-Phasen-Authentifizierung möglich ist, die es braucht, um auf heikle Daten zuzugreifen. Es hängt jetzt alles an mir herauszufinden, was hier gespielt wird, welche Art von Schaden er den Frauen zufügt, Beweise heranzuschaffen. Für Layla ist das Risiko zu groß, noch mal einzugreifen, immerhin steht ihr Job auf dem Spiel.

Holger trifft sich heute zum Dungeons-and-Dragons-Abend mit seinen Freunden, wie er mir nun detailliert zu erklären beginnt. Ungeduldig lasse ich mir die Spielregeln erklären und erfahre nebenbei, dass er selbst als »Orcalius« schon Level 16 erreicht hat.

»Wahnsinn«, platziere ich unkonzentriert und hoffe, dass er seinen Monolog endlich beendet.

»Heute werde ich in der Session meinen Vorsprung ausbauen«, verkündet er mit einem ungewohnt breiten Grinsen, seine Augen blitzen hinter den Brillengläsern. Verschwörerisch grinst er mir zu: »Morgen könnte es bei mir etwas später werden.«

Ich grinse zurück und hebe den Daumen.

Endlich erhebt er sich aus seinem Sessel und beginnt langsam damit, seine Tasche zu packen. Als er meinen Blick sieht, scheint ihm etwas einzufallen.

»Du kannst von mir aus auch gehen. Chris hat ja ohnehin Urlaub und Peters irgendeinen wichtigen Termin mit der Stiftung, also mach ruhig etwas früher Schluss.«

Ich versuche, mir meinen Unmut nicht anmerken zu lassen. In meiner Rolle als Trainee müsste ich eigentlich dankbar und begeistert sein über seinen Vorschlag. Also setze ich schnell ein Lächeln auf.

»Oh, cool, danke! Das ist ja lieb. Ich bin hier ohnehin fast fertig. Ich mache das noch eben zu Ende, dann gehe ich auch.« Als ich sehe, dass er unschlüssig an seinem Schreibtisch stehen bleibt, wedle ich mit meiner Hand in Richtung Tür. »Du musst nicht warten, ich folge dir gleich und achte darauf, dass die Tür zu ist. Nicht, dass Orcalius seinen großen Auftritt verpasst!«

Holgers Miene hellt sich auf, und er kratzt sich am Kopf. »Okay, danke dir. Ich bin etwas aufgeregt. Aber achte bitte darauf, dass die Tür wirklich zu ist. Genau genommen darf ich dich nicht alleine hier sitzen lassen.«

Ich schenke ihm mein unschuldiges Lächeln. »Du kannst dich komplett auf mich verlassen, Holger.«

Er mustert mich durchdringend, und ich fürchte schon, ich habe es übertrieben, dann zuckt er mit den Schultern, nimmt seine Tasche und schlurft zur Tür hinaus.

Kerzengerade und mit klopfendem Herzen bleibe ich auf meinem Platz sitzen und zähle im Kopf bis hundert. Als Holger auch bei hundertfünfzig und zweihundert nicht zurückkommt, fällt alle Anspannung von mir ab und ich lasse den angehaltenen Atem aus meinen Lungen strömen.

Ich drehe mich einmal in meinem Bürostuhl um meine eigene Achse – und weil es schön war, wiederhole ich das noch ein paarmal. Mein Kopf dreht sich, und ich halte inne. Ein Kichern bricht aus mir heraus, und ich schlage mir die Hand vor den Mund. Ich muss völlig übergeschnappt sein.

Also setze ich mich wieder aufrecht hin und hole Luft. Jetzt wird es ernst. Ich stehe auf und schleiche mich an Holgers Schreibtisch. Mein Verhalten ist völlig verrückt, schließlich bin ich alleine. Aber wenn er mich erwischt …

Ich ruckle an Holgers Maus, aber der Bildschirm bleibt

schwarz. Ich rolle innerlich mit den Augen. Natürlich hat der IT-Chef seinen Rechner ordnungsgemäß heruntergefahren. Ich drücke den Einschaltknopf unterm Schreibtisch – und es passiert nichts. Wieder und wieder presse ich den Knopf erfolglos, schalte sogar die Lampe an und wieder aus, um zu überprüfen, ob der Arbeitsplatz Strom hat. Ich bücke mich und sehe mir den Computer genauer an. Ich stöhne auf. Verdammt. Holgers Rechner ist biometrisch geschützt. Nur er kann ihn einschalten, weil der Knopf zugleich ein Fingerabdruckscanner ist. Für ihn ist das so selbstverständlich, dass er es nicht mal je erwähnt hat. Aber ich hätte mir denken können, dass er so eine Schranke einbaut.

Seufzend lasse ich mich in Holgers Stuhl fallen und überlege. Die einzige andere Option, die mir einfällt, ist Peters' Rechner. In seinem Büro.

Frustriert stehe ich auf und laufe im Zimmer auf und ab. Ob ich es wagen soll? Mir fällt ein, dass Holger vorhin erwähnt hat, dass Peters irgendeinen Termin mit der Stiftung hat, die mit den »Villa«-Kliniken kooperiert. Sieht so aus, als wäre das meine Chance. Ich hatte wirklich gehofft, dass ich nicht in Peters' Büro einbrechen muss, auch wenn diese Möglichkeit eigentlich immer bestanden hat.

Ich fahre meinen Rechner herunter und nehme mir einen Rucksack und Fahrradhelm aus dem Schrank. Ich klopfe auf die pinke Karte in meiner Hosentasche, hänge mir meine zugewiesene Mitarbeiterkarte an ihrem langen Band um den Hals und gehe zur Tür. Ich werfe einen letzten Blick in den Raum, dann lösche ich das Licht und trete auf den Flur. Die Tür fällt hinter mir ins Schloss. Pflichtbewusst rüttle ich einmal an der Klinke. Zu.

Das Foyer der Klinik liegt verlassen und dunkel da, die »Cantina« hat abends geschlossen. Ich nehme die breite Treppe nach oben in den ersten Stock, um von dort in Peters' Turm zu gelangen. Vor der Tür bleibe ich stehen und hole noch einmal tief Luft.

Ich ziehe die pinke Karte aus meiner Tasche. Der kleine graue Kasten neben der Tür sieht aus wie ein Lichtschalter, aber ich weiß, dass gleich eine Leuchte grün aufblinken wird und mir damit anzeigt, dass der Zutritt berechtigt ist. Sollte ich mit meiner eigenen Karte versuchen, durch diese Tür zu gelangen, ginge ein Alarm los, und das Sicherheitspersonal würde verständigt.

Natürlich habe ich die pinke Karte ausprobiert. Da sie eine exakte Kopie von Peters' Karte ist, sollte sie mir zu jeder Tür im ganzen Haus Zugang verschaffen. Um niemanden auf meine Spur zu bringen, habe ich es aber einfach an Laylas Büro getestet – und Einlass bekommen. Auch in den Patientenbereich und sogar ins Wellhouse bin ich mit der Karte gekommen. Jetzt wird sich zeigen, ob sie hier funktioniert.

Ich führe meine Hand mit der Karte zum Scanner, halte aber im allerletzten Moment inne und lausche. Habe ich da eben ein Lachen gehört?

Die Tür wird mit einem Ruck von innen geöffnet, und ich zucke zusammen. Viel zu nah vor mir steht Mirko Peters höchstpersönlich, in seinen Armen ein Gewehr. Mir entfährt ein überraschtes Keuchen bei seinem Anblick: die Augen glasig, der Blick wirr, Gesicht und Hals rot gefleckt.

Als er mich sieht, erkenne ich Überraschung, dann grinst er breit, wirft einen kurzen Blick über meine Schulter und sieht mich wieder an. Geistesgegenwärtig verberge ich die Hand mit der Karte hinter meinem Rücken und setze ein unverbindliches Lächeln auf.

»Oh, Frau von Bülow. Was machen Sie denn hier? Kommen Sie doch rein, kommen Sie rein. Ich wollte eigentlich ein paar Eiswürfel aus der Cantina holen, aber das ist nicht so wichtig.«

Peters hält mir die Tür auf und tritt einen Schritt zur Seite, wobei der Lauf seines Gewehrs bedrohlich in meine Richtung zeigt. Mir bleibt nichts übrig, als seiner Aufforderung zu folgen.

Als ich an ihm vorbei in den Raum gehe, steigt mir ein unangenehmer Geruch nach Schweiß und Alkohol in die Nase. Ist er schon wieder betrunken? Dann sollte er wirklich nicht mit einer Waffe hantieren.

Ich verspüre den starken Wunsch, mich zu rechtfertigen. »Ich wollte auch nur nachsehen, ob alles okay ist bei Ihnen. Ich war gerade auf dem Weg nach draußen und habe ein Geräusch gehört«, stottere ich und sehe immer wieder auf das Monster in seinen Armen. Die Waffe macht mich zusehends nervös, und ich beäuge sie skeptisch.

Peters folgt meinem Blick, lacht dann laut auf und tätschelt das Gewehr, das an einem Lederriemen über seiner Schulter hängt.

»Keine Angst! Ich habe Oksana eben mein neues Gewehr gezeigt und bin mit dem Lauf gegen eine Vase gestoßen. Das müssen Sie gehört haben. Ist es nicht ein Prachtstück? Damit habe ich schon so manchen Achtender erlegt.«

Zärtlich betrachtet er das Gewehr in seinen Armen. Richtig, er ist Jäger, diese Erinnerung erleichtert mich. Aber wer ist Oksana? Ich drehe hastig den Kopf und erblicke eine große, sehr schlanke Frau mit einem kurzen, weißblonden Bob, die in einem schwarzen Sessel in der Sitzecke thront. Sie trägt ein beiges Kostüm, trotz der Sommerhitze eine Strumpfhose und schwarze Pumps. Die Beine hat sie elegant übereinandergelegt, ihre Hände mit langen, roten Fingernägeln liegen auf ihrem Knie. Sie bewegt sich quasi nicht, weshalb sie mir nicht gleich aufgefallen ist. Sie mustert mich mit ausdruckslosem Gesicht. Sie ist wunderschön, auf eine eiskalte, fast übermenschliche Art.

»Oksana, schau mal, wer mir in die Arme gelaufen ist!« Aber Oksana zeigt noch immer keine Reaktion. »Das ist Maxi von Bülow, Holgers neue Trainee. Sie hat nach dem Informatikstudium eine kleine Anlaufhilfe gebraucht, und wir bauen ja gerade die IT-Abteilung aus.«

Unsicher mustere ich Peters, der übertrieben fröhlich, fast schon überdreht wirkt. Ich frage mich, wie viel der Klinikdirektor heute getrunken hat, und sehe mich verstohlen im Raum um. Auf dem Tisch vor Oksana steht ein großer Kübel, darin eine halb leere Wodka-Flasche. Ich kenne das Label nicht, aber es sieht sehr teuer aus. Daneben erkenne ich zwei Gläser, eine Schüssel mit Zitronen, Gurkenscheiben und Minze. Auf dem Boden liegen die Scherben einer braun-weißen Porzellanvase.

Auf dem Konferenztisch weiter hinten erkenne ich stapelweise Zettel und Aktenordner mit dem hellblauen Logo der Camino-Stiftung, in der Mitte steht ein Globus. Ich versuche, einen Blick auf die Unterlagen zu erhaschen, kann aber nur anhand der Tabellen und Linien erahnen, dass es sich um Abrechnungen handelt. Auf einmal spüre ich einen Blick auf mir. Oksana hat mich noch immer nicht aus den Augen gelassen. Ich senke rasch den Kopf und fahre mit meiner Bestandsaufnahme fort.

Die Wodka-Zutaten erklären zumindest Peters' rotes Gesicht und sein merkwürdiges Gefasel. Er wendet sich wieder zu mir. »Kennen Sie Frau Pavlova schon? Sie ist die Stiftungsrätin der Camino-Stiftung, mit der zusammen wir das Pro-Bono-Programm aufgesetzt haben, um Frauen aus Krisengebieten zu helfen. Frau Pavlova koordiniert die Spenden und Gelder und übernimmt die Finanzierung des Programms.«

Ich strecke ihr die Hand entgegen und schenke ihr ein Lächeln, versuche, meine Überraschung zu verbergen, dass diese kühl wirkende Frau so vielen Menschen hilft. Andererseits braucht es kluge und analytische Köpfe, um solche Programme zu entwickeln.

»Frau Pavlova, wie schön, Sie kennenzulernen. Ihre Stiftung macht wirklich hervorragende Arbeit. Ich wollte auch gar nicht stören oder hier reinplatzen. Ich hatte nur ein Geräusch gehört und wollte nachsehen, was los ist. Nun lasse ich Sie gerne wieder in Ruhe.«

Ich wende mich in Richtung Tür, aber Peters baut sich vor mir auf. »Papperlapapp, wo Sie nun mal da sind, können wir etwas zusammen trinken! Oksana macht einen hervorragenden Wodka sour.«

Ich hebe die Arme. »Nein, bitte, machen Sie sich keine Umstände, Herr Peters. Ich weiß ja jetzt, dass alles okay ist. Ich will nicht weiter stören.«

Peters protestiert, wird aber von einer überraschend zarten Stimme unterbrochen.

»Lass die Frau doch, Mirko. Wir haben tatsächlich noch viel zu tun. Dein kleiner Unfall hat uns schon genügend Zeit gekostet.«

Die Eiskönigin spricht mit einem starken osteuropäischen Akzent. Sie rollt das R und zieht die Vokale auseinander, ihre Grammatik ist aber fehlerfrei. Fasziniert beobachte ich diese widersprüchliche Frau und wünschte mir, sie würde mehr sagen. Doch sie ist in ihren Statuen-Modus zurückgekehrt.

Peters hingegen nickt und schenkt mir ein bedauerndes Lächeln. »Dann holen wir das bald einmal nach. Es ist vermutlich besser, wenn Sie morgen für die Dreharbeiten fit sind. Um 7:30 Uhr geht es los, nicht wahr? Ich soll auch noch einmal meine Glückwünsche aussprechen.«

Ich krame in meinem Hirn nach der Uhrzeit, sie will mir aber partout nicht einfallen.

Peters geht zu seinem Schreibtisch und erweckt seinen Computer mit einem Tastendruck zum Leben. Er scheint nicht viel von sachgemäßem Herunterfahren zu halten, was gut zu wissen ist. Ich muss die Gelegenheit nutzen, mir seinen Arbeitsplatz näher anzusehen, wenn ich meinen ursprünglichen Plan schon nicht durchziehen kann.

Peters beugt sich nach unten, um besser auf seinen Monitor blicken zu können. Ich folge ihm mit gespielter Unbedarftheit zu seinem Rechner, als sei es das Normalste der Welt.

»Darf ich vielleicht mal sehen? Ich weiß leider auch nicht mehr, wann und wo es losgeht.«

Während Peters schwerfällig an der Tastatur herumfummelt, lasse ich meinen Blick über den Rechner wandern und finde den Authentifizierungsscanner auf Anhieb. Wie bei Holger ist er hier am Monitor eingesteckt. Ich scanne den Einschaltknopf, der aber völlig normal zu sein scheint. *Gut. Immerhin etwas.*

Peters klickt ein paarmal mit der Maus.

»Da steht es. Drehbeginn ist um 8 Uhr. Wir werden pünktlich um sieben zur Besprechung erwartet.«

Die Eiskönigin räuspert sich vernehmlich, und Peters sieht mich entschuldigend an.

»Ich muss hier wohl wirklich noch einiges fertig machen.«

»Ich verstehe. Dann lasse ich Sie beide mal Ihre Arbeit tun. Einen schönen Abend, Herr Peters, Frau Pavlova.«

Ich nicke Oksana zu, doch sie betrachtet gelangweilt ihre roten Fingernägel und hebt nicht mal den Blick, als ich den Raum verlasse.

Ich verlasse die Klinik, so schnell ich kann, bleibe aber an der nächsten Straßenecke stehen. Ich muss unbedingt mit Charlie und Layla reden. Es ist noch recht früh. Ich tippe eine Nachricht in unseren Gruppenchat:

Bin auf ein Problem gestoßen,
muss dringend mit euch reden.
Treffen in 30 min in der WG?

Aufgeregt beobachte ich die Statusanzeige, die mir verrät, dass sowohl Charlie als auch Layla die Nachricht gelesen haben. Laylas Antwort kommt zuerst:

Bin bei Gabriel, er hat gekocht.

Charlie folgt nur Sekunden später:

Kann leider nicht, bin in einer Stunde
verabredet. Ist es dringend?

Verdammt. Ich seufze, setze mich auf eine Parkbank in der Nähe und fange an zu tippen. Wenn die beiden keine Zeit für ein Treffen haben, müssen sie mir eben so helfen.

Bin mit Holgers Rechner nicht
weitergekommen, muss an die Quelle.
Wollte es direkt bei Peters versuchen, habe ihn
aber dort überrascht mit der Stiftungsrätin.
Komische Frau, kennst du die, Layla?

Layla: *Ich habe sie ein paarmal gesehen,*
Olga Pavlova, Oligarchin, sehr reich, macht
viel Charity. Mehr weiß ich nicht.
Soll ich Gabriel fragen?

Charlie: *Du warst in Peters' Office?*
Konntest du an seinen Rechner?

Ich schmunzle. Typisch.

Nein. Keine Gelegenheit. Und morgen ist bereits der vorletzte Drehtag. Uns läuft die Zeit davon.

Charlie: *Du musst irgendwie da reinkommen, Maxi. Geht das während des Drehs?*

Als ob ich das nicht wüsste.

Nein, Peters wird kaum gebraucht. Ich hatte so gehofft, dass er heute schon weg ist. Wir brauchen eine Gelegenheit, bald. Ob ich zurücksollte?

Charlie: *Nein, geh jetzt kein Risiko ein! Ihr müsst wachsam bleiben und auf eine Gelegenheit warten.*

Layla: *Peters ist ständig unterwegs. Vielleicht kann ich einen Blick auf Yvonnes Einsatzbuch werfen. Sie trägt auch Peters' Abwesenheit ein, glaube ich.*

Gute Idee, Layla. Danke. Ich weiß, dass du dich raushalten wolltest.

Kapitel 19

Nick und ich beobachten, am Bug des kleinen Boots sitzend, den rot gefärbten Himmel über Berlin. Ich fühle mich ihm so nah, sein Duft, seine Wärme sind mir vertraut, als würden wir uns seit Jahren kennen. Er bewegt sich und legt den Arm um mich, streichelt meinen Rücken. Die Berührung sendet eine Welle an Erregung durch meinen ganzen Körper, und ich bekomme Gänsehaut. Er dreht sich langsam zu mir, ich betrachte sein schönes Profil mit der markanten Nase und dem sinnlich geschwungenen Mund. Ich weiß, dass er mich gleich küssen wird. Ich kann es kaum erwarten, seine weichen Lippen auf meinen zu spüren. In meinem Bauch sammelt sich ein Ball glühenden Feuers. Ich will diesen Mann, verzehre mich nach ihm.

Ich sehe ihm direkt in die Augen und öffne meine Lippen, kann schon seinen Atem schmecken.

Und dann schrecke ich hoch. Die Tür zu meinem Zimmer wird aufgerissen.

»Maxi, dein Wecker klingelt seit einer Viertelstunde!«

Layla klingt wütend und verschlafen. Wie ein Racheengel steht sie in einem weißen Nachthemd mit wild abstehenden Locken vor mir.

»Was?«

»Dein Wecker klingelt. Hast du das etwas nicht gehört? Es ist Viertel vor sieben.«

Ihre Worte dringen nur langsam in mein verschlafenes Hirn vor. Dann ist es aber, als hätte sie mir einen Eimer Wasser über den Kopf gekippt.

»Was? Verdammt, ich habe verschlafen. Ich muss zum Dreh. Verflucht.«

Ich springe aus dem Bett und haste an Layla vorbei Richtung Bad. Ich spare mir die Dusche, putze nur schnell meine Zähne und ziehe mir saubere Klamotten an. Ich muss heute nur kurz vor die Kamera. Die Operation von Nick steht auf dem Drehplan, und ich soll – wie immer – die Technik checken. Nur zehn Minuten später sprinte ich aus der Wohnung und schwinge mich auf mein Rennrad. Eigentlich bin ich fast froh, verschlafen zu haben, so komme ich nicht groß zum Nachdenken. Ich habe keine Ahnung, wie ich Tammy und vor allem Nick gegenübertreten soll, und beim Gedanken an Winnie, Werner und die Crew steigt Wut in mir auf. Dass sie uns heimlich gefilmt haben, ist nicht in Ordnung.

Mit nur fünf Minuten Verspätung komme ich in der »Villa Berlin« an und hoffe, dass Hajo es nicht bemerkt. Andererseits bin ich genau in der richtigen Stimmung, ihm dann ein paar Takte zu erzählen.

Ich hätte mir keine Sorgen machen müssen. Keiner bemerkt, dass ich überhaupt ankomme. Die große Eingangshalle der Klinik ist wie ausgestorben: keine Kameras, keine wuselnden Ton- und Kabelmenschen, kein lautstark brüllender Hajo.

Ich sehe auf meine Uhr. Bin ich doch zu früh? Peters hat doch extra noch mal gecheckt, wann es losgeht. Ich bleibe mitten in der Halle stehen und drehe mich suchend um meine eigene Achse. Da entdecke ich Mirko Peters in dem kleinen Wartebereich hinter dem Aufzug, von wo aus man einen guten

Blick in den Garten der Villa hat. Peters steht stocksteif dort, Schwester Yvonne neben ihm, sie hat ihm eine Hand auf den Arm gelegt und redet leise auf ihn ein. Peters starrt mit finsterem Blick in den Garten.

Ich überlege noch, ob ich die beiden auf mich aufmerksam machen soll, da dreht Peters sich zu mir um.

»Ah, Frau von Bülow. Sie hätten sich die Mühe sparen können, so früh herzukommen. Der Dreh ist abgesagt.«

Ich traue meinen Ohren nicht. »Wie ... abgesagt?«

Peters deutet in einer schnellen, wütenden Bewegung Richtung Klinikgarten, wo ich erst jetzt zwei Gestalten wahrnehme, die auf und ab laufen. »Der feine Herr Fontane möchte nun doch kein glatter Hollywood-Schauspieler mehr sein. Er hat die OP gecancelt.«

Überrascht bleibe ich stehen, um besser in den Garten blicken zu können. Tatsächlich. Die beiden Gestalten sind Nick und Hajo. Doch es ist Hajo, der ganz still dasitzt, und Nick, der auf ihn einredet, dabei mit den Händen gestikuliert. Er hat es also tatsächlich getan. Ich muss zugeben, dass ich ein wenig beeindruckt davon bin, dass Nick seine Meinung geändert hat. Hat er mir also doch die Wahrheit gesagt und nicht nur damit kokettiert, unter seinem Image zu leiden? Mein Kopf rattert. Das würde ja bedeuten, dass er mich ins Vertrauen gezogen hat. Mir wird plötzlich ganz warm.

Doch ich reiße meinen Blick von den beiden los, immerhin steht Peters neben mir. »Was heißt das jetzt für uns? Für die Klinik?«

Peters beginnt in dem kleinen Wartebereich auf und ab zu gehen. Yvonne steht wie versteinert neben ihm, aber ich meine, auch Sorge in ihrem Blick zu erkennen. Die beiden scheinen tatsächlich so etwas wie Freunde zu sein, mindestens aber enge Vertraute.

»Wenn wir Pech haben, müssen wir die Produktionsgesellschaft und Herrn Fontane verklagen. Es gibt einen Vertrag. Ich muss Ihnen sicher nicht sagen, wie überaus wichtig die Publicity für die ›Villa‹-Kliniken ist.« Er mustert mich streng. Dann ändert sich seine Körperhaltung plötzlich, und sein Blick verengt sich. Er starrt mich an, als würde er mich erst jetzt richtig wahrnehmen. Er scheint fieberhaft zu überlegen.

»Sie haben doch ein gutes Verhältnis zu diesem Nick. Gehen Sie raus, und reden Sie mit ihm. Bringen Sie ihn zur Vernunft, Maxi.«

»Als ob ich da etwas ausrichten könnte«, protestiere ich.

Mit Erstaunen bemerke ich, dass Peters' Unterlippe zu zittern beginnt. Er atmet heftig und wirkt regelrecht verzweifelt, dann kommt er zu mir und ergreift meine Hand.

»Bitte, Maxi, es hängt alles daran«, fleht er mit heiserer Stimme, bevor er schnell meine Hand loslässt und sich umschaut, als wäre ihm sein Ausbruch unangenehm. Ich weiß nicht, wie ich auf diese Gefühlsregung reagieren soll. Dieser schmierige Mann, der vermutlich schmutzige Geschäfte macht, tut mir plötzlich einfach nur leid. Ich bringe es nicht übers Herz, ihm zu sagen, dass ich das nicht tun werde. Mit ungewohnt leiser Stimme fährt Peters fort, während er an mir vorbei in den Garten schaut: »Bitte, versuchen Sie es. Vielleicht fällt uns ja noch etwas ein. Wir brauchen das. Und Sie wollen doch sicher auch, dass das Pro-Bono-Programm mehr Aufmerksamkeit bekommt.«

Ahnt Peters etwas?

Ich habe keine Wahl, ich kann es nicht riskieren. Also nicke ich ergeben und öffne die Tür zum Garten. Peters atmet erleichtert auf. Nur am Rand nehme ich wahr, dass Peters und Yvonne mir folgen. Die frische Morgenluft klärt meine Sinne, und ich atme tief durch. Ich habe keine Ahnung, was ich Nick und Hajo sagen soll, aber ich muss versuchen, die Situation zu retten, wenn ich Peters nicht gegen mich aufbringen will.

Hajo und Nick bemerken mich gar nicht, und so kann ich ihrem Dialog folgen.

»Verdammt, Hajo, ich will dich nicht hängen lassen, aber diese OP ist einfach nicht mein Ding. Ich weiß, dass der Hollywood-Guru meinte, ich brauche das, um als Schauspieler durchzustarten, aber darum geht es mir nicht. Und das weißt du.«

Hajo fällt aus seiner Schockstarre. Er springt auf. »Es ist mir, ehrlich gesagt, ganz egal, was dieser Guru sagt und was du willst. Wir haben ein Skript, wir haben alles geplant. Die OP sollte das Highlight der Staffel werden. Du kannst nicht einfach aussteigen, Mann. Du hast einen Vertrag unterschrieben.«

»Ihr könnt mich aber nicht zwingen, mich unters Messer zu legen!« Nick wird laut. »Ich habe echt die Schnauze voll von diesem ganzen Mist. Ich war bereit, das alles mitzumachen, hätte das mit der Nase sogar durchgezogen. Aber es ist alles aus dem Ruder gelaufen. Ständig dieser Social-Media-Kram. Tammy hängt mir permanent im Nacken. Die Aktion mit den Kameras neulich war so was von daneben, das hat das Fass echt zum Überlaufen gebracht.«

Ich spitze die Ohren. Nick hat also nichts davon gewusst? O mein Gott. Dann habe ich ihm unrecht getan. Und er meinte es ernst mit unserem Date, er hat sich tatsächlich mit mir getroffen, weil ich ihn interessiere, nicht für die Kameras? Ich komme nicht dazu, das zu verarbeiten, die beiden reden weiter.

Hajo winkt ab. »Ja, das war ein bisschen drüber. Aber die Kleine muss halt schon mal begleitendes Material drehen, damit wir das bei der Ausstrahlung pushen können. Ich finde, du übertreibst. Jetzt komm doch mal runter, und dann finden wir eine Lösung.«

Ich bin überrascht, wie ruhig er bleibt. Das sieht dem sonst so unter Strom stehenden Regisseur gar nicht ähnlich. Nick hingegen schäumt vor Wut.

Ich räuspere mich. Das scheint ein guter Zeitpunkt zu sein, um auf mich aufmerksam zu machen. Hajo fährt zu mir herum.

»Was willst du denn hier? Hat Peters dir nicht gesagt, dass der Dreh für heute ausfällt? Wir müssen hier ein paar Sachen klären.«

Ich sehe zu Nick, der mich überrascht anstarrt, ein gequälter Ausdruck huscht über sein Gesicht, als wisse er nicht, wie er mir begegnen soll. Na, das macht dann wenigstens zwei.

Ich schlucke. »Herr Peters schickt mich. Ich soll euch klarmachen, dass die Klinik auf dem Vertrag bestehen wird, notfalls mithilfe der Anwälte.«

Nick fährt sich durch die Haare. Offensichtlich nicht zum ersten Mal. Sie sind bereits ganz zerzaust, bemerke ich gerührt. Am liebsten würde ich mit meinen Händen hindurchfahren.

»Vielleicht können wir etwas anderes drehen?«, werfe ich ein. Nick sieht auf, schöpft Hoffnung. »Ja, Hajo, komm, du bist doch ein alter Hase. Spontane Skriptänderungen sind deine Stärke. Vielleicht könnte ich einfach in dieses Wellhouse einchecken und mich für den guten Zweck verwöhnen lassen?«

Hajo schüttelt abweisend den Kopf und winkt ab. »Das ist total lame und passt auch nicht zur Story. Wir brauchen eine Entwicklung. Nick Fontane ist auf dem Weg nach Hollywood, schon vergessen?«

Peters, der unbemerkt zur Gruppe gestoßen ist, mischt sich ein. Er hat sich wieder gefangen, und seine Stimme klingt wieder sicherer. »Ich darf daran erinnern, dass ihr laut Vertrag das Pro-Bono-Programm vorstellen müsst.«

Nick wird wieder laut. »Das ist nicht das Problem, verdammt. Das Programm ist super, und ich komme gerne zu hundert Prozent für die Kosten auf. Ich bin es nur leid, dass es so um Oberflächlichkeiten gehen muss. Ich will mich ja als ernst zu nehmender Schauspieler etablieren. Diese Nasen-OP passt doch eher zu meinem alten Image, das ich loswerden will.«

Hajo, der in den letzten Minuten nervös Kreise um uns gezogen hat, bleibt abrupt stehen. »Dein altes Image! Das ist es. Wie wäre es, wenn du dich in diese Pro-Bono-Frau verliebst, allen Leuten zeigst, was für ein krasser Hecht in dir steckt. Nicht mehr Nick Fontane, Bad Boy des Trash TV, sondern Nick Fontane, Gutmensch und treue Seele. Mir waren eh zu wenige Frauen in der Staffel.«

Nick schnaubt. »So ein Quatsch, Miray ist verheiratet und hat Kinder.«

Hajo zuckt mit den Schultern. »Na und? Die spricht doch eh kein Deutsch.«

Ich will mich gerade einmischen und Nick zur Seite springen, da fällt Peters mir ins Wort. »Das geht nicht, da hat Herr Fontane recht. Die Frauen müssen geschützt werden. Suchen Sie sich eine andere für Ihre Lovestory.« Sein Tonfall ist so bestimmt, dass niemand sich traut, ihm zu widersprechen.

Hajo findet als Erster die Sprache wieder. Er überlegt laut. »Wir könnten Tammy nehmen, die steht ja eh total auf dich, Nick. Und läuft da nicht was zwischen euch?«

Hajos Worte sind wie ein Schlag in meine Magengegend, und ich starre Nick fassungslos an. Nicht, dass es mich wundern würde, wenn er parallel zu mir auch an Tammy rumgebaggert hätte. Ich habe schließlich schon oft selbst gesehen, wie vertraut die beiden miteinander umgehen. Und wie hasserfüllt sie mich immer wieder ansieht. Trotzdem schmerzt es, dass Hajo es ausspricht.

Nick erwidert meinen Blick, als er Hajo bestimmt antwortet. »Nein. Keine Tammy.« Erleichterung macht sich in mir breit.

Hajo, der den stummen Austausch zwischen uns verfolgt hat,

zeigt mit dem Finger zwischen Nick und mir hin und her. »Ihr beide, das ist es! Wir haben doch eh schon das ganze Material mit euch. Das können wir zu einer Lovestory spinnen.«

»Nein.« Dieses Mal bin ich es, die rigoros ablehnt. Eine Ausdruck der Enttäuschung huscht über Nicks Gesicht. »Warum nicht? Wenn ich das zu Ende mache, dann lieber mit dir.«

Ich schüttle den Kopf. Auf einmal steht Peters direkt neben mir und legt mir den Arm um die Schultern. Auf Außenstehende mag die Geste väterlich wirken, aber ich empfinde es als bedrohlich.

»Ich finde, das ist eine ganz großartige Idee. Frau von Bülow ist Vertreterin der Klinik und kennt sich mit dem Pro-Bono-Programm aus. Sie können weiterhin das Material mit Miray verwenden und das Programm vorstellen. Ihnen wird schon etwas einfallen, wie Nick die OP-Absage begründet. Vielleicht sogar als Teil dieser Entwicklung? Natürlich erwarten wir eine extragroße Spende fürs Programm.«

Er drückt fest zu, dabei steigt mir sein säuerlicher Geruch in die Nase. Mein Mitleid mit ihm ist verschwunden. Peters will mich also verpflichten, eine Lovestory mit Nick Fontane zu erfinden. Das kann er doch gar nicht. Ich winde mich aus seiner Berührung, aber er hält dagegen.

»Frau von Bülow, ich bin sicher, dass es nicht schwer für Sie sein wird, eine Romanze mit Herrn Fontane vor der Kamera zu präsentieren. Neulich abends auf dem Weg durch den Garten sahen Sie beide sehr vertraut aus.« Er betont das Wort vertraut auf eine Art und Weise, dass mir schlecht wird.

Bevor ich weiter protestieren kann, fährt er fort: »Und am Ende schmeiße ich eine große Abschlussparty in unserer Skybar, das ganze Team ist eingeladen. Und die Presse. Na, wie klingt das?«

Tatsächlich könnte das meine Lösung sein, schießt es mir

durch den Kopf. Eine Party in der Klinik könnte die perfekte Gelegenheit sein, in Peters Büro einzusteigen.

Ich sehe zu Nick, will nicht zu begierig wirken. Genau wie neulich auf dem Boot beobachtet er mich. Er nickt kurz, und mein Herz macht einen kleinen Hüpfer. Dann übernimmt mein Hirn wieder die Führung. Ich unternehme noch einen Versuch, mich aus Peters Umklammerung zu befreien, und dieses Mal gibt er mich frei.

»Wie soll das ablaufen? Eine Romanze? Wie passt das zur Story?«

Ich richte die Frage an Hajo, der prompt wieder anfängt herumzutigern. So kann er vermutlich am besten denken.

Er überlegt wieder laut. »Nick erkennt, dass er sich verrannt hat, dass er auf die falschen Leute gehört hat. Wir haben doch die Szene im Arztbüro neulich, wo du ihm den Kopf gewaschen hast. Wir machen das alles ganz simpel, verlieren nicht mal einen Drehtag. Nick offenbart sich. Das machen wir vor dem Greenscreen oder da hinten in der Ecke. Großaufnahme, Bauchbinde, vielleicht ein Tränchen. Er erkennt, dass er sich ändern muss, auf sein Herz hören will, und dafür braucht er nur eins: dich.«

Er bleibt stehen, dreht sich um seine Achse und zeigt theatralisch auf mich.

»Das große Finale der Show ist dann nicht der Nasen-Reveal. Nick wird dir seine Liebe gestehen. Und dabei sagen, dass du ihn überzeugt hast, dass er eine OP nicht nötig hat. Wir machen großes Kino, volle Romantik, think big! Am Schloss Charlottenburg. Ich sehe es schon vor mir.«

Horror keimt in mir auf. »Nein! Ich bin keine Schauspielerin, Hajo, das kann ich nicht. Wenn ich das mitmache, dann bitte so klein wie möglich. Und um Himmels willen keine Sprechrolle.«

Hajo sieht mich entgeistert an. »Jetzt stell dich nicht so an.

Du bist super vor der Kamera. Das ist doch every little girl's dream!«

»Ich bin aber nicht every little girl.«

Nick springt ein. »Hajo, sie muss doch eigentlich wirklich nicht viel sagen. Lass es uns kurz und schmerzlos über die Bühne bringen, ich regle das. Schließlich habe ich alles umgeschmissen.«

Ich nicke dankbar. Hajo verdreht nur die Augen. »Ja, okay, aber Nick, das muss eine Hollywood-Leistung werden. Hörst du?«

Er wartet keine Antwort ab, sondern zieht sein Handy aus der Tasche. »Maike. Komm zurück in die Klinik und hol mich ab. Wir müssen umplanen. Bring die Kameraleute mit, Close-up mit Nick.«

Er läuft Richtung »Cantina«-Terrasse davon, während er weiter auf Maike einredet.

Ich drehe mich zu Peters um, aber der ist bereits auf dem Weg zurück in die Klinik, gefolgt von Schwester Yvonne. Verdammt, das hier scheint wirklich zu passieren. Und irgendwie habe ich es mir sogar selbst eingebrockt, oder? Andererseits wäre es für unsere Mission jetzt der Super-GAU, wenn die Dreharbeiten abgebrochen würden und Peters mir die Schuld gegeben hätte, die Situation nicht zu retten. Mit etwas Glück habe ich in wenigen Tagen alles hinter mir: den Dreh, die Suche nach Beweisen, diese ganze Sache hier.

»Maxi, können wir kurz reden?« Nick reißt mich aus meinen Gedanken.

Ich sehe auf und bin kurz unglaublich geflasht von der Intensität seines Blickes. So hat er mich angeschaut, bevor er mich geküsst hat. Mein Mund wird trocken. Ob er über den Kuss reden will? Schließlich bin ich danach weggerannt und habe ihn seither ignoriert.

Nick räuspert sich. »Danke, dass du das machst. Du rettest mir echt den Arsch damit.«

Ich nicke mechanisch und spüre, wie sich die Enttäuschung in mir ausbreitet. Er will über den Dreh reden, natürlich. Es spielt aber auch keine Rolle, schließlich bin ich nicht darauf aus, tatsächlich eine Liebesbeziehung mit ihm einzugehen. Vor allem nicht, wenn stimmt, was Hajo sagt, und er doch was mit Tammy am Laufen hat.

Ich zucke also gespielt gleichgültig mit den Achseln. Ich kann ihm schließlich nicht sagen, dass ich das alles wegen Amba mache. »Schon okay. Ist ja gut, wenn das Pro-Bono-Programm weiterhin in der Staffel vorkommt. Da kann ich mich für die gute Sache opfern.«

Er schweigt, dann streicht er sich die Haare aus der Stirn. »Vielleicht können wir uns vorher noch mal treffen?«

Mein verdammtes Herz fängt bei der Vorstellung schneller an zu schlagen, als zarte Hoffnung in mir aufkeimt. Vielleicht meint Nick es doch erst mit mir?

»Also, um die Szene durchzugehen? Ich kann dir helfen, wenn du nervös bist.«

Die Hoffnung stirbt. Natürlich hat er nur ein schlechtes Gewissen, dass er mich da reingezogen hat.

»Nee du, lass mal. Ich werde mich einfach ans Skript halten, und wir bringen das so schnell wie möglich über die Bühne. Ich war mal in der Theater-AG, schaffe ich schon.«

Ich drehe mich um und gehe zu meinem Fahrrad. Der Tag ist gelaufen. Ich brauche jetzt dringend etwas Aufmunterung und einen Plan, wie ich die nächsten Tage überstehen soll. Layla und Charlie hatten sich heute auf dem Badeschiff verabredet, und ich wollte später ohnehin dazustoßen. Sieht so aus, als würde ich schon früher kommen.

Kapitel 20

»Leute, ich muss komplett bescheuert sein. Nick Fontane soll mir morgen vor laufenden Kameras seine Liebe gestehen. Und ich habe zugestimmt.«

Layla richtet sich überrascht auf. Mit ihrem riesigen Strohhut, der Sonnenbrille und dem tropisch geblümten Bikini sieht sie aus wie direkt aus der Bacardi-Cola-Werbung. Charlie wirft mir einen prüfenden Blick zu und lässt ihr Handy neben der Liege verschwinden, bevor sie sich auf den Bauch dreht und mich mit blitzenden Augen anstarrt.

»Ich glaube, uns fehlt hier etwas Kontext.«

»Warum bist du überhaupt schon da? Die OP war doch erst für jetzt angesetzt«, wirft Layla ein.

Ich seufze und lasse mich in einen Liegestuhl neben meine beiden Freundinnen fallen.

Das Plätschern und Lachen, das vom Pool herüberzieht, kommt mir heute unpassend vor. Ich bin gereizt und nicht in der Stimmung für Entspannung und viele Leute. Am späten Vormittag tanzen viele am Wochenende noch in einem der Clubs in Friedrichshain oder Kreuzberg, erst am Nachmittag kommt ein Schwung von Besuchern, viele direkt aus dem Berghain, zu dem Bad mitten in der Spree in Berlin-Treptow. Bis vor wenigen Jahren gehörte ich auch zu ihnen. Ich werde nie vergessen, wie der Türsteher vom Berghain Morty, Rabbit und mich an einem Sonntag wie diesem überredet hat, mit ihm eine Runde schwimmen zu gehen. Während ich völlig übermüdet am Beckenrand hing und Morty mich festhielt und davor bewahrte, im Wasser einzuschlafen, erzählte er uns ausführlich seine Lebensgeschichte, an die ich mich allerdings nur lückenhaft erinnern kann.

Ich schnappe mir Charlies Aperol Spritz und nehme einen tiefen Schluck. Daytime drinking, das ist genau, was ich jetzt brauche.

»Verdammt, Maxi, spann uns nicht auf die Folter! Warum soll Nick dir seine Liebe gestehen?« Charlie schaut mich auffordernd an. Ich zögere, irgendwie habe ich das alles selbst noch nicht verarbeitet. Ich starre in den tiefblauen Berliner Himmel und dann auf die andere Seite der Spree. Wie Spielzeugmännchen stehen Menschen auf der Oberbaumbrücke und schauen aufs Wasser.

»Wir haben nicht gedreht, es wurde alles umgeschmissen. Nick lässt sich nicht operieren.«

Layla verschluckt sich fast an ihrem Getränk. »Was? Aber das geht doch nicht, das ist doch der Witz der ganzen Staffel.«

»Ich weiß. Deshalb hat Peters mich auch gezwungen, Nick zu einem Ersatzdreh zu überreden.«

Ich hole tief Luft. Ich glaube, ich muss von vorne anfangen. Das Wichtigste zuerst.

»Nick wird im Laufe der Staffel eine große Kehrtwende hinlegen und will statt seines Äußeren irgendwie seinen Charakter verändern. Liebe statt Nase oder so ähnlich. Hajo arbeitet die Details gerade aus und schickt mir heute Abend das Skript. Aber klar ist: Nick soll sich in mich verlieben und es mir vor der Kamera gestehen. Und leider ist das etwas nah an der Realität dran. Nick und ich haben uns neulich getroffen.«

»Was?«

Charlie und Layla brüllen unisono los. Ihre Reaktion erstaunt mich nicht. Sie haben keine Ahnung, dass Nick und ich uns privat getroffen haben, und denken noch immer, dass wir wie Katz und Maus sind. Layla schürzt die Lippen und sieht ernsthaft sauer aus.

»Also ehrlich, warum erzählst du uns denn überhaupt nichts? Am Ende läuft was zwischen Nick und dir, und wir erfahren nichts?«

Charlie beschwichtigt sie.

»Nun übertreib nicht, Layla. Das würde uns Maxi doch sagen.« Mit einem misstrauischen Blick streift sie mich, und ich werde knallrot. Charlie kneift die Augen zusammen.

»Oder etwa nicht?«

Schuldbewusst senke ich den Kopf. Mal wieder habe ich alles mit mir selbst ausgemacht, statt mit meinen Freundinnen zu reden. Dabei hatte ich mir fest vorgenommen, mit ihnen über meine Gefühle zu reden, statt immer alles wegzuschieben.

»Es tut mir leid. Ich wusste selbst nicht, was ich von Nick halten soll. Und ich weiß es noch immer nicht.«

Zwei Drinks später habe ich meinen Freundinnen jedes Detail erzählt.

»Du bist ganz schön verknallt in Nick, oder?«, kommentiert Charlie. Ich schaffe es irgendwie nicht zu widersprechen. Layla grinst.

»So. Eine Sache möchte ich jetzt wissen. Wann dreht ihr die Liebeserklärung?«

»Na ja, morgen Vormittag.«

Layla verdreht die Augen. »Immerhin erfahren wir das noch, bevor es im Fernsehen ausgestrahlt wird.«

»Allzu besonders ist das nun auch nicht.« Ich merke selbst, dass ich unglaubwürdig klinge.

»Neunzig Prozent aller Frauen würden nicht so entspannt hier liegen, wenn sie morgen eine Liebeserklärung von Nick Fontane bekommen würden.«

»Es ist ja keine echte Liebeserklärung.« Diese Erkenntnis versetzt mir einen kleinen Stich.

»Kann noch kommen«, bemerkt Charlie trocken und lässt sich wieder in ihren Liegestuhl fallen. Layla nickt zustimmend und bemerkt etwas altklug: »Warte mal ab. Das gibt womöglich ein Happy End mit euch.«

Sie hat gut reden, sie ist glücklich mit ihrem Gabriel, und sie wurde nie so fies enttäuscht wie ich. Sofort schäme ich mich für diesen Gedanken. Layla hatte schließlich jahrelang unter ihrer Schein-Verlobung mit Ilkay gelitten, weil sie sich komplett zurückgenommen und jegliche Gefühle für einen Mann verboten hatte.

Ich seufze.

»Ich möchte mir nicht die Finger verbrennen. Nick ist mir einfach zu gefährlich, es schwirren ständig irgendwelche Frauen um ihn herum, vor allem Tammy. Er mag zwar mehr Tiefgang haben, als ich dachte. Aber letztlich ist er ein gut aussehender Schauspieler, der es gewohnt ist, dass sich alles um ihn und seine Interessen dreht.«

»Du bist ganz schön verkopft, meine Liebe. Läuft denn was zwischen Tammy und ihm?«

Ich zucke betont gleichgültig mit den Schultern. »Sie hängt ständig an ihm dran, und es scheint ihm zu gefallen.«

»Und das regt dich auf.« Layla grinst vielsagend, aber ich habe genug davon. Meine Freundinnen sind jetzt im Bilde, ich will nicht mehr reden und springe auf.

»Lass uns eine Runde schwimmen.«

»Gute Idee!«

Layla steht auf, aber Charlie winkt ab und rekelt sich in der Sonne.

»Zu viel Bewegung schadet«, grinst sie und zieht sich ihren Strohhut tief ins Gesicht.

Als ich mit einem Kopfsprung ins kalte Wasser eintauche, verschlägt es mir kurz den Atem. Dann macht sich ein angenehm erfrischendes Kribbeln in meinem Körper breit. Layla planscht neben mir ins Wasser. Wir kümmern uns nicht darum, dass wir die Einzigen sind, die den großen Pool inmitten der Spree auch zum Schwimmen nutzen. Die restlichen Besucher stehen mit Drinks in der Hand am Rand und begnügen sich mit Sehen und Gesehenwerden. Ich hole tief Luft und tauche unter. Mit schnellen Zügen durchquere ich das Becken und schaffe es gerade bis zum Rand. Japsend tauche ich auf und grinse Layla zu, die in gemütlichem Tempo hinterherpaddelt. Ich stoße mich vom Becken ab und kraule eine Bahn. Und dann noch eine. So lange, bis mir die Arme wehtun und meine Beine sich anfühlen wie Stahl.

Wir steigen aus dem Wasser, ich lasse mich auf den Rücken fallen und genieße die Erschöpfung und die Sonne auf meinem Rücken, die innerhalb weniger Minuten meinen nassen Körper trocknet. Layla schaut mich bewundernd unter ihren tropfnassen Locken an, die ihr in die Augen hängen.

»Du bist wirklich in Form, ich wünschte, ich wäre so sportlich, aber ich bin einfach zu faul.«

»Dafür hast du einen Mann.«

»Du könntest auch einen haben, aber du willst ja nicht.«

Ich schüttle meine Haare und drehe mich auf den Rücken und schließe die Augen. Charlie schaltet sich sofort wieder ein, sie hat sich inzwischen auf den Bauch gedreht und sonnt ihre ohnehin schon recht braun gebrannte Kehrseite.

»Apropos. Wie kommt ihr beide denn wieder aus der Nummer raus? Also, ich meine natürlich für die Öffentlichkeit. Oder bist du dann die Frau an Nicks Seite? Soll ich mal ein Interview mit dir machen, wenn er nach Hollywood geht?«

Charlie schiebt ihre Sonnenbrille ins Haar und grinst mich vielsagend an.

»Daraus wird leider nichts. Nicks Agentur wird in ein paar Monaten eine einvernehmliche Trennung bekannt geben. Die Details entwickeln sie noch, ich bin da jedenfalls dann raus. Wahrscheinlich wird man verkünden, dass er aus beruflichen Gründen in die USA muss und sich unsere Lebensentwürfe zu sehr voneinander unterscheiden, dass wir aber Freunde bleiben.«

Layla zieht zweifelnd eine Augenbraue hoch.

»Das klingt wirklich kompliziert. Er kann dir dankbar sein, dass du ihn vor der OP bewahrst.«

Charlie nickt zustimmend.

»Du musst damit rechnen, dass du dann ein B-Promi bist, Maxi. Ist dir klar, dass die Boulevardpresse dir auf den Fersen sein wird?«

Ich kaue auf meiner Unterlippe herum.

»Ja, das ist mir schon klar. Aber ich hoffe einfach, dass es nicht so schlimm wird. Und letztlich tue ich all das ja nur für Amba und die anderen Frauen. Nicht für Nick.«

Layla schreckt plötzlich hoch und greift nach ihrem Handy.

»Verdammt, das wollte ich dir noch sagen. Amba hat mir geschrieben. Sie wird demnächst in Pakistan operiert.«

Sie greift nach ihrer Tasche, kramt hektisch darin herum, zieht ihr Handy hervor und hält es mir unter die Nase.

Danke Layla für Nachricht, ich bin gut. Mein Haut ist besser. Aber Bein tut weiter weh. Helft mir Doktor im Zentrum und wird Bein operieren. Mach keine Sorge. Amba.

»Das sind ja wirklich mal gute Nachrichten. Hat Gabriel da die Finger im Spiel gehabt?«

Layla nickt ein wenig stolz. »Ja. Er hat seinen Bekannten gebeten, sich darum zu kümmern, und die Operation organisiert.«

Ein Glück. Zumindest ist Amba dann nicht darauf angewiesen, noch mal wegen einer OP nach Deutschland zu reisen, und kann damit hoffentlich auch der Beobachtung von Peters entkommen.

Charlie richtet sich auf und streift sich ihr Kleid über. »Ich glaube, ich muss gleich mal in den Schatten. Aber lass uns bitte jetzt über das Wichtigste reden.«

Als sie meinen Blick bemerkt, grinst sie breit.

»Nein, nicht über Nick. Sondern über deinen Plan, Maxi. Wie soll es weitergehen? Glaubst du, dass du es schaffst, an die Informationen zu kommen?«

Ich muss nicht lange überlegen.

»Ich werde das herausfinden, ganz bestimmt. Jetzt sind wir so weit gekommen, und ich habe die Karte kopiert. Es ist nur noch ein kleiner Schritt.«

»Und wie soll der aussehen?« Charlies bohrender Reporterinnen-Blick ist mir nur allzu vertraut.

»Ich brauche eine passende Gelegenheit, um in Peters' Büro zu kommen. Wenn er weg ist.«

Charlie malt mit den Fingern unsichtbare Kreise auf den Holzboden und scheint zu überlegen.

»Du musst also in sein Büro. Wie sieht die Klinik denn genau aus, da gibt es doch sicher Kameras, oder? Du hast recht, es braucht eine Gelegenheit, wenn Peters abgelenkt ist. Gibt es nicht bald noch mal ein Meeting oder eine Dienstreise?« Fragend sieht Charlie Layla an, die aber ratlos schaut.

»Das war der eigentliche Grund, warum ich dem bescheuerten neuen Drehplan heute zugestimmt habe. Peters will morgen Abend eine Abschlussparty in der Klinik schmeißen. Da wird er sich vor der Klatschpresse präsentieren, und ich kann in sein Büro, wenn er abgelenkt ist.«

»Das heißt, du solltest den Dreh der Liebeserklärung morgen nicht vermasseln. Sonst platzt am Ende noch die Party.« Charlie grinst schon wieder so anzüglich. Kann sie nicht einmal aufhören mit ihren Andeutungen über Nick und mich? Ich gehe sofort wieder zum Organisatorischen über.

»In jedem Fall wäre das eine super Deckung, weil Peters ja auch in der Klinik ist. Wenn ich einfach mitten in der Nacht einsteige, würde das Sicherheitssystem das registrieren. Außerdem gibt es tatsächlich Kameras. Die Party ist die perfekte Gelegenheit.«

Charlie nickt begeistert, aber Layla verzieht besorgt das Gesicht.

»Aber wenn es gefährlich wird, hörst du auf, versprochen?«

»Versprochen.«

Auch mir wird es jetzt langsam zu heiß in der Sonne, die Erfrischung im Pool hat nicht lange vorgehalten.

»Ich gehe noch mal ins Wasser, Mädels. Und bevor ich irgendwo einbreche, werde ich mich unsterblich in Nick Fontane verlieben.« Ich rolle mit den Augen und versuche, cool zu gucken. Gleichzeitig schlägt mein Herz viel zu heftig bei der Vorstellung.

Kapitel 21

Trotz angenehmer zweiundzwanzig Grad glühe ich innerlich, als ich meinen Van auf dem Parkplatz vor dem Schloss Charlottenburg abstelle und über den Hof um das prächtige Gebäude mit den beiden Seitenflügeln herumlaufe. Ich komme auf die Minute pünktlich zu meinem letzten Dreh mit Nick Fontane und dem »Celebrity Inside«-Team. Allerdings muss die Crew schon länger da sein, da im Schlosshof von der Terrasse bis zum Ende der Wiese Kameras, Reflektoren gegen das grelle Sonnenlicht und Kabel herumliegen. Auf der Terrasse des Cafés, das heute für den Publikumsverkehr extra wegen der Dreharbeiten geschlossen wurde, steht ein kleines Zelt für Tanja mitsamt ihrem Equipment. Als ich Nick entdecke, der mit geschlossenen Augen auf einem Stuhl sitzt und darauf wartet, dass er abgepudert wird, macht mein Herz einen Hüpfer. Hajo winkt mir vom Brunnen aus zu.

»Immerhin pünktlich, die neue Freundin. Geh gleich in die Maske. Oder halt, komm erst noch mal her, bitte.«

Ich mache kehrt und schlendere zu ihm in Richtung Brunnen, wo sich auch die fünf Kameraleute versammelt haben. Sie sitzen auf der Steinbrüstung, nicken mir kurz zu und warten zwischen Wasserflaschen, leeren Aluminiumverpackungen und benutzten Servietten stoisch auf den letzten Dreh.

Hajo mustert mich von allen Seiten, meine schweren, dunklen Boots, das kurze, schwarze Seidenkleid mit dem freien Rücken und meine Gürteltasche, die ich als Kontrast dazu lässig schräg über der Brust trage, und nickt wohlwollend.

»Das Outfit ist super. Passt. Eleganter als sonst, zeigt aber auch deine wilde Seite.«

Doch beim Blick auf mein Haar zieht er die dichten, dunklen Augenbrauen hoch.

»Was ist denn da passiert? Hast du in die Steckdose gefasst?«

Er grinst diabolisch über seinen eigenen Scherz und schaut Beifall heischend zu den Kameraleuten hinüber. Die wiederum schauen angestrengt in den Brunnen, als hätten sie nichts gehört.

»Am Flughafen sollte das so, aber es passt nicht hierher. Wir machen ein Close-up von euch. Da solltest du ordentlich gekämmt sein.«

Hajo lacht laut meckernd und zwinkert mir zu. Er scheint gut gelaunt zu sein.

»Lass dir mal was da oben reinmachen von Tanja. Nur bitte keine Hochsteckfrisur, einfach etwas Gel oder Creme. Oder noch besser ein Band.«

Ich nicke folgsam und sehe mich um. Verwirrt bemerke ich auf der Terrasse des Cafés verwaiste Tische und hochgestellte Stühle. Laut Skriptplan sollten Nick und ich erst einmal durch den Park gehen und dabei kurz gefilmt werden und uns nur verliebt anschauen. Dann sollten wir zum Café gehen und dort Champagner trinken. Er sollte mir seine Liebe gestehen. Hajo hatte mir versichert, dass ich beim gesamten Dreh nur einen Satz – sogar eher einen Halbsatz – sagen sollte: »Oh, Nick.« Dann sollte die Szene ausgeblendet werden.

»Was ist mit dem Café?«

»Na ja. Es gibt eine kleine Planänderung. Der Café-Chef hat Stress gemacht und wollte nicht, dass wir unser eigenes Equipment auf den Tisch stellen, würde nicht zum Logo im Hintergrund passen. Dummkopf. Tammy hat schon versucht, ihn zu überreden, sie hat es aber nicht geschafft.« Hajo schnaubt verächtlich. »Also neuer Plan: Nick gesteht dir seine Liebe hier am Brunnen. Kommt ohnehin besser als am Tisch. Aber natürlich brauchen wir da etwas mehr Action, da der Szenenwechsel entfällt. Capito?«

Ich ahne Ungutes.

»Moment mal. Was heißt mehr Action? Bleibt es nicht bei dem Halbsatz?«

Hajo verdreht ungeduldig die Augen.

»Doch, doch. Aber ihr geht jetzt etwas länger spazieren, von der Schlossterrasse hier herüber, Arm in Arm, voll verliebt. Das muss schon etwas mehr sein als geplant. Dann Schnitt. Dann statt Café: Nick führt dich zum Brunnen. Er holt ein Tuch raus und holt den Schampus aus seiner Tasche. Dann Liebeserklärung. Und du sagst deinen Satz. Im Hintergrund die Fontäne.«

Er bricht in meckerndes Lachen aus. »Hahahaha. Fontane und die Fontäne. Winnie, hast du das gehört?«

Die Kameraleute grinsen wie auf Knopfdruck. Mehr Informationen werde ich hier nicht bekommen.

»Alles klar, ich gehe rüber.«

Im Zelt sitzt der inzwischen gepuderte und phänomenal frisch und natürlich verstrubbelte Nick und grinst mir selbstsicher und irgendwie vertraulich entgegen.

»Hi Maxi.«

Als er meinen Namen ausspricht, ballt sich ein verdächtiger Klumpen in meinem Bauch zusammen. Der Klumpen löst sich in ein ungeheures Kribbeln auf, als Nick auf mich zukommt und mich vorsichtig umarmt und ein Küsschen rechts und links gibt.

»Hallo, Nick«, stammle ich.

Viel zu schnell lässt er mich wieder los und grinst mich an.

»Und? Bereit für den großen Tag?«

»Hajo amüsiert sich prächtig über die Fontäne«, bringe ich knapp hervor. Tanja schiebt sich vor mich, sodass ich Nick aus den Augen verliere.

»Hi Maxi. Das Übliche?«

»Ja, nur die Haare sollen anders, Hajo wollte sie glatter und mit einem Band oder so.«

Hilflos zerre ich an meinen wilden Locken herum, doch Tanja nickt.

»Verstehe. Ich mache dir ein Bandana rein. Warte, ich habe eines in Grün dabei, das passt genau zu deinen Augen.«

Sie zieht aus einer ihrer unzähligen Koffer ein olivgrünes Seidentuch hervor, greift nach Bürste, Geltiegel und Schaumfestiger und fängt an, sich an meinen Haaren zu schaffen zu machen. Dann pudert und tupft sie an mir herum und bindet mir das grüne Tuch wie einen Reif um den Kopf. Schließlich zupft sie mit kritischem Gesichtsausdruck daran herum, bis es sitzt.

»Toll. Das Tuch macht dich noch etwas eleganter.«

Begeistert winkt Tanja Nick zu sich heran.

»Nick, schau mal. Sieht deine neue Freundin nicht toll aus? Elegant, sexy, tough. Wie eine Amazone.«

Tanja knufft Nick in die Seite, was extrem lustig aussieht, weil sie so klein und rundlich ist und er groß und schlank. Nick nickt zustimmend, grinst erst Tanja zu, dann mir und wirkt kein bisschen verlegen.

»Du siehst toll aus. Heute ganz besonders.«

Er schaut mir tief in die Augen. Ich halte seinem Blick stand, weiß aber nicht, wie ich ihn verstehen soll. Meint er es ernst oder spielt er schon seine Rolle? Mein Herz rast wieder wie verrückt. In diesem Moment taucht Tammy hinter dem Make-up-

Zelt auf. Sollte sie uns beobachtet haben, so ist ihr nichts anzumerken. Kaugummi kauend kommt sie angeschlendert und wirft mir einen kurzen, kühlen Blick zu.

»Hi Mäxi«, presst sie hervor und fummelt dann an ihrem Handy herum. Zum Glück verschwindet sie schnell wieder von der Bildfläche.

»Darf ich bitten?«

Nick hält mir den Arm hin, ich stehe auf und hake mich unter, dankbar über den Halt, den er mir bietet.

Ich räuspere mich. »Ich habe gerade gehört, dass wir am Brunnen drehen?«

»Exakt. Er hat mich auch eben erst damit überrascht.«

Hajo kommt uns entgegengelaufen, im Schlepptau die Kameramänner Winnie und Werner.

»Ihr seht super aus. Perfetto. Astrein. Und jetzt los. Wir müssen anfangen, solange das Licht noch gut ist. Also bitte. Hoch zum Schloss, dann die Treppen runter. Aber elegant, Maxi, nicht so stampfen. Und schau ihn immer wieder an. Verliebt. Das ist euer Tag!«

Hajos Kopf rötet sich, und er gestikuliert wild, wie immer, wenn er sich in Rage redet, die meist in einem Vortrag mündet. Heute begnügt er sich zum Glück mit wenigen Sätzen.

»Das hier ist der Höhepunkt der Show. Ich brauche wirklich Emotion. Klar?«

Nick und ich nicken folgsam wie zwei Schulkinder.

»Lasst es richtig knistern. Aber bitte kein blödes Gegrapsche. Ich will Emotion sehen. Love.«

»Schon verstanden, Hajo. Ich mach das nicht zum ersten Mal. Und Maxi genauso wenig.«

Er drückt mich an sich, und mir läuft ein wohliger Schauder über den Rücken. Ich schließe kurz die Augen, bin sofort zu unserem Date zurückversetzt.

»Genau das sind die Vibrations. Der Ritter führt seine Dame zum Brunnen. I feel it. Das will ich jetzt auch sehen.«

Hajo schlägt sich mit der Faust in die Hand. »Los! Werner, Winnie, gebt Gas. Tammy, du ebenfalls. Aber bitte nichts davon senden, nur den Brunnen, das muss eine Überraschung der Show sein.«

Tammy verdreht die Augen. Sie wirkt heute irgendwie zickig, nicht so überdreht fröhlich wie sonst und wirft mir einen giftigen Blick zu. »Schon klar.«

»Und los!« Hajo brüllt.

Nicks Hand auf meiner Hüfte brennt sich durch mein Seidenkleid, und ich konzentriere mich darauf, Hajos Anweisungen zu folgen. Ich schaue zu ihm, er lächelt mir zu. Wir sind mit Mikrofonen ausgestattet, also bemühe ich mich, nicht so laut zu atmen, auch wenn es sicher Quatsch ist, darüber nachzudenken. Ich bin froh, dass ich keinen Text sagen muss.

Ich versuche es mit einem besonders süßen Lächeln und kuschle mich an Nick. Der zieht mich noch fester an sich. Mein verräterischer Körper reagiert prompt mit einer Gänsehaut.

»Ich bin froh, dass das Café nicht geöffnet hat, sonst müsste ich dich unter einem anderen Vorwand an den Brunnen locken.« Nick wirkt so überzeugend, als hätten wir die Szene geprobt. Er schaut mir tief in die Augen und wird langsamer.

Ich versuche, überrascht auszusehen, was mir schwerfällt, denn ich kann mich kaum konzentrieren. Seine Nähe bringt mich durcheinander.

»Komm einfach mit.«

Nick zwinkert mir zu und schiebt mich mit leichtem Druck auf den kleinen Weg, der an betörend duftenden Rosenbeeten vorbei zum Springbrunnen führt. Ich lasse mich von ihm leiten und genieße das Gefühl, mich an ihn zu lehnen, stelle mir vor, er wäre der Mann, nach dem ich mich immer gesehnt habe. Ich schaue vorsichtig zu ihm hin, fange seinen Blick auf, und wir bleiben kurz stehen, er streicht mir das Haar zur Seite. Mir wird schwindelig, und ich wundere mich kurz darüber, wann ich zu einer so guten Schauspielerin geworden bin. Das war in der Theater-AG definitiv anders. Jetzt bin ich so in meiner Rolle, dass ich komplett den Bezug zur Realität verloren habe, aber das ist mir in diesem Moment egal.

Ich schließe die Augen, er umarmt mich, wir bleiben vor dem Brunnen stehen. Über seine Schulter hinweg sehe ich in der Ferne Hajo und neben ihm eine extrem giftig blickende Tammy. Schnell schließe ich die Augen wieder, an diese Bitch will ich wirklich nicht denken.

»Setz dich«, flüstert Nick direkt in mein Ohr, und das leichte Kribbeln wird zu einem riesigen Schaudern, das meinen ganzen Körper erfasst. Am Brunnen setzen wir uns an den Rand, und er zieht mich an sich, sodass wir eng nebeneinandersitzen und auf den sprudelnden Springbrunnen schauen. Dann dreht er vorsichtig mein Gesicht zu sich und streichelt meine Wange und schaut mir tief in die Augen. Seine leuchten fast golden im Sommerlicht, und mir fällt auf, dass das Braun über und über mit hellen Sprenkeln durchzogen ist. So schön.

Nick löst sich wieder von mir. Und fällt vor mir auf die Knie. Ich starre ihn an, diesen Mann, der da vor mir kniet, blicke glücklich, fasziniert, in seine blitzenden, goldenen Augen, eine Locke hängt ihm in die Stirn. Sekundenlang schauen wir uns in die Augen. Ich vergesse die Kameras, alles um mich herum, das Rauschen des Brunnens umhüllt uns. Er ergreift mit beiden Händen meine rechte Hand.

»Maxi. Ich bin in die Klinik gekommen, um mein Aussehen zu verändern. Und dann ist etwas passiert, mit dem ich niemals gerechnet habe. Du hast mich verändert. Du hast mich zum

Lachen und Nachdenken gebracht, du hast mir gezeigt, dass es mehr im Leben gibt als Erfolg und Oberflächlichkeit.«

Er hält inne und senkt den Blick, und als er mir wieder in die Augen schaut, wird mir heiß. Seine Worte sind so eindringlich, und es fühlt sich fast unrecht an, sie zu hören. Ich muss mich daran erinnern, dass dies nur ein Schauspiel ist, dass er nur für die Kamera spricht.

»Maxi, ich muss dir etwas sagen. Ich habe mich unsterblich in dich verliebt.«

Ein paar Sekunden oder vielleicht auch Minuten lang rauscht der Brunnen in meinen Ohren. Seine Worte klingen in mir nach, und ich vergesse völlig das Drumherum. Er schaut mir tief in die Augen, seine leuchtend hellbraun in der Sonne. Ich weiß nicht, wie lange wir so sitzen, vielleicht sind es nur Sekunden. Da fällt mir ein, dass ich meinen Text sagen muss.

»O Nick. Ich habe mich auch in dich verliebt.«

Oh, verdammt. Das war überhaupt nicht mein Text. Ich laufe dunkelrot an. Doch auf Nicks Gesicht breitet sich ein Strahlen aus. Er ist wirklich ein verdammt guter Schauspieler, ich starre ihn einfach nur an. Nick steht wieder auf und greift nach meiner Hüfte. Er zieht mich langsam an sich, beugt sein Gesicht zu mir hinunter. Zärtlich streichelt er mein Haar, meine Wange, und mein Schwindelgefühl nimmt zu. Er holt tief Luft, als wolle er etwas sagen, aber dann schaut er mich nur an. Ich nähere mich seinem Gesicht.

Bevor ich darüber nachdenken kann, ob die Kameras noch laufen, spüre ich seine Lippen auf meinen. Langsam und zärtlich umspielt er meinen Mund mit seinem, wir küssen uns, erst vorsichtig, dann immer leidenschaftlicher. Ich umfasse seinen Nacken und spüre sein halblanges, gelocktes Haar zwischen meinen Fingern, seine Lippen, seine Zunge, die fordernd in meinen Mund eindringt. Nick schmeckt nach Minze und ein wenig salzig. Sein Dreitagebart kratzt mich an der Wange, und mein Körper zittert. Ein heftiges Flattern erfasst mich. Wie sehr habe ich mich danach gesehnt, nach seinen Lippen auf meinen, nach dem Gefühl des Verlangens, fortgetragen zu werden, nach seiner Leidenschaft. Ich gebe mich ganz dem Gefühl hin.

»Und Cut. Szene abgedreht. Das war's! Das habt ihr echt gerockt!«

Ich öffne erschreckt die Augen. Direkt vor mir steht Hajo und grinst uns an.

»So, ihr Turteltauben. Das war eine richtig gute Nummer.«

Nick und ich schauen uns an und grinsen. Als er mich sanft freigibt und loslässt, schwanke ich leicht, fühle mich plötzlich unsicher. Hajo gibt mir einen Klaps auf die Schulter.

»Gute Arbeit, Maxi. Du hast wirklich Talent. Damit bist du erlöst, wir haben alles im Kasten mit dir. Wir sehen uns bei der Abschlussparty.«

Erleichtert suche ich nach meiner Tasche. Vielleicht gibt es die Gelegenheit, kurz mit Nick zu reden? Dieser Kuss war wirklich unglaublich. Meine Lippen kribbeln noch immer, und ich wünschte mir, wir könnten genau dasselbe bei anderer Gelegenheit ungestört fortsetzen. Ich entdecke ihn am Eingang vom Make-up-Zelt. Auch er sieht sich suchend um. Als er mich sieht, huscht ein Lächeln über seine Lippen. Ich mache einen Schritt auf ihn zu, doch wie aus dem Nichts taucht Tammy neben Nick auf und verwickelt ihn in ein Gespräch. Ich kann nur hilflos zusehen, wie sie ihn in das Zelt zieht. Bilde ich mir das nur ein oder war da ein hinterhältiges Funkeln in Tammys Blick? *Verdammt. Das muss ich mir nicht geben.*

Kapitel 22

Bunte Lichterketten beleuchten die festlich dekorierte Skybar der »Villa Berlin«, der Abend ist sommerlich mild, es weht nur ein leichtes Lüftchen. Im Gegensatz zur letzten Mitarbeiterversammlung ist die Stimmung heute Abend deutlich ausgelassener. Das Ende der Dreharbeiten scheint alle zu erleichtern, aber ich bin im Gegensatz zu den anderen angespannt. Einerseits kann ich den emotionalen Dreh heute Nachmittag noch nicht ganz abschütteln, Nicks Liebeserklärung und meine ungeplante Selbstoffenbarung. Ich habe unseren Kuss schon unzählige Mal in meinem Kopf erneut erlebt, und es will mir nicht in den Kopf, dass jemand so etwas dermaßen gut schauspielern kann. Andererseits ist er danach sofort mit Tammy abgerauscht, und ich hatte einige Stunden Zeit abzukühlen. Es wird Zeit, dass der ganze Rummel ein Ende findet. Ich muss mich wirklich auf das Wesentliche konzentrieren: Amba und Peters' merkwürdige Machenschaften in der Klinik.

Ich schüttle den Kopf, um den Gedanken zu verscheuchen, und nippe an meiner Cola. Im Gegensatz zum Rest des Teams verzichte ich auf Alkohol, um einen kühlen Kopf bewahren zu können. Schließlich habe ich noch etwas Wichtiges vor. Peters wirkt jetzt, wo die Journalisten weg sind, völlig gelöst und bereits ein wenig angetrunken. Die Stimmung wird immer fröhlicher. Das spielt mir in die Karten. Es wird nicht mehr lange dauern, bis ich es wagen kann, mich mit der pinken Keycard in Peters' Büro zu schleichen.

Ich habe mich strategisch günstig in einem dunklen Winkel neben dem Tresen positioniert, um die komplette Skybar im Blick zu haben und beobachten zu können, wie oft sich Mirko Peters einen neuen Drink holt. Wenn ich richtig mitgezählt habe, müsste er bei seinem sechsten Cocktail sein. Aktuell ist er an einem Stehtisch wenige Meter von der Bar entfernt ins Gespräch mit Hajo vertieft. Die beiden Männer scheinen sich jetzt, wo die Aufnahmen im Kasten sind, wieder blendend zu verstehen.

Als ich meinen Blick über die Kameraleute, Ärzte und Mitarbeiter schweifen lasse, ertappe ich mich dabei, dass ich mal wieder nach Nick Ausschau halte. Zu gerne hätte ich nach dem Dreh mit ihm gesprochen. Aber er musste ja mit Tammy abhauen. Dabei hätte ich gerne herausgefunden, ob das wirklich alles gespielt war, der Kuss, seine Blicke …

Am Tisch neben Hajo und Peters sitzen Tanja und Maike. Sie hat ihr sonst streng zusammengebundenes, schwarzes Haar gelöst, es fällt ihr locker über die Schultern. Der Effekt ist erstaunlich, Maike sieht zehn Jahre jünger aus. Tanja ist wie immer wie aus dem Ei gepellt, das Make-up sitzt, der Lippenstift hält. Die beiden Frauen tuscheln und sehen immer wieder in Richtung Balustrade der Skybar, wo zwei dunkle Gestalten auffällig eng beieinander stehen. Ich beuge mich vor, um zu erkennen, um wen es sich handelt – und wünschte, ich hätte es nicht getan.

Nick lehnt seitlich an der massiven Steinmauer, die die Skybar umgibt, den Rücken zu mir gedreht. Direkt vor ihm – und für meinen Geschmack viel zu nah – steht Tammy in einem viel zu kurzen, hauchdünnen türkisfarbenen Minikleid, das ich vermutlich nicht mal am Strand getragen hätte. Ich gestehe mir ein, dass ich vor Eifersucht koche.

Tammy wirft einen Blick zur Bar und entdeckt mich. Sie grinst mir fies zu, beugt sich immer näher zu Nick und drückt ihre Brüste gegen seinen Arm. *Diese Bitch!* Nick lehnt sich ein Stück nach vorne und flüstert ihr etwas ins Ohr, doch dann versteift sich sein Körper. Er zieht sein Handy aus der Tasche. Er bedeutet Tammy, kurz zu warten, und tritt mit dem Handy am Ohr tiefer in die Schatten.

Abrupt stehe ich auf und wende mich zum Aufzug, bevor mir schlecht wird. Gerade erst haben wir uns am Brunnen geküsst, ich habe seine Hände gespürt, seine Wärme. Verzweifelt blinzle ich die Tränen weg, die mir in die Augen steigen und presse ungeduldig den Aufzugknopf.

»O nein, hattest du dir etwa Hoffnung auf unseren Superstar gemacht?«, ätzt Tammy, die in dem Moment neben mich tritt. Ich zucke zusammen. Tammy mustert mich abschätzig von oben bis unten. Sie gibt sich keine Mühe, ihr Missfallen über meinen Underdress zu verbergen. Ich trage noch immer das schwarze Seidenkleid, habe aber inzwischen eine Jeansjacke übergestreift, weil es abends recht frisch wird.

Ich drehe mich ein Stück zur Seite und ignoriere Tammys Kommentar. *Hoffentlich kommt dieser Aufzug gleich.*

Tammy lässt sich so leicht nicht abschütteln. »Weißt du, ich kenne Nick schon so lange und so viel besser als du. Ich verfolge seine Karriere von Anfang an. Eine wie du passt überhaupt nicht zu ihm. Und dazu kommt … du hast ihn auch gar nicht verdient.«

Ich balle meine Hände zu Fäusten. Ich weiß, dass sie mich nur provozieren will, und habe nicht vor, mich auf einen Streit einzulassen – oder ihr gar meine Gefühle zu offenbaren. Schlimm genug, dass mir das heute Mittag rausgerutscht ist. Als ob ich in Nick Fontane verliebt wäre!

Als ein lautes Pling endlich die Ankunft des Fahrstuhls verkündet, atme ich erleichtert auf. Ich will nur weg hier und keine Sekunde länger warten, bevor ich den Plan ausführe.

Fast panisch rette ich mich in den Fahrstuhl und lasse Tammy einfach stehen. Drei Sekunden später vibriert mein Handy, und ich ziehe es neugierig heraus. Es ist eine Nachricht von einer unbekannten Nummer mit einem angehängten Video.

Überleg dir gut, ob du dich auf so
was einlassen willst. Nick wird nie
nur dir gehören. Das hier war
letzte Woche. Viele Grüße, T.

Bevor ich darüber nachdenken kann, starte ich das Video. Darauf ist ein dunkler Raum zu erkennen, vielleicht ein Wohnzimmer. Es herrscht Partyatmosphäre, einige Menschen stehen und sitzen in Grüppchen zusammen. Die Kamera fokussiert sich auf drei eng umschlungene Menschen auf einer Couch, ein Mann und zwei Frauen. Ich erkenne Nick sofort. Er küsst erst die eine Frau, dann die andere, bevor er selbstbewusst in die Kamera zwinkert.

Ich lasse das Handy beinahe fallen. Tammy hat ganze Arbeit geleistet. Es tut verdammt weh, Nick so zu sehen. Und die Vorstellung, dass das vielleicht nur wenige Tage vor unserem Date war, bricht mir beinahe das Herz.

Ein Schluchzen dringt aus meiner Kehle, und ich erschrecke selbst über den Laut. Nein, ich werde nicht zusammenbrechen. Nicht hier und nicht jetzt. Nicht wegen Nick Fontane.

Ich besinne mich auf meinen Plan. Ich bin heute nicht wegen Nick hier, sondern wegen Amba. Ich habe im Kopf tausend Mal durchgespielt, wie das hier ablaufen wird. Ich atme tief ein und aus wie vor einem Boxkampf. Nach ein paar Minuten gelingt es mir, in stoische Ruhe zu verfallen. Ich weiß einfach, dass es klappen muss, und hoffe auf dieses Quäntchen Glück.

Der Aufzug hält im ersten Stock der Klinik, und ich steuere direkt auf Peters' Turmtür zu. Kein Zögern.

Der kleine, graue Kasten neben der Tür scheint mich zu verhöhnen, als ich die pinke Keycard aus der Jackentasche ziehe.

Ich führe die Karte zum Lesegerät neben der Tür und halte die Luft an. Der Moment zieht sich wie Kaugummi, kann aber kaum länger als eine Sekunde gedauert haben. Das grüne Licht blinkt einmal kurz, die Tür klickt und öffnet sich einen Spalt.

Ich stoße den Atem aus und hebe den Arm, um die Tür aufzudrücken, als eine große, starke Hand sich um mein Handgelenk schließt und mich aufhält.

»Das würde ich lieber nicht tun.«

Ich erstarre und drehe mich langsam um. Ich erkenne sein Aftershave gepaart mit diesem absolut männlichen Geruch sofort. Nick steht so dicht hinter mir, dass ich die Wärme, die von seinem Körper ausgeht, spüren kann. Mein verräterisches Herz, das gerade von ihm gebrochen wurde, fängt sofort an zu jubilieren. Nick hält meine Hand noch immer umklammert. Ich will sie ihm entziehen, kann seinem Stahlgriff aber nichts entgegensetzen.

»Was zum Teufel willst du hier, Nick?«, zische ich und lege all meine Verachtung für ihn in die Frage. Überrascht lässt er mich los. Ich versuche, auf den Gang hinter ihm zu blicken, ob vielleicht Tammy dasteht, aber Nicks starker Oberkörper versperrt mir die Sicht.

Er stellt sich mir in den Weg, bevor ich in Peters' Büro schlüpfen kann. »Was hast du vor, Maxi? Warum willst du in Peters' Büro? Das ist bestimmt nicht seine Karte.«

Er schnappt mir die pinke Keycard aus der Hand und mustert mich neugierig. Erst jetzt sehe ich ihm ins Gesicht. Für einen Moment vergesse ich zu atmen. Seine Augen leuchten, ich kann sogar die kleinen Goldsprenkel darin erkennen. Ich zwinge mich dazu, ruhig und rational zu bleiben und meine verwirrten Gefühle für Nick für den Moment zu verbannen. Ich habe eine Aufgabe zu erledigen, von der Nick – der verdammte Frauenheld – mich nur ablenkt.

»Das geht dich nichts an. Gib mir meine Karte zurück und lass mich in Ruhe. Verschwinde am besten zurück zu Tammy. Sie wartet bestimmt schon sehnsüchtig auf dich.«

Ich beiße mir auf die Lippen. Das kam eindeutig spitzer rüber, als ich beabsichtigt hatte.

Ein irritierter Ausdruck huscht über Nicks Gesicht, aber er fängt sich schnell wieder.

»Das geht leider nicht. Wir sollten schleunigst von hier verschwinden. Mirko Peters wird in circa einer Minute hier auftauchen, er ist nur noch schnell auf dem Klo. Du willst bestimmt nicht, dass er dich in seinem Büro antrifft, oder?«

Mir rutscht das Herz in die Hose. Ich starre ihn aus zusammengekniffenen Augen an und entreiße ihm mit einer schnellen Bewegung meine Karte. »Woher weißt du das?«

Nick zuckt mit den Schultern. »Er hat gerade lautstark verkündet, dass er Hajo sein Gewehr zeigen will.«

Shit. »Und woher wusstest du, dass ich hier bin?«

»Ich wusste es nicht. Ich habe dich im Aufzug verschwinden sehen und wollte dir nachgehen. Der Aufzug hielt im ersten Stock, ich habe die Treppe genommen, weil es schneller ist. Und dann habe ich gesehen, wie du diese Tür geöffnet hast.«

Er hält inne und lauscht. Im Inneren von Peters Büro geht in diesem Moment das Licht an, und schwere Schritte erklingen auf der Treppe, die den oberen Teil des Turmzimmers auf Höhe der Skybar mit dem Stockwerk verbindet, in dem wir uns befinden. Peters und Hajo müssen den Turm über das Dach betreten haben. Mir wird heiß und kalt gleichzeitig, als mir bewusst wird, dass sie mich eiskalt erwischt hätten, wäre Nick nicht hier aufgetaucht.

Nick ergreift geistesgegenwärtig den Türgriff und schließt die Tür so leise wie möglich. Dann nimmt er meine Hand und zieht mich hinter sich her durch den Flur zurück zur großen Treppe, die ins Foyer der Klinik führt.

»Lass mich los!«, fauche ich Nick an, bevor er mich auch noch die Treppe hinunterzerren kann.

Er gibt nach, und ich stürme an ihm vorbei zum Ausgang. So dankbar ich ihm bin, dass er mich davor bewahrt hat, auf frischer Tat ertappt zu werden, so wenig bin ich gewillt, Hand in Hand mit ihm durch die Klinik zu marschieren. Ich muss verschwinden, einen neuen Plan entwickeln – und das am besten weit weg von Nick Fontane.

Ich verlasse das Klinikgelände und biege nach links ab zum Parkplatz, wo ich meinen Van vorhin geparkt habe. Bevor ich dort ankomme, ertönen schwere Schritte hinter mir.

»Maxi, jetzt warte doch! Was war das eben?«, verlangt Nick zu wissen.

Ich fahre zu ihm herum. »Was willst du, Nick? Soll ich mich bedanken, dass du mich gerettet hast, o edler Ritter?«

Ich lasse ihn stehen und gehe weiter zu meinem Auto. Doch er scheint meinen wenig subtilen Hinweis nicht verstanden zu haben. Oder verstehen zu wollen.

»Maxi, was ist los mit dir? Rede mit mir. Was war das für eine Karte, und wo hast du die her? Und warum bist du so zu mir?«

Ich bleibe stehen. Nick ist viel aufmerksamer, als mir lieb wäre. Ich verfluche Rabbit innerlich dafür, dass er nur diese auffällige pinke Blankocard hatte auftreiben können. Aber ich will eigentlich nicht mit ihm reden.

»Verdammt, Maxi, ich bin nicht dein Feind! Ich werde hier nicht weggehen, bevor du mir nicht sagst, was los ist.«

Ich ahne, dass er tatsächlich nicht nachgeben wird. Nicks Miene ist versteinert, sein Blick todernst und klar. Er hat, genau wie ich, nichts auf der Party getrunken. Und auch wenn ich noch immer enttäuscht von seinem Verhalten bin, muss ich doch zugeben, dass ich ohne ihn jetzt in der Patsche säße. Ich kann selbst kaum glauben, was ich als Nächstes sage:

»Steig ein. Wir müssen hier weg.«

Ich deute auf die Beifahrertür meines Vans. Er steigt ein und dreht sich um, um das Innere meines Busses zu betrachten. Anerkennend pfeift er durch die Zähne.

»Deiner?«

»Nein, der gehört dem Weihnachtsmann«, antworte ich schnippisch und drehe den Schlüssel in der Zündung. Ich setzte zurück und fahre vom Parkplatz.

Ich seufze und überlege, wo ich anfangen soll, als er mir zuvorkommt.

»Was, verdammt noch mal, ist los mit dir, Maxi? Warum bist du so sauer auf mich?«

Ist das sein Ernst? Ich drehe das Lenkrad abrupt nach rechts und bleibe mit quietschenden Reifen an einer Haltebucht auf der Tiergartenstraße stehen. Hier fährt um diese Uhrzeit nachts zum Glück niemand entlang, wir sollten also nicht auffallen.

Ich fixiere Nick mit wütendem Blick. »Warum ich sauer bin? Das ist so typisch für dich. Dir gehört die Welt, und es ist dir ganz egal, wenn du mit den Gefühlen anderer spielst. Hauptsache, du bekommst, was du willst.«

»Maxi, ich verstehe es immer noch nicht. Was habe ich getan? Oder was denkst du, was ich getan habe?«

Ich nehme mir mein Handy und rufe die Nachricht auf. Dann halte ich ihm das Video hin. »Ich hatte wirklich begonnen zu glauben, dass ich mich in dir getäuscht habe. Ich habe dir diese ganze Romantiknummer auf dem Boot abgenommen und sogar akzeptiert, dass du nichts von den Kameras wusstest. Himmel, ich habe dir fast geglaubt, was du mir heute Mittag am Brunnen gesagt hast. Aber du bist eben doch nur ein Schauspieler.«

Ich hätte erwartet, dass er blass wird. Oder sich schwarz ärgert, aber Nick bleibt angesichts des Videos völlig ruhig. »Das ist alles?«

Ich allerdings sehe rot. »Ja, das ist alles! Das reicht. Und jetzt steig bitte aus. Ich habe es mir anders überlegt.«

Ich wende mich ab, auch, damit er die Tränen nicht sieht, die ich verzweifelt zu unterdrücken versuche. Nick bewegt sich auf dem quietschenden Beifahrersitz, er öffnet allerdings nicht die Tür. Ich sehe aus den Augenwinkeln zu ihm rüber. Er hat sein Handy aus der Tasche geholt und sucht etwas in seinen Videos. Dann hält er es mir hin.

»Da.«

Es ist dasselbe Video, das ich ihm eben gezeigt habe. Alles in mir sträubt sich dagegen, es mir anzusehen. »Sieh hin«, fordert er mich auf.

Ich sehe hin. Wo das ursprüngliche Video zu Ende ist, läuft es hier noch einige Sekunden weiter. Allerdings erklingt dann das mir inzwischen vertraute »Cut«, und grelle Lichter gehen an. Die beiden Frauen lösen sich von Nick und fangen an, sich scherzhaft zu unterhalten.

»Was ist das?«

»Es ist eine unveröffentlichte Szene aus einem Arthouse-Film, den ich im Frühjahr gedreht habe. Ich hatte Tammy eine ungeschnittene Version gezeigt. Ich nehme an, sie hat dir das Video geschickt?«

Ich nicke und fühle mich auf einmal ziemlich dämlich. »Sie meinte, das war letzte Woche, und ich dachte, du hättest mich nach Strich und Faden verarscht«, verteidige ich mich kleinlaut.

Nick grinst frech. »Du warst eifersüchtig.«

»Ich bin nur nicht bereit, eine deiner Gespielinnen zu werden!«

»Du warst eifersüchtig.«

»Na und? Was ist denn mit Tammy? Sie hing den ganzen Abend an deinem Arm.«

Nicks Miene verfinstert sich, aber er zuckt dann nur mit den Achseln. »Nichts ist mit Tammy. Wir sind Kollegen.«

Ich will etwas entgegnen, aber er unterbricht mich. »Viel wichtiger: Was hast du an der Tür von Mirko Peters gemacht? Da hast du doch nichts zu suchen. Sag schon. Was stimmt in dieser Klinik nicht?«

Überrascht sehe ich ihn an, Tammy ist beinahe vergessen. »Wie kommst du darauf?«

Seine Hände liegen lässig auf den Oberschenkeln, die Finger leicht gekrümmt. Er scheint sich in meinem Bus wohlzufühlen. Ich sehe wieder auf die Straße und steuere das Auto ziellos durch die nächtliche Stadt.

Nick hebt die Hand und beginnt, an seinen Fingern abzuzählen: »Mal davon abgesehen, dass dieser Peters ein jähzorniger Mann mit Alkoholproblem ist und eher ungeeignet erscheint, ein Klinik-Konglomerat zu führen, bist du doch viel zu schlau dafür, einen dämlichen Trainee-Job zu machen und dich auf so einen Dreh einzulassen. Warum solltest du dich vor laufender Kamera von einem dahergelaufenen Soapdarsteller küssen lassen?«

Ich hebe amüsiert eine Augenbraue. »Soapdarsteller? Jetzt verkaufst du dich aber unter Wert. ›Doktor Love‹ ist mindestens eine ernst zu nehmende Vorabendserie.«

Als er laut auflacht, kann ich mir ein Grinsen nicht verkneifen. Es tut unheimlich gut.

Ich setze den Blinker, um in eine Seitenstraße abzubiegen. Ich parke den Van am Straßenrand und seufze. Der Moment der Wahrheit ist gekommen, und zu meiner Überraschung fühlt es sich richtig an.

»Du hast recht. An der Klinik stimmt etwas nicht. Und ich bin kurz davor herauszufinden, was. Zumindest hoffe ich das.« Er sagt nichts, lässt mir meine Zeit. Ich kann mich kaum bremsen, jetzt, wo ich einmal angefangen habe. Es tut gut, ihm endlich die Wahrheit zu sagen, und nach allem, was wir gerade besprochen haben, habe ich das Gefühl, er hat sie verdient.

»Ich wollte auf Peters' Computer nach verschlüsselten Dateien suchen, die vermutlich belegen, dass er die Pro-Bono-Frauen gar nicht richtig behandelt. Irgendetwas stimmt damit nicht.«

Er starrt mich einfach nur an. »Warst du damit schon bei der Polizei?«

Ich schüttle den Kopf und gebe ihm eine Kurzfassung der Ereignisse. »Dafür brauche ich erst Beweise. Ich weiß, dass er meine Freundin Amba vor einer wichtigen Operation einfach auf Nimmerwiedersehen in den Flieger setzen wollte. Das konnten wir verhindern, haben aber dann bemerkt, dass an ihrer Akte rumgepfuscht wurde.«

Nick unterbricht mich. »Wer ist wir?«

Ich zögere kurz. »Meine Mitbewohnerin ist Ärztin in der Klinik. Sie und ihr Freund haben bemerkt, dass etwas nicht stimmt. Sie können aber ihre Jobs nicht länger riskieren und haben außerdem keine Ahnung von Computern und IT-Sicherheit. Also habe ich mich in die Klinik eingeschleust, um mehr zu erfahren. Ich habe bisher aber nur herausgefunden, dass Amba nicht die Einzige ist, bei der es Ungereimtheiten gibt.

Wir vermuten, dass hier im großen Stil Gelder veruntreut werden.«

»Also ihr drei?«

»Na ja, vor allem meine Freundin Charlie und ich. Sie ist Journalistin und kennt sich mit Wirtschaftskriminalität aus.«

Nick sagt keinen Ton, sondern starrt ausdruckslos aus dem Fenster. Ich bereue schon beinahe, ihm davon erzählt zu haben, als mein Blick auf seine Hände fällt. Er hat sie zu Fäusten geballt, die Fingerknöchel treten weiß hervor. Er hebt langsam den Kopf und sieht mich an. »Du willst damit sagen, dass es sein kann, dass Miray gar nicht die Hilfe bekommt, die sie sich erhofft? Dass Leute wie ich, die Geld dafür spenden, angelogen werden und das Geld stattdessen in den Taschen von ein paar geldgeilen Typen landet?«

Seine heftige Reaktion überrascht mich.

»Ich vermute es, aber es fehlen die Beweise. Deshalb wäre ich dir sehr dankbar, wenn du mich nicht verrätst und niemandem von meinem Einbruchsversuch heute erzählst.«

Nick schüttelt den Kopf.

»Ich werde dich nicht verraten. Aber ich kann dich auch nicht einfach in Peters' Büro einbrechen lassen, Maxi. Wenn der Typ wirklich so ein Mistkerl ist, dann ist das gefährlich! Was, wenn er dich erwischt? Er hat heute mit diesem Gewehr rumgeprahlt. Ich komme mit.«

»Bitte was?«

»Wenn du es noch mal versuchst, komme ich mit. Und ich weiß auch schon, wann wir es durchziehen. Ich stehe Schmiere an der Tür. Du kannst das nicht allein durchziehen.«

»Warum?« Ich kann die Skepsis nicht ganz aus meiner Stimme halten.

Ein kleines Grinsen umspielt Nicks Mundwinkel und mein Herz flattert. »Weil du ohne mich völlig aufgeschmissen bist, wie wir heute gesehen haben.« Empört boxe ich ihn in die Seite, doch er fährt fort. »Außerdem bin ich dir was schuldig.«

»Warum das denn?«

Er rutscht auf dem Sitz hin und her. »Du hast ohne Murren den Dreh durchgezogen – und ich musste mir nicht die Nase operieren lassen.«

Nick grinst dieses verwegene Grinsen, und mein Herz setzt einen Schlag aus. Unwillkürlich muss ich an unseren Kuss denken, an dieses Kribbeln, das sich in meinem ganzen Körper ausgebreitet hat. Ich bin froh, dass ich nicht mehr fahre. Spätestens jetzt hätte ich den Bus gegen einen Baum gesetzt. Etwas kann mit mir doch nicht stimmen, dass ich wie ein hormongesteuerter Teenager auf sein Lächeln reagiere. Am liebsten würde ich auf seinen Schoß klettern und ihm alle Kunststücke, zu denen meine Zunge imstande ist, zeigen. Schnell verdränge ich den Gedanken und rufe mir das Bild von ihm und Tammy ins Gedächtnis. Das kühlt mein Gemüt sofort ab.

Nick räuspert sich. »Maxi, wegen heute Nachmittag.«

In mir steigt Panik auf. Ich will jetzt auf keinen Fall mit ihm darüber reden, werde es nicht tun.

Also ignoriere ich seine Worte, starte den Wagen und biege zurück auf die Straße.

»Du meintest vorhin, du hast eine Idee, wann wir es noch mal versuchen können?«, frage ich betont beiläufig.

Nick versteht zum Glück sofort und bohrt nicht nach. Dafür müsste ich ihm fast dankbar sein.

»Hajo hat Peters eingeladen, mit zur Verleihung des Golden-Reality-TV-Preises morgen zu gehen. Na ja, genau genommen hat Peters sich selbst eingeladen. Hajo ist nicht schnell genug ein Grund eingefallen, ihn abzulehnen.«

Überrascht sehe ich ihn an, in meinem Kopf formt sich sofort ein Plan. »Woher weißt du das?«

Nick zuckt mit den Schultern. »Während du den ganzen Abend im Schatten gesessen und Peters beobachtet hast, habe ich mich unter die Leute gemischt und mich unterhalten. Solltest du mal versuchen.« Er zwinkert mir zu.

»Nun ja, ich war etwas abgelenkt durch einen gewissen Schauspieler, der mir keine Beachtung geschenkt hat. Und das, obwohl er mir noch heute Mittag seine Liebe gestanden hat.« Ich halte die Luft an. War das zu direkt?

Er grinst. »Also wenn ich mich recht erinnere, hast du mir deine Liebe gestanden – und bist dann einfach abgehauen, bevor ich die Gelegenheit hatte, mit dir darüber zu sprechen.«

»Was wolltest du denn besprechen?«

Sein Blick wandert zu meinen Lippen. »Wir könnten über diesen wahnsinnigen Kuss sprechen. Du weißt schon, dass niemand erwartet, dass man sich richtig küsst beim Film?«

Er kommt immer näher, und mein Herz schlägt mit jedem Zentimeter etwas schneller. Verdammt, Maxi, was machst du da?

»Das war ein richtiger Kuss?« Es sollte neckisch rüberkommen, aber meine Stimme bricht. »Vielleicht sollten wir …« Er lässt mich nicht ausreden, sondern verschließt meinen Mund mit seinen Lippen.

Der Kuss fühlt sich mindestens so gut an wie heute Nachmittag, ist aber zugleich fordernder, drängender. Die Abwesenheit der Kameras lässt uns jede Zurückhaltung verlieren, und ich zögere nicht, sondern klettere über die Mittelkonsole auf Nicks Schoß. Er umgreift meine Taille und zieht mich enger an sich, ich vergrabe meine Finger in seinen Haaren, küsse seinen Hals und beiße ihm neckisch ins Ohrläppchen.

»O Maxi«, er stöhnt in meinen Hals, küsst eine heiße Spur entlang meines Schlüsselbeins und schiebt meine Jeansjacke nach hinten, um die dünnen Träger meines Slip Dresses nach unten streifen zu können.

Ich schleudere die Jacke auf den Fahrersitz und beginne meinerseits, Nicks Hemd aufzuknöpfen. Immer wieder küssen wir uns stürmisch, unsere Zungen tanzen, und meine Lust auf ihn wird immer dringlicher. Ich rutsche auf seinem Schoß herum, auf der verzweifelten Suche nach Reibung, die mir Linderung verschaffen könnte. Nicks Erregung kann ich dabei deutlich spüren. Tun wir das gerade wirklich?

Irgendwann stoppt er mich. »Maxi, wenn du nicht damit aufhörst, ruiniere ich mir diese Hose. Hast du nicht ein Bett im Van?«

Ich grinse verwegen. »Hast du es so eilig?«

Er starrt mich entgeistert an. »Hast du das nicht bemerkt?«

Statt einer Antwort ziehe ich ihn mit mir in den hinteren Teil des Vans und klappe mit einer schnellen Bewegung das Bett um. Mit einem schnellen Blick kontrolliere ich, dass die Vorhänge zu sind. Zuschauer können wir wirklich nicht gebrauchen. Denn ich weiß genau, was jetzt passieren wird. Ich will nicht länger nachdenken, sondern einfach nur fühlen. Nick hat meinen Körper entzündet, und ich will mich einfach nur in seinen Armen vergessen, endlich etwas Erlösung finden und das ganze Chaos um mich herum vergessen.

Nick setzt sich auf die Matratze, und ich beuge mich über ihn. Schnell öffne ich seinen Gürtel und streife ihm die Hose herunter. Sein gewaltiger Ständer drängt sich gegen seine Boxershorts. Das Glühen zwischen meinen Beinen wird nahezu unerträglich.

»Kein Vorspiel mehr, ich will dich jetzt«, höre ich mich sagen und stoße ihn zurück aufs Bett. Ich streife mein Höschen ab und setze mich rittlings auf Nick.

»Hast du ein Kondom?«, fragt er, und ich wühle in einer Schublade neben dem Bett. Ich finde die kleine Packung und reiße sie mit den Zähnen auf. Nick hat sich unterdessen die Boxershorts ausgezogen. Ich nehme mir einen Moment Zeit und bewundere seinen wohlgeformten, überdurchschnittlich großen Schwanz, bevor ich ihm den Gummi überziehe. Nick erschaudert unter meiner Berührung und zieht mich zu einem innigen Kuss an sich. Dann dringt er mit einem schnellen, festen Stoß in mich ein. Ich stöhne laut auf. Endlich.

Nick streift mir die Träger von den Schultern, sodass mein Kleid nach unten rutscht und meine Brüste frei liegen. Während ich ihn immer schneller und schneller reite, reizt er meine Brustwarzen mit seinen Händen und seiner Zunge. Ich stütze mich an seinen Schultern ab und steigere das Tempo. Ich weiß, dass ich es nicht mehr lange aushalte, und auch Nicks Atmen kommt in immer schnelleren Stößen.

»Bist du so weit?«, keucht er, und ich nicke. Er greift mit seiner Hand zwischen meine Beine und streichelt meinen Kitzler. Die zarte Bewegung reicht aus, und ich schreie Nicks Namen, während ein gewaltiger Orgasmus über mich hereinbricht. Nick umklammert meine Taille und stößt noch einige Mal hart zu, dann kommt auch er.

Kapitel 23

»Du hast mit Nick geschlafen?«

»Psst.« Panisch sehe ich mich in der »Cantina« um, wo um diese Uhrzeit zum Glück kaum jemand außer uns beim Mittagessen sitzt. »Layla, du weißt genau, dass die Wände hier Ohren haben«, mahne ich eindringlich.

»Ja, aber Maxi, du hast mit Nick Fontane geschlafen.« Sie sagt es dieses Mal deutlich leiser, aber die Begeisterung ist noch immer deutlich zu hören.

Ich kann nichts gegen das Erröten unternehmen. »Ich weiß, ich war dabei.«

»Wie ist das denn passiert?«

Ich berichte ihr kurz von meinem gescheiterten Einbruchsversuch in Peters' Büro und dem Streit – und der Aussöhnung – mit Nick. Ich wollte den Mädels eigentlich direkt nach der Party erzählen, was passiert ist, aber nach dem spontanen Ritt mit Nick habe ich die beiden im Chat auf später vertröstet und mich mit Layla zum Mittagessen im Klinikrestaurant verabredet.

»Und dann hast du ihn einfach heimgefahren?«

Ich nicke. »Es war aber gar nicht krampfig zwischen uns. Eher so, als sei ein Knoten geplatzt.« Ich muss bei der Erinnerung an das, was wir in aller Öffentlichkeit getan haben, grinsen.

»War es denn gut?«

»Besser. Vor allem sehr leidenschaftlich.«

Layla quietscht leise. »Und wie geht es jetzt weiter? Seht ihr euch wieder? Mensch, lass dir doch nicht alles aus der Nase ziehen.«

Ich senke die Stimme. »Er begleitet mich heute Nacht in Peters' Büro.«

Layla wird blass. »Du hast ihm alles erzählt? Können wir ihm trauen?«

Ich nicke langsam. Ich bin noch immer nicht sicher, was die ganze Sache zwischen Nick und mir ist und ob ich ihm in diesem Bereich trauen kann. Aber ich bin mir absolut sicher, dass Nick beim Thema Pro-Bono-Programm vertrauenswürdig ist.

»Er hatte die Idee, es heute zu machen. Hajo nimmt Peters mit zu einer Filmpreisverleihung. Das ist die Gelegenheit.«

Layla sieht nicht so aus, als würde sie das für eine gute Idee halten. »Aber du meintest doch, dass es auffallen könnte, wenn du mit Peters' Karte in die Klinik kommst, wenn er nicht da ist.«

Ich grinse. »Deshalb werde ich auch nicht durch den Haupteingang kommen. Das registriert das System nämlich tatsächlich, und da sind viel zu viele Kameras.« Ich beuge mich zu ihr und flüstere.

»Ich habe vorhin ein Fenster am Lichtschacht zur IT-Abteilung aufgemacht und es so aussehen lassen, als sei es geschlossen. Darüber können wir unbemerkt einsteigen. Wenn wir erst mal drin sind, müssen wir uns keine Sorgen mehr machen. Hier drin gibt es wegen Datenschutzregelungen kaum Kameras, und in Peters' Büro habe ich auch keine entdeckt.«

Layla folgt meiner Erklärung mit stummer Miene. »Das klingt trotzdem verdammt gefährlich, Maxi.«

»Ich weiß. Deshalb bin ich gar nicht so traurig darüber, dass

Nick mitkommt. Er kann Schmiere stehen, ob jemand kommt, während ich mich in Peters' Rechner hacke.«

»Passt auf euch auf, Maxi.«

Ich drücke beruhigend den Arm meiner Freundin. »Das werde ich. Aber warte es ab: Morgen um diese Zeit haben wir die Beweise, die uns fehlen. Dann können wir zur Polizei gehen, und Amba ist sicher.«

»Ich hoffe, du behältst recht.«

»Ich bin etwas überrascht, dass du mich wirklich mitnimmst.«

Nick streckt seine langen Beine auf dem Beifahrersitz meines Vans aus. Ich habe ihn auf dem Weg in die Klinik am Potsdamer Platz abgeholt, wo er überraschend unauffällig in der Menschenmenge aufgetaucht ist. Für einen kurzen Moment dachte ich, dass er Tammy mitgebracht hat. Zumindest sah die Frau hinter ihm ihr verdammt ähnlich. Aber im nächsten Moment war sie verschwunden.

Ich war etwas nervös, ihn nach unserer gemeinsamen Nacht wiederzusehen. Wir haben schließlich nicht darüber gesprochen, was sie bedeutet und ob wir das wiederholen. Aber kaum war Nick eingestiegen, war die Stimmung zwischen uns so locker und normal, dass ich einfach nicht mehr darüber nachdenke.

Natürlich macht Nick auch in seiner Einbrecher-Montur eine tolle Figur. Ehrlich gesagt, unterscheidet sie sich kaum von seinen normalen Klamotten: schmale, schwarze Jeans, dunkelgraues Shirt, schwarze Sneaker, dazu trägt er eine unauffällige, schwarze Sonnenbrille, die etwas fehl am Platz wirkt, weil die Sonne gerade untergegangen ist. Auch ich trage eine schwarze Jeans und ein schlichtes, dunkles Shirt.

»Du hast mir kaum eine andere Wahl gelassen, als dich mitzunehmen«, antworte ich knapp und bemühe mich um eine gleichgültige Miene. »Und außerdem hast du recht: Es ist gut, jemanden zu haben, der Schmiere steht.«

»Natürlich habe ich recht.« Nick lehnt sich selbstsicher grinsend im Sitz zurück und verschränkt die Arme. »Sagst du mir, wonach genau wir gleich suchen?«

Ich zögere. Nick kennt noch immer nicht die ganze Geschichte. Dass er trotzdem mitkommen will, imponiert mir und sichert ihm eigentlich das letzte Quäntchen Vertrauen, das mir fehlt. Wie ich bereits zu Layla sagte: Ich glaube ihm, dass seine Sorge um die Pro-Bono-Frauen echt ist und dass ihm das Programm am Herzen liegt. Ich bin mir nur nicht sicher, wie sehr ich mich auf ihn verlassen kann. Aber wir sind im Begriff, eine Straftat zusammen zu begehen. Der Ironie dieser Tatsache bin ich mir voll bewusst. Ich habe wirklich kein Händchen für Männer.

»Ich werde versuchen, über Peters' Rechner auf die gelöschten Patientendaten zuzugreifen. Wenn alles gut geht, sind wir in zehn Minuten drin – und wieder draußen.«

Nick nickt. »Peters war so heiß auf die Preisverleihung, dass er dort gut beschäftigt ist. Das geht locker bis 2 Uhr nachts. Ich werde also einfach die Ohren offen halten, ob sonst jemand kommt.« Er wirft einen Blick auf seine schicke, teuer aussehende Armbanduhr. »So spätabends würde mich das aber wundern.«

Die Klinik taucht vor uns aus, ich fahre allerdings extra eine Runde um den Block und biege in eine Nebenstraße ein. Wie erwartet, finde ich hier auf Anhieb einen Parkplatz am Straßenrand.

Nickt grinst anerkennend. »Smart, nicht auf dem Klinik-Parkplatz zu parken. Man könnte fast meinen, du machst so was öfter.«

Ich ignoriere den Spruch, öffne die Fahrertür und springe aus dem Bus. Meine kleine, schwarze Bauchtasche hole ich aus dem Fach unter dem Lenkrad und binde sie um.

Nick beobachtet mich, während ich noch einmal checke, ob ich alles dabeihabe: Keycard, Hochleistungs-USB-Stick mit viel Speicherplatz, ein Schraubenzieherset für den Notfall. Perfekt.

»Irgendwann musst du mir erzählen, was es mit dieser pinken Karte auf sich hat.«

Wieder ignoriere ich seine Bemerkung. Dann machen wir uns auf den Weg zur Klinik. Im Foyer brennt nur eine Notbeleuchtung, und die Fenster der Arztzimmer im Osten der Villa sind dunkel. Ich weiß, dass eine Notfallbesetzung für die Patienten im Westflügel vor Ort ist, ein Arzt hat zudem Bereitschaftsdienst. Davon abgesehen, hat niemand einen Grund, so spät in der Klinik zu sein.

»Gehen wir zum Haupttor rein?«

Ich schüttle den Kopf. »Nope, alle Mitarbeiter werden beim Einchecken registriert. Das würde auffallen. Ich habe mich heute gründlich umgesehen und bin mir ziemlich sicher, dass dort drüben ein toter Winkel für die Kameras ist.« Ich zeige auf ein Stück Zaun weiter an der Ostseite des Grundstücks. »Wir müssen uns nur durch die Büsche des angrenzenden Parks schlagen, dann klettern wir drüber. Ist das ein Problem?«

Er grinst und flext die Muskeln seiner Oberarme. »Darauf habe ich mein Leben lang trainiert. Und du? Was machst du eigentlich für eine Sportart, so durchtrainiert, wie du aussiehst?«

»Kickboxen. Ich habe früher im Amateurbereich an Wettbewerben teilgenommen, aber das mache ich nicht mehr. Trotzdem könnte ich dich vermutlich in zwei Sekunden aufs Kreuz legen.«

Nick grinst. »Versprochen?«

Ich schlucke und verliere für einen Moment den Fokus, als mir der gestrige Abend in den Sinn kommt. *Fokus, Maxi.*

Wir überqueren die befahrene Straße und biegen in den kleinen Park am Rand der Klinik bis zum Landwehrkanal ein. Bis zum Zaun sind es nur ein paar Meter, und das Buschwerk ist zum Glück recht jung und lässt sich gut durchqueren. Ich habe mir die tote Stelle heute Mittag anhand der Lage an der Außenmauer der Klinik gemerkt – direkt auf Höhe einer Schießscharte. Ich steuere die Stelle an, springe an dem etwa zwei Meter hohen gusseisernen Zaun hoch und bekomme beim ersten Versuch die obere Balustrade zu fassen. Ich stemme mich erleichtert hoch und platziere meinen Fuß zwischen den Spitzen des Zaunes. Als ich sicher bin, dass mein Tritt stabil ist, schwinge ich mein anderes Bein über den Zaun und springe die zwei Meter in die Tiefe. Ich stoße einen stummen Jubelschrei aus, dass das so gut geklappt hat, und drehe mich selbstbewusst zu Nick um, der noch immer auf der anderen Seite steht und ziemlich beeindruckt ausschaut.

»Kommst du?«, frage ich herausfordernd. »Oder hättest du eine Räuberleiter gebraucht?«

Nicks Ausdruck wird verbissen. Er will sich vor mir wohl keine Blöße geben. Fasziniert beobachte ich, wie er meine Bewegungen kopiert. Beim Springen rutscht sein Shirt hoch, und ich bewundere das Spiel seiner Bauchmuskeln im fahlen Licht des Vollmondes. Wie gerne würde ich wieder darüberstreichen, jede Erhebung erkunden. Zwei Sekunden später landet Nick neben mir, ein triumphierendes Grinsen im Gesicht. Bevor ich irgendetwas sagen kann, packt er mich und drängt mich gegen die Hauswand. Seine Lippen sind im nächsten Moment auf mir, und er küsst mich wild und leidenschaftlich. Dann lässt er mich wieder los und geht einen Schritt zurück.

»Was war das denn?«, frage ich keuchend.

»Meine Belohnung. Und Hallo.«

»Wenn das Hallo war, bin ich auf Tschüss gespannt.«

Er zwinkert mir zu. »Das kannst du auch sein. Jetzt brechen wir aber erst mal in ein Büro ein.«

»Na, dann komm mit, hier lang.«

Ich führe Nick Richtung Süden entlang des Ostflügels der Villa, bis wir zu den Lichtschächten der IT-Abteilung kommen. Ich bedeute ihm, stehen zu bleiben, und ziehe das Schraubenzieherset aus meiner Tasche, um die Gitter vom Boden zu lösen. Der Schraubenzieher rutscht zwei Mal ab, und ich fürchte schon, sie sind zu fest mit der umliegenden Erde verwachsen, da gibt das Gitter nach und ich kann es aufstellen. Nick schiebt geistesgegenwärtig seine Finger dazwischen und hebt die Abdeckung an, sodass ich den knappen Meter in den Schacht springen kann. Das Fenster lässt sich mit etwas Druck ganz einfach aufschieben. Ich steige hindurch und achte darauf, die Topfpflanzen auf der Fensterbank nicht aus Versehen umzustoßen. Nick folgt mir überraschend leichtfüßig.

»Kannst du das Gitter wieder zurückziehen?«, flüstere ich und er nickt. Während er in den Raum klettert, schalte ich das Licht meines Handys ein und leuchte ihm.

»Wir sind vermutlich alleine hier, aber lass uns besser leise sein und kein Licht anmachen, wenn es nicht absolut nötig ist.«

»Geht klar, Bandida.«

»Wofür war das?«

Er hebt belustigt die Arme hoch. »He, ich bin ehrlich beeindruckt von deinen Einbrecherskills. Dich will ich wirklich nicht mehr zum Feind haben.«

»Merk es dir besser. Und jetzt los, ich will hier schnellstmöglich wieder raus.«

Wir schleichen zur Tür, und ich lösche mein Handylicht wieder. Im Flur und Treppenhaus sollte die Notfallbeleuchtung genug Sicht bieten. Vorsichtig öffne ich die Tür und trete in den leeren Flur. So leise wie möglich schleichen wir zur Treppe am

Ende des Ganges und steigen ins Erdgeschoss zum Foyer der Klinik, das dunkel vor uns liegt.

»Irgendwie gruselig, oder?«, flüstert Nick hinter mir. Ich drehe mich zu ihm um, und er prallt beinahe gegen mich, und ich nehme seinen herben, männlichen Duft nach teurem Aftershave wahr.

»Ich hoffe, die Bewegungsmelder in der Halle sind am Wochenende abgestellt. Sonst geht hier gleich die Festbeleuchtung an.«

Ich wage einen Schritt in die Halle und halte den Atem an, während ich zu dem ausladenden Kronleuchter im Zentrum schiele. Mein Herz klopft so schnell, dass ich für einen Moment nur das Rauschen meines Blutes in den Ohren höre. Zu meiner Erleichterung bleiben die Lampen dunkel, nur einige Lichtleisten in den Ecken und am Empfang erhellen den Raum sanft. Ich deute auf die kleine Tür in der linken Ecke der Eingangshalle. Wir wollen diesen kaum genutzten Zugang zu Peters' Turm nehmen. Wir schleichen an der Wand entlang zu der unscheinbaren Holztür, als plötzlich aus Richtung Westflügel schwere, schlürfende Schritte ertönen.

»Verdammt, das muss der Nachtwächter sein«, stoße ich zischend hervor. Ich bleibe wie angewurzelt stehen und sehe mich panisch um. Da ergreift Nick meine Hand und zieht mich blitzschnell zum nahe gelegenen Eingang der »Cantina«. Die Glastür ist zwar verschlossen, es stehen aber ein großes Weinfass und ein Klappaufsteller an der Wand. Nick schiebt mich hinter den Aufsteller und presst sich neben mich. Mein Atem geht viel zu schnell und mein Herz schlägt, als hätte ich gerade einen Marathon hinter mir. Die Schritte werden lauter, und Nick drängt sich enger an mich. Wir halten ganz still, lauschen. Der Nachtwächter bleibt in etwas Abstand stehen, und ich sehe panisch zu Nick auf. Seine Augen hypnotisieren mich und ermahnen mich dazu, jetzt die Ruhe zu bewahren. Ich zähle im Kopf bis zehn, bei zwölf bewegt sich der Wächter wieder – die Schritte werden leiser, bis sie ganz verklingen.

Ich stoße den Atem aus, noch immer sehen Nick und ich uns an. Mir wird bewusst, wie eng wir eigentlich zusammenstehen. Ich kann jeden Muskel von Nick spüren. Sein Blick wandert von meinen Augen zu meinem Mund, und ich spüre mit einem Mal etwas, das sich regt. Wie ferngesteuert hebe ich den Kopf, und Nick kommt mir entgegen. Unsere Münder verschmelzen, doch dieses Mal ist es zärtlicher, langsamer. Nicks Lippen legen sich auf meine, und seine Zunge stößt vorsichtig, fast bittend gegen meinen Mund. Ich lasse mich in den Kuss fallen, genieße jedes Streicheln seiner Zunge an meiner, jede Bewegung seiner Lippen und vergesse für einen Moment alles um mich herum.

Als ich Luft holen muss, löse ich mich von ihm. »Wenn wir so weitermachen, kommen wir nie an«, flüstere ich. Dann füge ich leise hinzu: »Danke. Dieses Mal wären wir ohne deine verrückten Einbrecherskills aufgeschmissen gewesen.«

»Wir sind also quitt. Na los.«

Er lässt meine Hand nicht los und zieht mich zu der Tür am anderen Ende der Halle. Ich fische die Keycard aus meiner Tasche und halte sie an den unscheinbaren Scanner neben der Klinke. *Jetzt oder nie.*

Die Tür schwingt nach innen auf und gibt den Blick in einen kleinen, recht staubigen Raum frei, in dessen Mitte eine Wendeltreppe nach oben führt. Ich schalte die Taschenlampe meines Handys wieder an, nur wenige Sekunden später erscheint neben mir der Strahl von Nicks Handylicht.

Links und rechts neben der Treppe stehen übereinandergestapelte Stühle und Kisten voller Aktenordner. Zumindest gehe ich davon aus, weil jemand in sehr femininer Schrift »Dokumentation MUC-HH-STR« an die Seiten geschrieben hat.

»Sollen wir darin suchen?«, fragt Nick leise und deutet auf die Kisten.

Ich schüttle den Kopf. »Nein, wir wollen erst mal nur an Peters' Rechner.«

Ich steige die Treppe nach oben und öffne auch die Tür am oberen Treppenabsatz zum Büroraum mit der Keycard. Ich leuchte mit meinem Handy in den dunklen Raum. Der Lichtstrahl gleitet über die Sitzecke und den Konferenztisch, die mobile Bar voller Flaschen mit klarem und bernsteinfarbenem Inhalt. Plötzlich geht das Licht an, und ich fahre herum. Nick ist hinter mir die Treppe hochgekommen und steht grinsend am Lichtschalter.

»Mach das aus!«

»Die Fensterläden sind zu, man kann uns nicht sehen.«

Ich lasse mir meine Erleichterung nicht anmerken, bin aber insgeheim froh, dass wir nicht länger wie Diebe in der Nacht mit unseren Handys leuchten müssen. Entschlossen gehe ich auf den Schreibtisch zu und lasse mich auf Peters' schicken schwarzen Ledersessel fallen.

»Ich tauche jetzt ab, Nick. Du hältst Wache, und dimme bitte das Licht, sicher ist sicher.«

Nur wenige Sekunden später wird es einige Nuancen dunkler im Raum, aber noch hell genug, sodass ich den Schreibtisch samt PC sehen kann.

Ich schalte den Computer ein, und während Peters' Anmeldeoberfläche erscheint, fische ich den USB-Stick, kaum größer als mein Daumennagel, aus meiner Bauchtasche und stecke ihn in den Slot am Bildschirm. Das nette kleine Programm hat mir bereits früher gute Dienste geleistet, ich habe es allerdings angepasst. Keine zwei Sekunden später erscheint wie von Zauberhand ein Passwort in der Eingabemaske.

Zum Glück ist der Computer ziemlich aufgeräumt, ich starte

»Medicom« und filtere in der Suche nach den Pro-Bono-Patienten. Ein Fenster ploppt auf und fordert mich auf, den Benutzer zu identifizieren. Ich setze mich aufrecht hin und beiße mir auf die Unterlippe. Jetzt wird es ernst.

Vor Nervosität zittert meine Hand, als ich die pinke Karte zu dem kleinen, weißen Lesegerät unter Peters' Monitor führe. Meine Zähne graben sich tief in die weiche Haut meiner Lippen.

»Komm schon!«, flüstere ich.

Eine grüne LED leuchtet auf, das Fenster auf dem Bildschirm vor mir verschwindet, und eine Liste mit Patientennamen und -nummern erscheint. Viele Namen erkenne ich vom letzten Mal, andere habe ich auf der Liste von Gabriel und Layla gelesen und wieder andere nie gehört. Fast alle Namen klingen fremdländisch, ich würde sie dem afrikanischen oder asiatischen Raum zuordnen, einige scheinen arabisch zu sein.

Ich scrolle mich durch die Liste, bis ich auf M wie Modi stoße, und öffne Ambas Ordner, in dem ich auf Anhieb die vollständige Version der Patientenakte finde, die ich bereits entdeckt hatte. Daneben ist eine zweite Datei abgelegt, die sich als neueste Version erweist. Im Ordner liegen außerdem etwa zwanzig PDFs. Ich öffne willkürlich ein Dokument und überfliege den Inhalt. Es ist eine Abrechnung, anscheinend die Kosten für eine Hauttransplantation. In den nächsten Dateien wird weiter abgerechnet. Flug, Versorgungskosten, andere Operationen, auch eine Oberschenkel-OP ist aufgelistet. Jeder einzelne Punkt scheint extra abgerechnet worden zu sein.

Ich klicke mich durch die Dokumente und stutze, als schon wieder eine Hauttransplantation auftaucht. Ich öffne die erste Datei erneut. Es ist exakt dieselbe Summe, die aufgelistet wird. Warum ist die hier doppelt abgelegt? Dann entdecke ich noch eine dritte Datei mit selbem Inhalt.

Aufgeregt rufe ich nach Nick.

»Was ist los?«

Ich zeige ihm die drei nahezu identischen Dateien. »Die gleichen Rechnungen. Aber die Rechnungsnummer ist minimal anders.«

Nick kräuselt die Stirn. »Was ist mit dem Briefkopf? Wie viele von diesen ›Villa‹-Kliniken gibt es denn?«

Irritiert vergleiche ich die drei Briefe erneut und achte dabei auf das blaue Logo der »Villa«-Kliniken in der oberen Ecke. Auf dem ersten Dokument stammt es aus Berlin, der zweite und dritte Brief haben aber den Briefkopf aus Düsseldorf und Frankfurt. Mein Puls beschleunigt sich.

»War Amba für weitere Operationen an einem anderen Standort?«, fragt Nick.

Ich schüttle den Kopf. »Nein. Sie war nur in Berlin.«

»Wie ist das bei den anderen? Hast du die schon angeschaut.«

Ich schließe Ambas Ordner und klicke den einer anderen Frau an, deren Namen ich bereits in meinen letzten Suchen gefunden hatte, Soraya Khaled, und deren Akte in der offiziellen Patientendatenbank komplett leer war. Auch hier sind zahlreiche Dateien abgelegt. In der Patientenakte sind drei Operationen aufgelistet. Die Abrechnungen zeigen aber eine Vielzahl an Eingriffen und Therapien. Ich öffne ein PDF mit einer Rechnung für eine Kiefer-Rekonstruktion, abgerechnet in der »Villa Berlin«. Dieselbe Rechnung gibt es mit dem Briefkopf der »Villa München«.

»Komischer Zufall. Was meinst du?«

Seine hellbraunen Augen leuchten.

»Es gibt keinen Zufall. Check noch eine andere aus.« Er deutet auf den Bildschirm. »Hier, nimm Myriam Jabir.«

Ich öffne Myriams Ordner, scanne zunächst ihre Akte. Myriam stammt aus dem Tschad und wurde bei einem Überfall auf ihr Dorf mit Säure verbrannt, die ihr halbes Gesicht weggeätzt hat. Die Abrechnungen zeigen mehrere Hauttransplantationen. Die Belege über eine Nasenrekonstruktion finden wir dreimal, aus Düsseldorf, München und Frankfurt.

Ich lehne mich im Stuhl zurück, mit einem Mal fühle ich mich erschöpft.

»Was hat das zu bedeuten?« Im selben Moment wird mir klar, wie sinnlos die Frage ist, schließlich hat sich Nick bis jetzt überhaupt nicht mit der Klinik-Struktur und den Frauen befasst.

»Ich habe keine Ahnung.«

Ich sehe auf meine Armbanduhr. »Wir können nicht jeden Ordner anschauen, das dauert zu lang. Ich sichere die Dateien, dann verschwinden wir.«

Nick richtet sich auf und lauscht in Richtung Tür. Er nickt. »Fang an. Ich passe auf.«

Ich öffne das Laufwerk des USB-Sticks und aktiviere den Backend-Modus im Patientenprogramm. Mit Peters' Zugang kann ich auf der Dateiebene die Files aller Pro-Bono-Patientinnen gleichzeitig anzeigen lassen. Ich atme scharf ein, als die Liste auf dem Bildschirm länger und länger wird. Das müssen Zehntausende Einzeldateien sein. Ich markiere sie alle und schiebe sie auf den Hochleistungs-USB-Stick. Der Ladebalken erscheint, und ich tippe ungeduldig mit meinen Fingern auf die Tischfläche.

»Hast du es bald? Wir sind schon viel zu lange hier«, ertönt Nicks Stimme von der Tür.

Ich starre auf den Balken, als könnte mein Blick den Kopiervorgang irgendwie beschleunigen. »Gleich.«

Auf einmal atmet Nick scharf ein, dann geht das Licht aus, und nur noch der blaue Schein des Monitors ist im Raum zu sehen.

Panisch sehe ich zu Nick. »Was ist los?«

»Ich habe etwas gehört, ich glaube, der Wächter kommt zurück. Lass uns abhauen.«

Ich fluche, es sind erst etwa zwei Drittel der Daten gespeichert.

»Nur noch kurz«, flehe ich, aber ein Blick in Nicks Richtung sagt mir, dass er am Ende seiner Geduld ist. Ich fasse einen Entschluss. Was wir haben, muss reichen.

Ich springe auf, ziehe meinen USB-Stick ab und schnappe mir mein Handy, um uns den Weg zu leuchten. Nick steht bereits in der offenen Tür, Panik auf seinem Gesicht. Wir hasten die Treppe hinunter, und Nick öffnet die Tür zur Halle einen Spalt.

»Keiner da. Wollen wir es riskieren?«

»Wenn hier wirklich ein Wächter rumläuft, müssen wir gut überlegen, wo wir rausgehen. Am besten so schnell wie möglich.«

Nick legt die Stirn in Falten. »Dann gehen wir durch die Cafeteria raus.«

Ich sehe nach links. Zum Eingang der »Cantina« sind es nur wenige Meter, die Tür steht offen. Ich nicke. Er kann meine Bewegung nicht sehen, aber er scheint sie gespürt zu haben, nimmt meine Hand und zieht mich durch die Tür. Wir schleichen in die Cafeteria, die vom Mondlicht erhellt wird, das durch die Fensterscheiben fällt. Nick zieht mich direkt zur Terrassentür und öffnet sie schwungvoll. Kühle Nachtluft weht herein. Erleichtert, dass kein Alarm ertönt, treten wir hinaus.

»Was machen wir mit der Tür? Wir können sie von außen nicht verschließen«, zische ich.

»Das ist wirklich unser kleinstes Problem, wir ziehen sie einfach zu und hoffen, dass es niemand merkt – und uns niemand sieht«, entgegnet Nick und zieht die Kapuze seines Pullovers über den Kopf. Ich tue es ihm gleich und ziehe sie bis über die Nase, sodass nur meine Augen zu erkennen sind, falls uns doch eine Kamera aufzeichnet.

Wir hasten über die Terrasse. Wenn jetzt jemand aus einem Fenster sieht – oder zur Eingangshalle reinkommt –, wird er uns entdecken. Ich halte die Luft an, mein Herz klopft bis zum Hals, und ich bin froh, dass Nick mich noch immer an der Hand hält.

Er zieht mich weiter Richtung Gebüsch am Rand des Klinikgartens. Wir hatten wohl dieselbe Idee. Wenn wir die Schatten der Büsche nutzen, müssten wir uns zum unteren Tor des Klinikgartens durchschlagen können, wo er mich damals zum Candle-Light-Dinner abholte. Äste zerkratzen mir die Arme, und ich möchte gar nicht darüber nachdenken, dass hier überall Ratten oder andere Tiere herumlaufen könnten. Aber nach ein paar Minuten stehen wir tatsächlich keuchend vor dem kleinen Tor in der Hecke zum Fußweg an der Spree. Ich fummle die pinkfarbene Karte aus meiner Hosentasche. Aber dummerweise gibt es keinen Scanner, sondern nur ein gewöhnliches Sicherheitsschloss.

Nick stöhnt auf. »Sieht so aus, als müssten wir schon wieder klettern.«

Er stellt sich vor das fast zwei Meter hohe Tor und faltet die Hände grinsend zu einer Räuberleiter. Ich ignoriere das Angebot und nehme Anlauf. Ich kralle mich oben fest, ziehe mich hoch und schwinge mich erst auf die Tür und dann darüber. Mit einem Satz lande ich auf der anderen Seite.

Nick macht ein undefinierbares Geräusch, kurz darauf stemmt er seinen Oberkörper aufs Tor und schwingt die Beine darüber.

Ich warte nicht länger, sondern setze mich in Bewegung und jogge den beleuchteten Weg am Ufer entlang nach links Richtung Hiroshimasteg. Allerdings komme ich nicht weit. Nick schnappt sich meine Hand und bremst mich ab. »Wenn wir rennen, machen wir uns verdächtig. Wir sollten spazieren.«

Ich starre ihn an, als wolle er mich verarschen. Alles in mir schreit nach Flucht. Hier entlangzuflanieren kommt mir völlig unpassend vor. Doch ich gebe zu, dass er recht hat, zumal in diesem Moment ein Mann mit einem Hund um die Ecke biegt. Wir dürfen uns nicht auffällig verhalten.

Kapitel 24

Wir gehen schweigend den Weg entlang. Trotz des lauen Sommerabends begegnen wir niemandem. Nur an einem der kleineren Stege sitzen ein paar Jugendliche am Wasser und trinken Bier. Meine Atmung normalisiert sich nur langsam, mein Herz klopft noch immer bis zum Hals. Und das liegt nicht an Nicks Nähe, auch wenn ich mir jeder seiner Berührungen bewusst bin. Mir ist klar, dass Nick jetzt mein Verbündeter ist.

»Das war krass.«

Nick bleibt stehen, aber ich ziehe ihn weiter. Wir haben den Steg fast erreicht und schlagen den Weg zur Straße ein. Er schaut mich von der Seite an und grinst triumphierend.

»So eine Aktion macht man nicht alle Tage. Aber es war auch ganz schön knapp. Hast du alles bekommen?«

Ich wiege den Kopf hin und her. »Ich weiß es nicht. Ich musste den Kopiervorgang unterbrechen, als du den Nachtwächter gehört hast, aber wir sollten den Großteil der Dateien gesichert haben. Zumindest genug, um Peters seinen Betrug nachweisen zu können.«

Jetzt, wo das Adrenalin langsam aus meinem Körper verschwindet, kann auch ich mir ein Grinsen nicht mehr verkneifen. Wir haben es tatsächlich geschafft! Wir sind rein und raus, ohne erwischt zu werden. Und was noch besser ist: Wir haben endlich etwas gegen Peters in der Hand. Jetzt kann er Amba und den anderen Frauen nicht mehr schaden.

Nick zieht mich plötzlich an sich, dann hebt er mich hoch und dreht mich einmal überschwänglich im Kreis herum.

»Du hast mich echt auf die dunkle Seite der Macht geführt, Maxi, aber verdammt, ich fühle mich so lebendig wie lange nicht.«

Nick setzt mich wieder ab, und wir stehen uns einen Moment lang einfach gegenüber. Sein Brustkorb hebt und senkt sich schnell von der Anstrengung, und auch mir rauscht das Blut noch in den Ohren. Vielleicht liegt das schlicht an der Nähe zu diesem Mann, der mich völlig um den Verstand bringt – und den ich komplett falsch eingeschätzt habe. Wer hätte gedacht, dass man mit »Doktor Love« buchstäblich Pferde stehlen kann? Na ja, Daten.

Nick beugt sich langsam zu mir, und ich sehne mich nach seinem Kuss, seiner Nähe. Aber wir sind immer noch zu nah an der Klinik. Wir sollten nicht hier draußen herumlungern. Ich wende mich ab, greife aber nach seiner Hand und ziehe ihn über die Straße. Als ich meinen Van sehe, atme ich auf. Für die meisten mag er einfach nur eine alte Schrottmühle sein, aber für mich ist er Heimat und Freiheit zugleich. Wurzeln und Flügel. Ich weiß, hier bin ich sicher, ganz egal, ob ich am Meer in Portugal, in den Schweizer Bergen oder einer Seitenstraße mitten in Berlin bin. Ich schließe den Camper auf, öffne aber nicht die Fahrertür, sondern die Schiebetür an der Seite. Ich klettere in den Innenraum und lass mich auf das Bett zu meiner Linken fallen, dankbar, dass ich es noch nicht wieder zur Bank umgebaut habe. Ich schnappe mir mein Kissen und atme tief ein. Zu Hause.

Nick steckt seinen Kopf zur Tür herein, die Stirn in Falten

gelegt. Er sieht fast ein wenig hilflos aus, verletzlich. Ich richte mich auf.

»Komm ruhig rein, aber schieb die Tür zu. Ich brauche kurz ein paar Minuten Ruhe, um das alles zu verarbeiten.«

Nick steigt etwas ungelenk in meinen Bus. Er ist so viel größer als ich, dass er den Kopf einziehen muss.

»Lange nicht hier gewesen«, murmelt er und schließt die Tür. Ich schalte die LED-Leiste über mir ein, die sofort eine warme, wohlige Atmosphäre zaubert.

Nick lässt sich neben mir auf das Bett fallen, als wäre er hier zu Hause. Er landet so dicht neben mir, dass unsere Oberschenkel sich beinahe berühren. Die innere Erschöpfung ist einer neuen Anspannung gewichen, einem Kribbeln, einer Vorfreude, als wüsste ein Teil von mir schon jetzt, wie das hier ausgeht. Ich drehe mich zu Nick und rutsche näher zu ihm. Da fällt es mir ein. O mein Gott. Charlie und Layla.

Ruckartig setze ich mich auf und krame nach meinem Handy.

»Alles in Ordnung?« Nick schaut mich besorgt an.

»Ja, ich muss nur dringend Charlie und Layla Bescheid sagen. Die denken sonst was, wenn ich mich nicht melde. Wie konnte ich das nur vergessen?«

Nick hebt gespielt unschuldig die Hände, während ich mein Handy checke. Sechs Anrufe in Abwesenheit von den beiden. Es ist weit nach Mitternacht, also beschließe ich, dass eine kurze Nachricht reichen muss für diese Uhrzeit.

Alles in Ordnung. Wir sind draußen.
Habe die Dateien. Erzähle euch morgen
Details. Layla, bitte geh zur Arbeit,
als wäre nichts. Ich rufe dich an, Charlie,
und lasst uns alle abends treffen.

Schnell stelle ich das Handy lautlos und stopfe es in eine Tasche hinter dem Fahrersitz. Dabei habe ich ein ziemlich schlechtes Gewissen. Aber mein Verlangen ist größer. Ich drehe mich zu Nick um und lasse meine Hand über seine Brust gleiten. Die goldenen Sprenkel in seinen Augen funkeln in der Dunkelheit. Sein Blick ist auf meine Lippen gerichtet. Er schluckt, und sein Adamsapfel hüpft auf und ab.

Ich befeuchte meine Lippen, die mir mit einem Mal furchtbar trocken vorkommen. »Nick.«

Weiter komme ich nicht. Er überbrückt die Distanz zwischen uns, beugt sich zu mir und zieht mich an sich. Im nächsten Moment verschließen seine weichen, sinnlichen Lippen meinen Mund. Ich zögere keine Sekunde und erwidere seinen Kuss. Drängend, leidenschaftlich. Ich schlinge meine Arme um ihn, dränge mich seinem erhitzten Körper entgegen und lasse mich in diesen Kuss hineinfallen. Fast gleichzeitig öffnen wir unsere Lippen, seine Zungenspitze wagt sich vor und sucht die meine, die ihm begierig entgegenkommt. Meine Haut kribbelt, und ich fühle mich überempfindlich. Als er sanft mit seiner anderen Hand über meinen Oberarm streichelt, entfährt mir ein heißes Stöhnen.

Auch Nick stöhnt auf, erleichtert, zugleich voller Verlangen. Ich intensiviere den Kuss, lasse meine Hände über die harten Muskeln seines Rückens gleiten, die ich durch den dünnen Stoff seines T-Shirts fühlen kann. Doch das reicht mir nicht. Ich will ihn küssen, schmecken, spüren. Ich setzte mich rittlings auf ihn, und wir küssen uns weiter. Ich beginne, ihm das T-Shirt hochzuziehen, lasse meine Hände über seine kräftige Brust wandern.

Nick stöhnt erneut, dann hält er meine Hände fest. »Maxi ...«

Ich zucke sofort zurück und fühle mich zurückgestoßen. Vielleicht habe ich die Situation doch falsch interpretiert. Noch vor wenigen Sekunden war ich mir sicher, dass er die Ablenkung jetzt genauso benötigt wie ich.

Mit gepresster Stimme fährt Nick fort: »So schwer mir das gerade fällt, aber es ist vielleicht nicht die beste Idee, hier mitten in der Stadt und in der Nähe der Klinik.«

Erleichtert atme ich aus. Einen kurzen Moment lang hatte ich gedacht, er würde mich abweisen. Doch er blickt nach oben zum Dach, offenbar treiben ihn andere Überlegungen an. »Wie hoch ist dein Auto?«

»Knapp zwei Meter, wenn das Dach nicht ausgeklappt ist. Warum?«

Ein Grinsen macht sich auf seinem Gesicht breit. »Meine Tiefgarageneinfahrt ist zwei Meter zwanzig hoch. Und wir brauchen von hier keine zehn Minuten zu mir.«

Zur Antwort presse ich ihm einen schnellen Kuss auf die Lippen, dann klettere ich von seinem Schoß und über die Mittelkonsole auf den Fahrersitz. »Kommst du?«

Nicht einmal acht Minuten später setze ich den Blinker und biege in die Tiefgarageneinfahrt der Rathauspassagen direkt am Alex ein. Ich habe noch nie jemanden getroffen, der hier wohnt, mitten in einer Betonwüste aus Einkaufsläden und öffentlichem Nahverkehr, umgeben von dem Geschrei von Touristen. Neulich hatte ich ihn an der Kreuzung herausgelassen, mir aber keine Gedanken darüber gemacht, wohin genau er jetzt wohl geht.

»Bist du sicher, dass wir hier richtig sind?« Ich werfe ihm einen irritierten Blick zu.

Nick lacht. »Keine Sorge, ich weiß, wo ich wohne.«

Am Eingang zieht er eine Parkkarte aus seinem Portemonnaie, die Schranke öffnet sich. Er lotst mich durch das verwinkelte Parkhaus zu einer Ecke, die Anwohnern vorbehalten ist.

»Ich habe das Auto meiner Oma erst vor ein paar Monaten verkauft und wollte den Stellplatz längst vermieten, aber irgendwie bin ich bisher nicht dazu gekommen«, erklärt er mir und deutet auf einen Parkplatz vor mir.

»Aha.« Ich weiß nicht, wovon er redet, ehrlich gesagt, interessiert es mich aber auch nicht sonderlich. Ich will einfach aus diesem Auto raus und in Nicks Armen alles um mich herum vergessen, bevor mein Gehirn beschließt, in den Analysemodus zu schalten.

Als hätte Nick meine Gedanken erraten, schweigt er abrupt und umfasst meine Hand in seinem Schoß, dann führt er sie an die Lippen und schaut mich mit einem langen, begehrenden Blick an.

Während ich den Motor abschalte, rückt er näher an mich heran, vorsichtig dreht er meinen Kopf zu sich, wir küssen uns erneut. Sofort ist das heftige Verlangen wieder da, seine Hände wandern über meinen Hals, und ich löse meinen Gurt und gebe mich seinen Lippen hin.

Doch dann bin ich diejenige, die sich irgendwann vorsichtig losmacht. Ich möchte ihn überall spüren und berühren.

»Lass uns hochgehen«, flüstere ich.

»Wenn wir es bis dorthin schaffen«, stößt er mit heiserer Stimme hervor.

Das Parkhaus hat so niedrige Decken, dass mir Nick jetzt noch größer vorkommt, als er die Fahrertür öffnet und mir die Hand entgegenstreckt. Dabei sieht er mich mit einem Feuer in den Augen an, das einem Versprechen gleichkommt. Ich schlucke und ergreife seine Hand, er hilft mir aus dem Auto und führt mich durch eine Tür an der Wand in einen Flur mit blanken Betonwänden und einem abgenutzten Linoleumboden. Ich nehme die Umgebung aber kaum wahr. Mein ganzer Körper kribbelt vor Aufregung.

Er ruft den Aufzug. Während wir warten, sehen wir uns einfach nur an, nehmen den anderen wahr. Nicks Kinn ziert heute ein leichter Bart, nur der Schatten eines Dreitagebarts, aber ich erinnere mich genau daran, wie sich die kratzigen Stoppeln auf meiner Haut angefühlt haben, als er mich vorhin geküsst hat. Mein Blick wandert zu seinen weichen Lippen mit ihrem sinnlichen Schwung, darüber seine verwegen gebogene Nase mit dem leichten Knick, die ihm Charakter verleiht. Seine goldbraunen Augen erwidern meinen Blick mit einer Intensität, die mein Herz schneller schlagen lässt. Das hellbraune Haar fällt ihm wie immer ins Gesicht, obwohl er es eigentlich zurückgekämmt hat.

Wir stehen da und sehen uns an, und in mir wächst die Begierde mit jedem Augenblick. Ich will ihn küssen, ihn schmecken, seine Hände spüren, ihn spüren. Ich halte es kaum mehr aus, bin kurz davor, der Spannung nachzugeben, als die Aufzugtüren sich langsam öffnen. Fast gleichzeitig setzen wir uns in Bewegung, betreten die Kabine. Dabei streift mein Arm seinen. Und das ist alles, was es noch gebraucht hat.

Nick wirbelt herum und reißt mich in seine Arme. Er küsst mich mit einer Leidenschaft, die mich fast innerlich verbrennt. Er drängt mich gegen die Wand, hält nur einen Moment inne, um den Knopf für den zehnten Stock zu drücken, bevor ich wieder von seinem ganzen Körper gegen die verspiegelte Kabinenwand gedrückt werde. Seine Hände sind überall zugleich, an meinem Arm, in meinem Nacken, sie streichen meine Schultern hinab und greifen mich um die Taille, bevor sie an meinem unteren Rücken zur Ruhe kommen, knapp oberhalb meines Pos. Dabei hinterlassen die Berührungen eine Spur heißen Begehrens auf meiner Haut.

Ich kann spüren, wie erregt Nick ist, und ich dränge mein Becken gegen seinen harten Schwanz, während ich ihn küsse, mit meiner Zungenspitze seinen Mund erobere und spielerisch in seine Lippe beiße.

»Maxi«, entfährt es Nick keuchend.

»Pschscht«, fordere ich und ziehe ihn erneut zu mir. Als eine blecherne Stimme das zehnte Stockwerk ankündigt, fahren wir nach Atem ringend auseinander.

Nick streicht sich die Haare aus der Stirn. »Wow.«

Mehr bringt er nicht heraus, dann nimmt er wieder meine Hand und zieht mich den langen, kargen Flur entlang, von dem links und rechts in regelmäßigen Abständen Türen abgehen. Vor manchen liegen bunte Fußmatten, vor anderen stehen Schuhabtreter oder kleine Regale. Mir wird erst jetzt bewusst, dass wir in einer klassischen Ostberliner Platte sind. Die für diesen Moment völlig unnütze Information dringt aus den Tiefen meines Gedächtnisses zu mir durch, dass die Rathauspassagen in den 1950er-Jahren in der DDR als klassische Neubauwohnungen gebaut wurden.

Nick bleibt vor einer gänzlich schmucklosen Tür stehen, die genauso aussieht wie alle anderen, nur dass hier auf einem kleinen Messingschild »Hardenberg« steht. Einen Moment brauche ich, um mich daran zu erinnern, dass »Fontane« ein Pseudonym ist. Ich frage mich, wie lange Nick hier schon wohnt. Erwähnte er nicht vorhin seine Oma? Kurz befürchte ich, dass er mich in die Wohnung seiner Großmutter bringt, vor meinem inneren Auge tauchen Nierentische, schwere, dunkle Möbel und geblümte Tapeten auf.

Ich hätte mich nicht mehr täuschen können. Nick führt mich in einen minimalistischen Flur, in dem außer einem schmalen, hohen Schränkchen und einem Garderobenständer nichts steht. Der Boden besteht aus weiß glänzendem Linoleum, die Wände aus Sichtbeton. Mit so einem durchgestylten Ambiente hätte ich wirklich nicht gerechnet.

Bevor ich mich jedoch weiter umsehen kann, zieht Nick mich wieder zu einem Kuss zu sich. Dieser Kuss ist anders, gemächlicher, aber nicht weniger leidenschaftlich. Es ist fast, als müsste er sich hier, in seiner Wohnung, nicht länger zurücknehmen.

Er hebt mich hoch und trägt mich den Flur hinab ins Schlafzimmer. Es ist nicht sonderlich groß und wird vor allem von einem großen Bett ausgefüllt, das an einer Sichtbetonwand steht. Die beiden angrenzenden Wände sind weiß gestrichen, vor einer steht ein offener Kleiderschrank, gegenüber ein niedriges Regal, das die komplette Breite umfasst, unterbrochen nur von einer Lücke, die offenbar als Schreibtisch verwendet wird. Darüber hängt an großen Haken ein Rennrad, daneben zwei Gitarren.

All das nehme ich nur aus den Augenwinkeln wahr. Nick legt mich auf sein Bett und folgt mir nach oben. Er beugt sich über mich, sein Gewicht drückt mich in die Matratze, und er verschließt meinen Mund mit seinem. Ich verliere mich in seinem Geschmack, seinem Geruch und in der Art, wie er sich anfühlt, so schwer auf mir. Seine Zunge und seine Lippen streicheln mich und entfachen zugleich einen Hunger in mir, der sich tief in meinen Eingeweiden sammelt.

Das ist genau, was ich wollte. Ich habe alles um mich herum vergessen, was zählt, ist nur dieser Moment, dieser Mann.

Seine harte Erektion drückt sich durch die Jeans in meinen Bauch, und ich presse die Beine zusammen. Ich will mehr, ich will ihn.

Ich suche mit meinen Händen nach dem Saum seines T-Shirts und schiebe es ein Stück nach oben. Nick kommt mir zu Hilfe. Er löst sich von mir und streift sich das Shirt mit einer fließenden Bewegung vom Körper. Ich halte einen Moment inne und starre ihn einfach an. Ich war schon mit einigen Männern zusammen, auch mit sehr attraktiven Typen, die viel Sport machen. Aber Nicks Körper ist eine andere Liga. Er muss sehr viel Zeit in sein Äußeres investieren, vermutlich bedingt durch den Job vor der Kamera. Die Arme sind muskulös, die Brustmuskeln betont. Er sieht aus wie gemalt. Ich fahre mit einem Finger über seinen flachen Bauch nach unten, zähle acht Muskelpaare, die sich nach unten hin verjüngen und von diesen v-förmigen Muskeln seitlich eingerahmt werden. Ein feiner Flaum führt von seinem Bauchnabel nach unten in seine dunkle Jeans, und ich beiße mir unwillkürlich auf die Unterlippe.

»Bist du fertig?« Ein amüsiertes Grinsen schwingt in Nicks Tonfall mit.

Ich sehe auf, und mir bleibt fast das Herz stehen. In seinen Augen brennt ein Feuer. Ich schlucke. »Für den Moment.«

Er nickt. »Dann bin ich dran.«

Vorsichtig greift er den Saum meines Shirts und schiebt es hoch. Ich hebe die Arme, er schiebt mein Shirt langsam höher, streift dabei fast unmerklich die Außenseiten meiner Brüste. Sofort versteifen sich meine Brustwarzen, drängen gegen den dünnen Stoff meines schlichten, schwarzen BHs.

»O Maxi«, stöhnt Nick und befreit mich plötzlich eilig von meinem Shirt. Dann beugt er sich tiefer und umschließt eine Brustwarze mit seinem Mund. Die Reibung, die durch den Stoff meines BHs erzeugt wird, bringt mich fast um den Verstand. Ich drücke den Rücken durch, recke ihm meine Brüste entgegen.

Nick lässt sich das nicht zweimal sagen. Er umschließt meine andere Brust mit den Händen und drückt zu, meinen Nippel zwischen Daumen und Zeigefinger. Es ist schon jetzt fast zu viel für mich, dabei haben wir kaum angefangen. Ich stöhne auf, ein langer, lasziver Sound, den Nick mit einem hörbaren Schlucken quittiert.

»Halt dich nicht zurück. Ich stehe drauf, wenn du laut bist«, raunt Nick an meinem Nippel. Er drückt mich zurück aufs Bett und küsst mich, bahnt sich einen Weg von meinem Mund über meinen Hals zum Schlüsselbein, wobei er mir die Träger meines BHs über die Schultern schiebt. Jeder kleine Kuss ist wie ein Auflodern in meinem Schoß und füttert meinen Hunger nach ihm. Als er bei der sanften Erhebung meiner Brüste ankommt, zittere ich unter ihm. Nick zieht den Stoff meines BHs mit den Zähnen nach unten, und ich spüre die kalte Luft an meinen Nippeln. Er schließt die Lippen um eine Brustwarze, saugt und leckt daran, bis ich mich unter ihm winde. Dann wiederholt er die Prozedur an der anderen Brust.

Seine Hand fährt unterdessen tiefer, öffnet den Knopf meiner Jeans und den Reißverschluss. Er lässt die Hand in meine Hose gleiten.

»Verdammt, Maxi, du bist so feucht.«

Er umkreist meine Klitoris mit seinem Finger, und ich hebe die Hüften, um ihm zu zeigen, dass ich noch mehr will. Er gehorcht, gleitet tiefer und schiebt erst einen, dann zwei Finger in mich, während er mit seinem Daumen weiter meine empfindlichste Stelle massiert.

Ich zerfließe beinahe unter seiner Berührung, spüre bereits, wie sich das erste Flattern eines Orgasmus anbahnt. Ich seufze und stöhne, beiße auf meine Lippen, bis er meinen Mund wieder mit seinem verschließt. Es ist fast zu viel, seine Zunge und seine Finger dringen immer wieder in mich ein.

»Lass los, Maxi, komm für mich«, flüstert Nick. Wie auf Befehl schalte ich jedes Denken ab und überlasse mich allein der Sensation seiner Berührungen. Nick pumpt seine Finger rhythmisch in mich und erwischt dabei bei jeder Bewegung meinen G-Punkt, während er sich über mich beugt. Und dann ist es um mich geschehen. Die Anspannung, die sich in den letzten Sekunden, Minuten, Stunden, Tagen in mir gesammelt hat, löst sich auf, zerbricht wie Glas in tausend kleine Scherben. Sie reißt mich mit in einen atemberaubenden Orgasmus, der immer wieder anschwillt, bis er schließlich langsam verklingt.

Schwer atmend liege ich in Nicks Armen, völlig überwältigt von diesem Erlebnis. Ich sehe auf und blicke in Nicks höchst zufriedenes Gesicht.

Ich boxe ihn kraftlos in die Seite. »Guck nicht so.«

»Warum nicht? Ich habe mir genau diese Szene so oft vorgestellt, dass es ungemein befriedigend ist, dich jetzt hier in meinem Bett zu haben. Es war sogar noch besser, als ich es mir ausgemalt hatte.«

»Du hast an mich gedacht, wenn du … du weißt schon?« Ich sehe auf seinen Schritt, wo seine Erektion sich gut sichtbar gegen den Bund seiner Hose drängt. In meinem Schoß regt sich erneut die Begierde bei seinem Anblick.

Nick grinst. »O ja, du geisterst seit unserer ersten Begegnung durch meine feuchten Träume, du und dein freches Mundwerk.«

Ich richte mich auf und ziehe ihn zu einem Kuss auf mich herab. Meine Hände finden seinen Hosenbund, und ich reibe seinen harten Schwanz durch die Jeans. Nick stöhnt.

Ich kann mir ein Grinsen nicht verkneifen. So eine Macht über ihn zu haben, törnt mich unheimlich an.

Ich halte mich an seinem Nacken fest und ziehe ihn zu mir hinab. Ich streife meine Hose samt Unterhose ab, während Nick den Verschluss meines BHs löst.

Er öffnet seine Hose und wirft sie achtlos auf den Boden, während ich seine Boxershorts hinunterziehe. Dann schiebe ich meine Hüften vor und spüre seine Erektion direkt an meiner Öffnung. Die Lust kehrt sofort zurück, als ich merke, wie erregt er ist. Ich selbst unterdrücke ein Stöhnen, als sein harter Schwanz sich genau an der richtigen Stelle an mir reibt.

Nick keucht auf, sein Penis zuckt unkontrolliert und begierig zwischen meinen Beinen.

»Warte.«

Er greift unter sein Bett und zieht eine Packung Kondome hervor. Ich nehme sie ihm ab, hole ein Kondom heraus und öffne die Verpackung, rolle mich ein wenig unter ihm weg und streife es ihm langsam über seinen beeindruckend großen Schwanz. Das Pulsieren zwischen meinen Beinen wird stärker, und ich bin froh, dass ich schon so feucht war. Das wird mir helfen, ihn in mir aufzunehmen.

Er drückt mich sanft zurück auf das Kissen und platziert seinen Schwanz direkt vor meiner Pussy. Dann gleitet er in mich hinein, Stück für Stück, bis er mich vollkommen ausfüllt. Das Gefühl, zum Zerreißen gespannt zu sein, erfüllt mich, und eine heiße Woge durchfließt mich und lässt mich laut aufstöhnen. Nick beobachtet mich fasziniert, ein Tropfen Schweiß sammelt sich an seiner Stirn. Ich kann ihm die hitzige Strapaze ansehen, es muss ihn alle Kraft kosten, nicht sofort zu kommen. Er bewegt sich langsam und dringt bei jedem Stoß tief in mich ein, während sein Steißbein gegen meine Klitoris stößt.

Als ich mich an dieses intensive Gefühl der Erfüllung gewöhnt habe, recke ich ihm meinen Unterleib entgegen und streiche fest über seinen Hintern, um ihn noch tiefer in mir aufzunehmen.

»Du bist wunderschön«, presst Nick hervor. Er stößt fester und schneller zu, und das intensive Gefühl schwillt an. In mir regt sich wieder dieses vertraute Flattern, jedes Mal, wenn Nick tief in mich eindringt. Meine Lider fallen zu.

»Sieh mich an, Maxi«, bittet Nick, und ich öffne die Augen wieder. Sein Blick bohrt sich in meinen, ich lese Bewunderung, Begierde, Faszination, aber auch Vertrauen in ihm. Das berührt mich zutiefst, und ich beuge mich vor und küsse ihn. Nick erwidert meinen Kuss, lässt seine Lippen dann zu meinen Brüsten wandern und saugt begierig an einer Brustwarze, während er die andere mit Daumen und Zeigefinger massiert.

Das reicht, um das Feuer in mir noch heftiger anzufachen. Das Flattern schwillt an und wird zu einem Tosen. Nick greift zwischen meine Beine und sucht meinen Kitzler. Er umkreist ihn ein-, zwei-, dreimal, und es ist um mich geschehen. Welle um Welle überrollt mich der nächste Orgasmus, und ich sehe noch, wie Nick die Augen schließt. Er stößt noch zweimal in meine glühende Mitte und stöhnt laut auf, während wir beide gemeinsam den Höhepunkt erleben.

Kapitel 25

Weiche, sanfte Lippen an meinem Hals wecken mich auf. Kurzzeitig bin ich verwirrt, doch nach wenigen Sekunden schließe ich beruhigt die Augen. Ich kuschle mich in Nicks Arme und verberge meinen Kopf unter der Decke. Ich hoffe, es ist noch mitten in der Nacht oder vielleicht erst früher Morgen, ich will gar nicht wissen, wie spät es ist. Nicks Lippen wandern zu meinen Ohrläppchen, dann wieder zurück zu meinem Nacken. Seine Hände streicheln meine Schultern, ich schmiege mich wohlig an seine Brust und schiebe mich näher an ihn.

»Guten Morgen, meine Schöne«, flüstert er, und seine Lippen hauchen federleichte Küsse auf meinen Nacken. Sanft setzt er seinen Weg fort, küsst meinen Rücken, während seine Hände vorsichtig über meine Taille hinab zu meiner Hüfte gleiten. Als er vorsichtig mit einer Hand meinen Hintern umfasst, mit der anderen mein Haar zur Seite streicht, um weiter meinen Nacken zu küssen, befreie ich mich von der Decke. Eine Hitze hat meinen Körper erfasst. Ich presse meinen Hintern an seinen harten Schwanz, der sich mir entgegenstreckt, und drehe mich zu ihm um. Vergessen sind alle Gedanken ans Zähneputzen, und unsere Lippen berühren sich. Als wir uns küssen, ist es die Fortsetzung der Nacht und doch ein neu aufflammendes Verlangen. Er stöhnt auf, als ich mit meiner linken Hand hinter mich greife, seine muskulösen Oberschenkel berühre, über die Innenseite streiche und seine festen, strammen Eier umfasse. Ich lasse sie vorsichtig an meiner Handfläche entlanggleiten, während mein Zeigefinger seinen harten Schwanz erkundet. Als ich seine Eichel berühre, zuckt Nick kurz zusammen und stöhnt laut auf. Mit meiner Fingerkuppe taste ich mich weiter vor, umfasse dann mit meiner gesamten Hand seine feuchte, heiße Kuppe. Vorsichtig umschließe ich sie und lasse meine Hand langsam hinab- und wieder hinaufgleiten. Nick stöhnt auf, und sein Schwanz fühlt sich an wie heißer Stahl. Langsam, aber mit festen Bewegungen massiere ich ihn, während er meinen Nacken küsst.

»Warte, sonst komme ich«, flüstert er heiser, und ich überlege, ob ich ihn weiter reizen soll, verlangsame dann aber meine Bewegungen. Er schiebt seine Hand von hinten zwischen meine Schenkel und umfasst meine Pussy, streichelt meinen Hügel mit sanftem Druck, während er sein Handgelenk zwischen meine Schamlippen drückt. Er gibt vorsichtig seine Finger frei und beginnt, meine Klitoris zu massieren. Ich bin so nass, dass ich mein lautes, rhythmisches Schmatzen hören kann. Vorsichtig umfasse ich wieder seinen Schwanz, während er mich reibt. Er fühlt sich heiß und hart an, und ich wünschte, ich könnte ihn tief in mir spüren. Ich greife seinen Schaft und führe ihn sanft, aber bestimmt zwischen meine Arschbacken. Ich recke ihm meinen Hintern entgegen und drehe mich vorsichtig auf den Bauch. Er lässt nicht von mir ab, seine Finger massieren weiter meine Klitoris, und ich lasse beide Arme neben mich fallen und gebe mich dem Gefühl seiner Hände hin, während ich seine heiße Kuppe vor meiner Öffnung spüre. Ich grabe mein Gesicht in das Bettlaken, während seine Finger mich unablässig massieren. Nick stöhnt laut auf und streichelt meinen Rücken, während er kurz von mir ablässt, um sich ein Kondom überzustreifen. Dann beugt er sich über mich und dringt mit einem harten Stoß in mich ein. Seine Hand streichelt mich, während er mich küsst. Bereits nach wenigen rhythmischen Stößen spüre ich, wie das Kribbeln in meinem Bauch immer stärker wird. Ein heftiges Flattern erfasst meine Beine und durchzieht meinen Unterleib, meine Pussy pulsiert. Ich stöhne laut auf, steigere das Tempo. Nicks Finger reagieren, werden schneller, und sein Schwanz dringt immer und immer wieder in mich ein, härter, schneller. Ich schreie Nicks Namen, als ein massiver, unsagbar intensiver und lang anhaltender Orgasmus meinen Körper erfasst. Nickt stößt noch immer in mich, ich kann spüren, dass auch er kurz davor ist, die Kontrolle zu verlieren …

Ein schrilles Klingeln lässt mich zusammenzucken.

»Verdammt«, flucht Nick, während er sich weiter in mir bewegt. Das Handy auf dem Nachttisch klingelt unbarmherzig. Er zieht sich vorsichtig aus mir zurück.

»Es tut mir leid, ich muss ran. Das ist bestimmt die Arbeit.«

Ich strecke meine Hand aus und greife nach dem Handy, um es ihm zu reichen. In dem Moment hört es auf zu klingeln. »Tammy mobil« sehe ich gerade noch. Ich erstarre. Mir wird heiß und kalt. Und dann wieder heiß. Warum ruft Tammy in aller Herrgottsfrühe bei Nick an? Was hat sie mit seiner Arbeit zu tun? Sie ist doch eigentlich bei Hajo angestellt, und der Dreh ist seit Tagen beendet.

Ich drehe mich abrupt um. Nick sieht mich an. Verwirrt. Oder ertappt?

»Leider zu spät, sorry.« Ich versuche erst gar nicht, meine rasende Eifersucht zu verstecken, und halte das Handy hoch. In diesem Moment ploppt eine Nachricht auf. Von Tammy mobil. Sie ist kurz, aber ich kann sie lesen, obwohl ich es nicht beabsichtige.

Nick. Bitte lass uns reden, es ist wichtig.

Und ein Herz. Ich drehe mich um und halte Nick das Handy vor die Nase. Es fühlt sich an, als würde eine Sicherung durchknallen. All die Zweifel, die Angst, die er ausgeräumt hatte, kommen mit einem heftigen Schlag zurück. Die gigantische Lüge trifft mich mit voller Wucht. Seine Berührungen, die Zärtlichkeiten, sind hingegen beschmutzt. Wie dumm war ich, die Nacht mit ihm zu verbringen, warum, verdammt, habe ich das getan? Ich sollte einfach aufstehen und gehen, aber ich bin von unserem Liebesspiel so emotional, dass ich fauche: »Was will Tammy von dir? Was läuft zwischen euch?«

Nick greift nach dem Handy, sieht die Nachricht, den verpassten Anruf und erbleicht.

Er schließt einmal kurz die Augen, als müsse er Kraft sammeln; als er sie wieder öffnet, ist seine Stimme wackelig. »Gar nichts läuft zwischen uns, Maxi. Das habe ich dir doch schon mal gesagt. Sie will mit mir was drehen, eine Szene wiederholen für Insta.«

Er schaut mir nicht in die Augen, sondern zur Seite, seine Wimpern flattern. Ich richte mich auf und wickle mir das Bettlaken um den Oberkörper. Ich weiß, dass er mir nicht die ganze Wahrheit sagt. Nick mag Schauspieler sein, aber ich kenne ihn inzwischen zu gut.

»Welche Szene?«

Er setzt sich auf die Bettkante und fährt sich mit beiden Händen durchs Haar.

»Als ich zum Schloss gehe, glaube ich. Sie meint, die Sonne habe geblendet, so was.«

Er grinst, als wäre das Thema damit abgehakt, dann beugt er sich über mich, um mich zu küssen. »Wenn ich daran denke, wie heiß du an dem Abend aussahst …«

Doch ich rücke ein Stück weg und rutsche das Bett hinunter. Als ob ich ihm das abkaufen würde. Ausgerechnet die Szene am Schloss.

»Und da will sie mit dir reden? Worüber denn? Und warum soll ich nicht mit zum Dreh? Ich war schließlich nicht ganz unwichtig für die Szene.«

Ich merke selbst, dass meine Stimme schrill klingt und ich mich kindisch und emotional verhalte, doch ich kann mich einfach nicht zurückhalten.

Es ist höchste Zeit, einen Abgang zu machen. Ich springe aus dem Bett und klaube meine Sachen zusammen. Beim Weg aus dem Schlafzimmer rutsche ich auf dem weiß glänzenden Parkett aus und falle hin.

Sofort ist Nick neben mir und hilft mir auf.

»Hast du dir wehgetan? Der Fußboden ist furchtbar glatt.«

Ich mache mich los und ziehe halb sitzend meinen Slip, Jeans und T-Shirt an. Den BH stopfe ich in meine Bauchtasche. Nick schaut mich so verzweifelt und schuldbewusst an, dass ich mir nun ganz sicher bin, dass zwischen den beiden etwas läuft, dass sie vermutlich sogar ein Paar sind. Vermutlich schon lange. So wie Morty mit seinem Doppel-Liebesleben, das er skrupellos so lang mit mir fortsetzte, bis er kalte Füße wegen der Polizei bekam. Ich durchquere das Wohnzimmer mit dem Ledersofa und dem schwarzen Konzertflügel und bin in wenigen Schritten in dem breiten, hellen Flur. Nick folgt mir, ein Handtuch um die Hüfte gewickelt, sein Haar ist verstrubbelt. Er fasst mich am Arm, aber ich reiße mich wieder los.

»Maxi, bitte geh nicht. Glaub mir, zwischen Tammy und mir läuft nichts.« Seine Worte prallen an mir ab. In meinen Ohren rauscht das Blut.

»Und warum schickt sie dir dann solche Nachrichten? Mit einem Herz?«

Nick weicht meinem Blick aus. Er schaut zu Boden, fährt sich mit einer Hand in einer verzweifelten Geste durchs Haar und beginnt zu stammeln. »Ich weiß es nicht, ich dachte, sie will nur, dass wir drehen. Du verstehst das nicht.«

Mehr brauche ich nicht. Was für eine ungeheuer bescheuerte Ausrede.

Er verbirgt etwas vor mir, und ich werde es nicht aus ihm herauspressen können. Ich werfe ihm einen letzten Blick zu. Ich wünschte einen Moment lang, er würde mich aufhalten, doch er starrt mich nur an, diesen leeren, verzweifelten Blick in den Augen.

»Mach's gut, Nick.«

Ich trete ins Treppenhaus, ohne mich umzudrehen, und gehe den langen Flur entlang zum Aufzug. Ich drücke auf den klobigen Knopf mit dem Pfeil nach unten. Wenige Sekunden später öffnet sich mit einem lauten Ächzen die Tür. Ich trete hinein, starre auf die matte, leicht gewellte Aluwand, vermeide den Blick in den Spiegel und drücke den »UG«-Knopf. Mühsam setzt sich der alte DDR-Aufzug in Bewegung und schrabbelt die zehn Etagen hinab, zum Glück ohne anzuhalten. Kaum zu glauben, dass es gerade mal zwölf Stunden her ist, dass wir uns hier drinnen leidenschaftlich küssten.

»Untergeschoss. Parkdeck«, plärrt der Aufzug und spuckt mich in der Tiefgarage aus.

Mit zitternden Fingern schließe ich den Van auf und lasse mich auf den Fahrersitz fallen. Sofort werde ich ruhiger. Auch wenn die neonbeleuchtete Tiefgarage hier nicht das lauschigste Plätzchen ist, gönne ich mir noch ein paar Minuten Ruhe, um nachzudenken. Im Kühlschrank entdecke ich zum Glück eine Cola und im Vorratsfach darüber eine Tüte Chips. Ich schütte die Cola hinunter und fühle mich etwas frischer. Ich sollte mich jetzt auf das Wesentliche fokussieren, über die Mission nachdenken, mir einen Plan machen, wie ich weiter vorgehe, jetzt, wo wir die Beweise haben.

Ja. Das ist alles, was zählt. Ich muss weitermachen, Nick ausblenden, mich auf das besinnen, was wir gestern Abend herausgefunden haben. Amba und die Frauen. Die Klinik. Ich muss mir deutlich vor Augen führen, was das alles bedeutet, bevor ich heute Abend mit Layla und Charlie die nächsten Schritte plane.

Der Gedanke an die beiden lässt mich in meiner Tasche nach meinem Handy wühlen. Ich schalte es wieder ein und finde mehrere Nachrichten von Layla und Charlie, die Details hören wollen. Aber ich bin irgendwie noch nicht in der Lage, mit den beiden zu sprechen. Ich muss erst meine Gedanken sortieren. Und zur Arbeit. Verdammt.

Hastig schicke ich Holger eine Nachricht, dass ich etwas später ins Büro komme, denn es ist bereits 8 Uhr. Es würde auffallen, wenn ich nicht erscheine.

Bleib heute ruhig zu Hause.
Hier ist nichts zu tun, Chris
ist im Homeoffice, wir gehen
morgen die neuen Tools durch.
H.

Wirklich? Ich kann kommen.

Wirklich. Bis morgen.

Erleichtert atme ich aus. Natürlich wäre es vernünftiger, einfach hinzufahren, um Peters nicht misstrauisch zu machen. Aber falls er mich sucht, wird ihm Holger wohl sagen, dass er selbst mich angewiesen hat, zu Hause zu bleiben. Ich schreibe den Mädels.

Erkläre euch heute Abend alles.
Ich muss erst mal meine Gedanken
sortieren.

Nachdem ich die Chipstüte geleert und alle herumliegenden Sachen verstaut habe, klettere ich auf den Fahrersitz. Mein Handy brummt, und ich sehe, dass es Nick ist, doch ich ignoriere ihn. Auch den zweiten und dritten Anruf.

Kapitel 26

Bis auf das Gezwitscher der Vögel ist nichts zu hören, ein paar vereinzelte Badegäste liegen am anderen Ende des Strandes. Zum Glück ist auch an diesem Abschnitt des Bernsteinsees nicht viel los. Hier war ich vorher noch nie, da ich immer die vertraute Stelle bevorzugt habe. Aber heute wollte ich sichergehen, Sébastien nicht zu begegnen. Er ist weit weg, ich verspüre keine Sehnsucht mehr nach ihm. Nicks Küsse und Berührungen sind noch zu nah, der Schmerz über Tammys Anruf zu groß. Das kurze Bad im See hat mich aber immerhin erfrischt, und die Tropfen trocknen auf meiner Haut. Kurz überlege ich, mein SUP aus dem Auto zu holen, aber das Schwimmen hat mich erst mal genügend ausgepowert. Ich bin immerhin einmal durch den kompletten Bernsteinsee und wieder zurück gekrault. Trotzdem kehren meine Gedanken immer wieder zu Nick zurück. Seine Küsse brennen noch immer auf meiner Haut, und die Erinnerung an das abrupte Ende tauchen immer wieder auf, obwohl ich versuche, ihn aus meinen Gedanken zu verbannen und mich auf die Klinik zu konzentrieren.

Ich muss die Sache methodisch angehen, strukturiert. Also krame ich aus meinem Rucksack einen Block, Stifte und meinen Laptop hervor und lege den USB-Stick mit den Dateien daneben. Ich logge mich über einen Hotspot meines Handys ins Netz ein und suche mir das Organigramm der »Villa«-Kliniken heraus.

Die »Villa Clinics GmbH« ist das Dach für die zehn »Villa«-Kliniken, die es zurzeit in Deutschland gibt und die in absehbarer Zukunft deutlich anwachsen wollen. Das kündigt zumindest eine Pressemitteilung der Firma an. Erst seit Kurzem hat Gesamtgeschäftsführer Mirko Peters eine Dependance in Berlin eröffnet – die »Villa Berlin«, deren Geschäftsführer er zudem ist, zumindest kommissarisch. Ärztlicher Direktor ist Gabriel Goldberg, der den Posten eher zähneknirschend angenommen hat, seitdem er weiß, dass in der Klinik etwas nicht stimmt. Offiziell hat er die Aufsicht über alle Patienten, er koordiniert die Operationen und ist verantwortlich für die Fachärzte. Faktisch lässt ihn Peters aber kaum eigenständige Entscheidungen treffen, wie Gabriel sich immer beklagt. Peters selbst will die Fäden in der Hand behalten und benutzt Gabriel nur als Aushängeschild. Er, der Geschäftsführer, lässt sich nicht in die Karten schauen. Das hat Gabriel oft genug gemerkt. Zu der »Villa Clinics GmbH« gehören neben Berlin neun weitere Kliniken in Deutschland, unter anderem die »Villa Düsseldorf« unter Geschäftsführer Stefan Rademacher und die »Villa München«, deren Leitung Alois Gschwendt von Peters übernahm, seit er das Haus in Berlin eröffnet hat.

Dann gibt es da den Partner der »Villa Clinics« für das soziale Engagement, die »Stiftung Camino e. V.«.

Ich starre auf das Organigramm und versuche, mich daran zu erinnern, was Nick und ich auf Peters' Computer gefunden haben. Zigtausende Rechnungen über Operationen für einen guten Zweck. Ambas Bein-OP wurde nicht nur in Berlin abgerechnet, sondern es gibt die gleichen Rechnungen aus den Kliniken Düsseldorf, München und Frankfurt. Und das, obwohl sie ja ganz offensichtlich überhaupt nicht am Bein operiert wurde. Ihre Hauttransplantation gab es zwar, aber mit Sicherheit nicht neben Berlin in den anderen Städten.

Ich klicke zurück auf die Homepage der Klinik und lese noch einmal, was dort über das Pro-Bono-Programm steht, und lade mir die offiziellen Geschäftsberichte aus den vergangenen Jahren herunter, mit denen ich im Büro gearbeitet hatte. Seufzend rolle ich mich auf den Bauch und starre auf den Laptop. Es hilft nichts, ich muss mich durch die Zahlen arbeiten.

Ich notiere auf meinem Block: vier Pro-Bono-Operationen in der »Villa Clinics GmbH« pro Monat, also in allen zehn Häusern zusammen. Sind achtundvierzig pro Jahr. In fünf Jahren zweihundertvierzig Operationen. Ich schrecke hoch. Zweihundertvierzig. So wenig? Wie passt das dazu, dass wir Tausende Rechnungen gefunden haben. In den monatlichen Ordnern standen nicht vier Rechnungen, sondern vierzig. Das ist das Zehnfache. Zehnfach – und es gibt zehn »Villa«-Kliniken. Ich springe auf, als mir die Bedeutung klar wird. Es kann kein Zufall sein ... wie Nick gestern so schön sagte: Es gibt keinen Zufall.

Eine Ente kommt laut schnatternd vorbei und eilt in Richtung Ufer, in sicherem Abstand von etwa einem Meter folgt ihr ein Erpel und lässt sich von ihrem erbosten Geschrei nicht abschrecken, sondern watschelt beharrlich hinter ihr her. Ich lasse mich wieder auf die Decke fallen und male Kringel auf den Notizblock, während ich überlege. Vielleicht kann ich aus den Dateien noch mehr Erkenntnisse ableiten. Eigentlich wollte ich unseren Fund später in Ruhe sichten, aber es lässt mir keine Ruhe.

Ich stecke den USB-Stick in meinen Laptop und warte, bis das Laufwerk angezeigt wird. Dann klicke ich auf das Symbol – und erstarre. Der Stick ist leer. Panik überkommt mich. Wie kann das sein? Ich bin mir sicher, dass ich mindestens zwei

Drittel der Dateien kopiert habe, es müssten Tausende Dateien sein.

Ich ermahne mich zur Ruhe, atme tief ein und wieder aus. Ich ziehe den Stick ab und verbinde ihn erneut, aber das Ergebnis bleibt dasselbe. Panik ergreift mich. Wo sind die Daten hingekommen? Sie können sich nicht in Luft aufgelöst haben. Oder doch?

Ein Verdacht beschleicht mich, und ich suche in meinen Programmen nach einem kleinen, feinen Tool, das ich vor Jahren für einen Auftrag geschrieben habe. Ich öffne ein Terminal und gebe einige Befehle ein, um tiefer in das Dateisystem des USB-Sticks einzudringen. Wie bei einem Cache-Speicher müsste ich darüber eigentlich auch Daten angezeigt bekommen, die früher auf dem Stick gespeichert waren. Während das Programm arbeitet, starre ich wie hypnotisiert auf den Cursor. Endlich erscheint das Ergebnis, allerdings nicht, wie erhofft, als eine Liste mit Dateien, sondern lediglich als ein Bericht über ausgeführte Speichervorgänge. Gestern um 23:46 Uhr wurden 6394 Dateien auf den Stick kopiert, die Dateien haben sich allerdings quasi augenblicklich selbst wieder gelöscht.

Ich schnappe nach Luft, als mir bewusst wird, was das bedeutet. Mirko Peters muss die Dateien so verschlüsselt haben, dass sie zwar vermeintlich kopiert werden können, sich aber dann kurz nach dem unautorisierten Speichervorgang selbst löschen. Und das bedeutet, dass wir kein Stück weiter sind als zuvor. Wir haben keine Beweise.

»AAAAAHHHHHHHHHRRRRRGGGGGGG!«

Ich mache meinem Frust lautstark Luft und brülle los, sodass das Entenpaar aufgescheucht wird und sich mit einem protestierenden Schnattern in die Luft erhebt. Ich springe auf und renne fluchend hinter den Enten her. Am liebsten würde ich mit ihnen abheben und wegfliegen von diesem ganzen Mist.

Stattdessen bleibe ich keuchend stehen und stütze resigniert die Hände auf den Oberschenkeln ab.

Verdammt, wir benötigen diese Daten. Ohne sie haben wir nichts weiter als meine Theorie, dass in der »Villa Clinics« mit Abrechnungen gepfuscht wird. Was hilft mir diese Theorie, wenn wir nicht wissen, was es bedeutet? Der Gedanke, dass ich nicht alleine in diesem Boot sitze, beruhigt mich etwas. Ich muss dringend mit jemandem reden.

Entschlossen gehe ich zu meinem Platz zurück und hole mein Handy aus der Tasche. Das Display ist schwarz. Kein Anruf in Abwesenheit von Nick. Layla ist im Dienst, und ich werde sie bestimmt nicht anrufen. Sie könnte vor Angst etwas Unüberlegtes tun und sich auffällig verhalten. Während ich es bei Charlie klingeln lasse, packe ich meine Sachen in den Rucksack, gehe zum Ufer und wähle die entgegengesetzte Richtung der Enten. Beim Telefonieren kann ich unmöglich still sitzen.

»Maxi. Bist du verrückt, dich erst jetzt zu melden, wo steckst du?«

»Am See. Kannst du reden?«

»Ja, was glaubst du denn, worauf ich warte? Warum hast du nicht eher angerufen?«

»Es tut mir leid.«

»Egal. Erzähl.«

In wenigen Sätzen bringe ich Charlie auf Stand, erzähle von unserem Einbruch und den Dateien und von meinen Erkenntnissen über die Villa-Kliniken. Zerknirscht und mit vor Wut geballten Fäusten berichte ich von dem leeren USB-Stick. Als ich endlich fertig bin, habe ich den See beinahe umrundet. Die Ente landet genau neben mir und fängt sofort wieder an zu schnattern, einige Sekunden später trifft der Erpel ein. Ich fliehe vom Wasser in Richtung Böschung.

»Das ist ja wirklich unglaublich.«

Charlie macht eine kurze Pause, setzt dann wieder an: »Was ist das für ein Lärm bei dir?«

»Das ist eine Ente.«

»Eine Ente? Und wo ist Nick?«

Ich schweige. Zu lange. Und spüre, wie die Tränen in mir aufsteigen.

»Maxi? Ist alles in Ordnung? Du hörst dich komisch an.« Charlies Stimme klingt jetzt richtig besorgt. Da bricht es aus mir heraus. Ich spüre, wie der Kloß im Hals sich löst und meine Stimme zu zittern beginnt.

»Ich war bei Nick, aber dann habe ich herausgefunden, dass er was mit Tammy hat.«

»Wie bitte? Wer ist Tammy?«

Sie wartet geduldig, bis ich mich etwas beruhigt habe.

»Die Social-Media-Frau von den Dreharbeiten. Sie baggert schon die ganze Zeit an Nick rum, und heute Morgen hat sie ihn angerufen, als wir gerade miteinander geschlafen hatten.«

»Oh. Du warst bei ihm? Ach, deshalb konntest du nicht reden.«

»Ja. Entschuldige. Ich wollte euch anrufen, aber … Es hat mich überkommen, es war wichtig in dem Moment. Aber jetzt …« Charlie unterbricht mein Gestammel.

»Kein Problem, das verstehe ich doch. Du bist halt verknallt. Aber was ist mit dieser Tammy? Bist du sicher, dass da was lief?«

»Ja. Sie hat ihn erst angerufen und dann eine Nachricht geschickt. Ob sie reden können. Mit Herz.« Als ich es ausspreche, kommt es mir plötzlich nicht mehr ganz so dramatisch vor. Charlie stößt einen überraschten Laut aus.

»Mehr nicht? Vielleicht will er gar nichts von ihr?« Verunsichert bleibe ich stehen. Charlies Worte klingen in mir nach. Darüber hatte ich wirklich nicht nachgedacht. Für mich war die Lage offensichtlich, vor allem, weil ich mir sicher war, dass er mir etwas verschweigt.

»Maxi, bist du noch da?«

»Ja. Bin ich.«

Ich beschließe, dass ich das Nick-Problem erst mal wegschiebe. Der verpatzte Datenklau hat wirklich Vorrang.

»Ich mag jetzt nicht über Nick reden. Wir haben ein ganz anderes Problem, und ich weiß langsam echt nicht mehr weiter. Charlie, hilf mir bitte. Ich weiß nicht, wie ich das alles einordnen soll. Mit diesen Kliniken stimmt sehr viel mehr nicht als der Pfusch bei Ambas Bein.«

»Das klingt verdammt danach.«

Ich atme aus und spüre, wie ich endlich eingestehen kann, was mir tief im Inneren klar geworden ist, seitdem ich vor Peters' Büro stand.

»Ich kriege das einfach nicht allein gelöst. Die Nummer ist zu groß für mich.«

»Natürlich ist sie das. Aber wie kommst du darauf, dass du das allein lösen musst?« Charlies besonnene Stimme tut mir gut, sie beruhigt mich.

»Na ja. Ich habe es Amba sozusagen versprochen. Und Layla auch. Und ich habe mich wirklich bemüht, bin sogar da eingebrochen. Und nun stellt sich heraus, dass ich trotzdem nichts in der Hand habe außer ein paar kruden Überlegungen und Theorien.« Die Wut lässt mich immer lauter werden.

»Ja, das mag sein. Aber du kannst doch nichts dafür. Komm, erzähl mir von deinen Theorien.«

»Wollen wir nicht lieber heute Abend mit Layla zusammen darüber reden?«

Charlie scheint kurz zu überlegen. Dann klingt ihre Stimme entschieden.

»Ich finde, wir sollten keine Zeit verlieren. Layla wird das verstehen. Wir können heute Abend immer noch zu dritt reden.«

Natürlich hat sie recht. Das ist nicht der Moment für Befindlichkeiten.

»Also. Diese ganze ›Villa Clinics GmbH‹ ist ein Betrügerverein, vermute ich. Es geht nicht nur um die ›Villa Berlin‹. Stimmt auch nur ein Bruchteil davon, wonach es aussieht, ist das eine riesige Sache.«

Ich wandere aufgeregt im Sand auf und ab, schlage dann den Weg in Richtung Van ein, vorbei an einer jungen Frau, die in der Sonne schläft, und an einem Pärchen mit Hund, das für nichts Augen hat außer sich selbst. So ging es Nick und mir heute Morgen auch noch. Zum Glück holt mich Charlie zurück in die Realität.

»Ich denke, da hast du recht. Ich habe ja ein bisschen Erfahrung mit solchen Firmen und deren Machenschaften. Eine solche Firmenstruktur mit verschiedenen Tochtergesellschaften ermöglicht undurchsichtige Geschäfte. Es muss nicht so sein. Kann aber.«

»Ein bisschen Erfahrung? Du warst eine der besten Investigativjournalistinnen Deutschlands.«

»Das ist lange her. Unwichtig. Aber das, was du mir eben erzählt hast, klingt für mich nach kriminellen Strukturen.«

»Und was bedeutet das für uns und für Amba?«

Charlie schweigt, ich bohre nach. »Die Sache ist gefährlich, meinst du?«

»Wenn es um sehr viel Geld geht, was hier der Fall zu sein scheint, ist es natürlich gefährlich, diesen Leuten auf die Schliche zu kommen.«

Ich schlucke und denke an Peters, Schwester Yvonne und die anderen Geschäftsführer, denen ich begegnet bin. Plötzlich scheint mir alles in einem anderen Licht. Ob Evelyn Jacobi ebenfalls irgendetwas damit zu tun hat? Ich muss unbedingt mit Gabriel darüber reden, ob er nicht noch etwas bemerkt hat. Andererseits meinte er ja, dass Peters ihn mit einem Berg von Verwaltungsaufgaben ziemlich beschäftigt hält. Das kann kein Zufall sein. Er will ihn bestimmt ablenken.

»Charlie, hältst du es denn für möglich, dass die ›Villa Clinics‹ die Operationen mehrmals abrechnet? Und Peters ist der Drahtzieher?«

Charlie schweigt einen Moment, und ich setze meine unruhige Wanderung fort. Endlich meldet sie sich wieder zu Wort.

»So einfach wird es nicht funktionieren. So viel Geld lässt sich doch nicht einfach an den Behörden vorbeischleusen. Woher kommt das ganze Geld für die Operationen, wem stellen das die Kliniken überhaupt in Rechnung? Oder sind das gefälschte Rechnungen?« Sie hält inne.

»Aber ich will darüber nicht spekulieren. Letztlich gibt es nur eines, was wir tun können, Maxi. Genauer gesagt: ihr. Und zwar müsst ihr zur Polizei gehen.«

Mir sinkt das Herz. »Aber womit? Ich habe keinerlei Beweise. Ich habe Rechnungen gesehen, die vielleicht gefälscht sind, und ich vermute, dass die Klinik etwas abrechnet, was gar nicht erbracht wurde. Soll ich der Polizei sagen, dass ich all das auf dem Computer gefunden habe, als ich nachts im Büro des Klinik-Geschäftsführers eingebrochen bin?«

»Nicht du. Ihr. Nick und du.«

»Nein. Ich gehe mit Nick nirgendwohin.«

Charlies Stimme wird streng.

»Doch. Du musst.«

Einen Moment bin ich sprachlos. So hat meine Freundin noch nie mit mir gesprochen. Die Ansage hinterlässt umso mehr Eindruck bei mir. Kleinlaut setze ich nach: »Aber warum soll Nick mit? Was macht das für einen Unterschied?«

»Einen gewaltigen. Nick ist ein Zeuge. Er hat doch dasselbe gesehen wie du, oder?«

Ich möchte weder an Nick denken noch mit ihm reden, erst recht nicht mit ihm zusammen zur Polizei gehen. Doch ich traue mich nicht, es Charlie erneut zu sagen.

»Maxi, hörst du? Das ist jetzt wichtig. Meinst du, dass ihr Spuren hinterlassen habt?«

»Ich denke nicht. Wir waren ja vermummt. Und wir sind rechtzeitig verschwunden.«

Charlie schweigt. Die Stille dauert sehr lang. Zumindest kommt es mir so vor.

»Wenn du es nicht sicher weißt, dann gibt es wirklich ein Risiko. Peters könnte euch wegen Hausfriedensbruchs anzeigen. Aber das ist nicht das Hauptproblem …«

Sie spricht nicht weiter. Ich weiß ohnehin, was sie sagen wird. Ich kenne das Hauptproblem nur zu gut.

»Ich habe versucht, Raubkopien zu erstellen, ich habe das Passwort ausgespäht, ich habe mich in das Firmennetzwerk gehackt. All das müsste ich zugeben. Am Ende könnte ich ins Gefängnis kommen, Charlie.« In Gedanken ergänze ich: Und dieses Mal kann mich mein Vater nicht davor bewahren.

Ich spüre, wie die Panik sich in mir ausbreitet. Ich atme tief ein und aus. Charlie scheint zu verstehen, was in mir vorgeht, sie versucht, mich zu beruhigen.

»Soweit ich weiß, ist der Versuch mit den Raubkopien nicht strafbar. Ich hatte mal über einen Fall von Geldwäsche berichtet, da hat die Mitarbeiterin eines Restaurants den Verdacht gehabt und der Polizei …«

Ich unterbreche sie.

»Ja, aber wenn ich doch genau weiß, was ich gesehen habe, und das für einen Durchsuchungsbeschluss ausreichen muss, habe ich dann nicht tatsächlich etwas ausgespäht?«

Charlie atmet hörbar aus. »Ich bin überfragt. Das müssten wir mit einem Juristen besprechen. Im schlimmsten Fall könntet ihr wohl angeklagt werden, auch wenn die Anklage später fallen gelassen wird, aber das ist alles sehr unsicher. Wir müssen uns etwas anderes überlegen. Die Polizei ist keine Option.«

Ich starre auf den See. Die Sonne glitzert, die Enten schwimmen friedlich durch das Schilf. Ich denke an Amba und die anderen Frauen, stelle mir vor, was ich heute tun würde, wenn ich jetzt einfach aufgebe, weil mein persönliches Risiko mir zu groß erscheint. In den Boxclub gehen. In den Van steigen und an die Ostsee fahren. Wakeboarden. Mir einen neuen Job suchen oder ein paar Aufträge annehmen.

»Maxi? Bist du noch dran?«

»Ja.« Ich hole tief Luft. Ich habe meine Entscheidung getroffen. »Ich werde zur Polizei gehen. Und ich rede mit Nick.«

»Bist du sicher?«

»Ja. Ganz sicher. Sag du bitte Layla Bescheid.«

Kapitel 27

Ich hole tief Luft, dann noch ein zweites und ein drittes Mal. Aber es wird nicht leichter. Seit etwa zehn Minuten sitze ich am Küchentisch und hypnotisiere mein Handy. Ich habe lange mit mir selbst debattiert, ob ich Nick eine Nachricht schreiben soll, mich jedoch entschieden, ihn lieber anzurufen. Weiter bin ich nicht gekommen. Was, wenn er nicht rangeht? Oder mich anschreit? Was, wenn ich ihn wieder anschreie? Ich scheuche die Gedanken weg. Es geht hier nicht um Nick und mich. Es geht nicht mal um Nick oder mich.

Ich kneife die Augen zusammen und drücke schnell den Anrufen-Button.

Er geht nach dem zweiten Klingeln ran. »Maxi. Ich bin so froh, dass du dich meldest.« Er klingt erleichtert, aber auch etwas außer Atem, und ich frage mich unwillkürlich, was ihn so aus der Puste bringt.

»Hallo, Nick. Ich will gar nicht lange stören.«

»Du störst nicht, ich hatte gehofft, dass du endlich zurückrufst«, sagt er, aber ich lasse ihn nicht ausreden, sondern spule weiter meine vorbereitete Rede ab.

»Ich würde gerne etwas Wichtiges mit dir besprechen, persönlich. Hast du heute Abend eine Stunde Zeit?«

»Natürlich habe ich Zeit. Willst du zu mir kommen oder soll ich zu dir?«

Panik überfällt mich. Auf keinen Fall werde ich Nick zu Hause besuchen, und genauso wenig werde ich ihn in die WG einladen. Ich besinne mich auf Charlies Idee.

»Wie wäre es, wenn wir uns im *Schleusenkrug* treffen? Kennst du den Biergarten?«

Er zögert, und mein Herz sinkt. *Er will mich nicht sehen.*

Dann antwortet er doch. »Klar.«

»Also klar, du kennst ihn? Oder klar, du kannst?«

»Beides.«

Irgendwie wurmt es mich, dass er so locker reagiert, auch wenn er sehr wortkarg ist. Der Anruf kostet mich so viel Überwindung. Dabei sollte ich mich freuen, dass keine Missverständnisse aufkommen, dass wir uns zum Reden treffen.

»Maxi, bist du noch da? Ich bin jetzt beim Sport, kann aber in einer Stunde dort sein. Passt das?«

Ich nicke, bis mir einfällt, dass er das nicht sehen kann.

»Ja, okay. Bis dann.«

»Maxi …«

Schnell lege ich auf. Das Telefonat hat mich emotional so ausgelaugt, dass ich mich am liebsten ins Bett legen würde. Aber das geht nicht. Ich schnappe mir meinen Laptop und mein Notizbuch, wo ich alles, was mir von unserem Fund in Erinnerung geblieben ist, aufgeschrieben habe. Ich stopfe beides in meinen Messenger-Rucksack, schnappe mir meinen Fahrradhelm und mache mich auf den Weg.

Vielleicht war es doch keine so gute Idee, sich ausgerechnet im *Schleusenkrug* zu treffen. Der Biergarten in der Nähe vom Bahnhof Zoo lockt nicht nur Touristen, sondern auch viele Berliner an, vor allem an so warmen Abenden wie diesem. Alle Tische sind bereits besetzt, und minütlich kommen mehr Menschen an, es bildet sich eine Traube von Wartenden. Ich sehe auf meine Armbanduhr. Nick müsste gleich da sein. Also beschließe ich, draußen auf ihn zu warten. Sollte ein Tisch frei werden, kann ich immer noch hinspurten.

Ich sehe ihn schon von Weitem den Weg entlangkommen. Er schiebt sein Fahrrad durch die Menschenmenge, sticht aber allein durch seine Körpergröße heraus. Sein umwerfendes Aussehen verhindert zudem, dass er unerkannt bleibt. Obwohl er eine schwarze Cap ins Gesicht gezogen hat und eine dunkle Sonnenbrille seine Augen bedeckt, fangen die Leute um mich herum sofort an zu flüstern. Mich überfällt ein schlechtes Gewissen. Vermutlich hat er deshalb so gezögert, als ich den *Schleusenkrug* als Treffpunkt vorgeschlagen habe.

Als Nick mich entdeckt, schleicht sich ein vorsichtiges Lächeln auf seine Lippen. Mein verräterisches Herz schlägt einen Salto. Ich verschränke die Arme vor der Brust und bemühe mich um ein neutrales Gesicht. Nick bleibt etwa einen Meter von mir entfernt stehen.

»Hi.«

Meine Knie werden weich. Dieses verdammte Grinsen.

»Hallo. Sorry, ich hatte nicht daran gedacht, dass man dich erkennen würde.« Ich deute auf die Menschen um uns herum. »Und es ist wirklich voll.«

Nick zuckt die Achseln. »Schon gut. Du sagtest, es ist wichtig. Aber wäre es für dich auch okay, wenn wir einfach ein wenig spazieren gehen? Vielleicht dort, wo weniger Menschen sind?«

Ich nicke. »Ja, gute Idee. Ich hole schnell mein Fahrrad.«

Er folgt mir zum Zaun, wo ich mein Rad angeschlossen habe. Besser, ich nehme es mit, dann kann ich schnell abhauen, wenn mir das alles zu viel wird.

»Wollen wir erst mal rüber in den Tiergarten und uns einfach durchschlagen?« Nick weist mit dem Daumen zurück über die Brücke. Ich setze mich in Bewegung. Es ist so eng hier, dass wir ohnehin nicht nebeneinander schieben können.

Schweigend folgt er mir ein Stück und holt dann auf, als die Menschen sich langsam etwas verteilen. Wir schlagen einen Weg Richtung Osten ein, von dem ich weiß, dass er uns am Neuen See vorbei Richtung Großer Stern und weiter zum Holocaust-Mahnmal führen wird. So viel Zeit werden wir hoffentlich nicht benötigen.

Nick räuspert sich. »Maxi, ich wollte noch mal sagen, wie leid mir das tut mit dem Anruf und der Nachricht. Aber da läuft wirklich nichts mit Tammy, das musst du mir glauben! Bitte!«

Ich hebe die Hand von meinem Lenker hoch, um ihn zu stoppen. »Nick, bitte, ich will jetzt nicht über Tammy reden. Deshalb habe ich nicht angerufen.«

»Lass es mich dir bitte trotzdem erzählen. Ich kann an nichts anderes mehr denken und habe beschlossen, dass ich dem endlich ein Ende setzen muss.« Er schließt die Augen für einen Moment, fährt dann fort: »Tammy bombardiert mich mit Nachrichten. Sie taucht unangekündigt dort auf, wo ich bin, und akzeptiert keine Grenzen. Anfangs fand ich es noch süß, ich dachte, sie sei ein Fan, aber es nimmt einfach überhand.«

Ich starre ihn einfach nur an und begreife kaum, was er mir da erzählt hat. Will er sagen, dass Tammy eine Stalkerin ist? Ob ich ihm das glauben kann? Oder versucht er nur, eine Ausrede zu finden für die Situation? Ich schüttle fassungslos den Kopf. Das klingt mir zu bizarr, um wahr zu sein. Andererseits würde es die Feindseligkeit erklären, mit der sie mir begegnet ist. Und die Hartnäckigkeit, mit der sie versucht hat, mich von Nick fernzuhalten.

»Wirklich? Du meinst, sie läuft hinter dir her und ist verknallt in dich, obwohl überhaupt nichts zwischen euch war?«

»Ja. Sie hängt ständig an mir dran.«

»Dieses Video?«

»Sie muss es sich besorgt haben, um mir zu schaden. Und auch die Aktion auf dem Boot, die Kameramänner, die sie geschickt hat? Das war keine Ansage von Hajo. Es ging nur darum, uns zu entzweien.«

Zweifelnd mustere ich Nick, der meinem Blick ausweicht. Ich habe noch immer das Gefühl, dass er mir etwas verheimlicht. Doch ich kann jetzt nicht darauf eingehen, was er sagt. Ich bin mit dem Ziel hierhergekommen, Nick zu überreden, mit mir zur Polizei zu gehen, nicht, mich mit ihm auszusöhnen – auch wenn mein dummes Herz das vielleicht anders sieht und vor lauter Hoffnung aufgeregt angefangen hat zu pochen. Nick scheint zu verstehen, dass ich nicht so weit bin.

»Du wolltest über etwas anderes sprechen, oder? Geht es um die Klinik? Hast du in den Dateien auf dem USB-Stick etwas gefunden?«

Bei der Erwähnung des Sticks muss ich schlucken. Nick weiß noch gar nicht, dass unser Einbruch völlig umsonst war. Ich schüttle den Kopf.

»Der USB-Stick war leer. Peters muss die Dateien vor unerlaubtem Kopieren geschützt haben. Wir haben keine Beweise. Klar ist nur: Hinter diesen ganzen Rechnungen steckt mehr als nur ein kleiner Betrug. Das ist ein kriminelles System, das sich durch das ganze Klinik-Konglomerat zieht. Wir müssen Peters stoppen. Aber ohne Beweise gibt es nur eine Lösung: Ich muss zur Polizei.«

Nick, der meiner Ansprache überraschend ruhig zugehört hat, bleibt stehen und sieht mich an. Ich habe bisher jeden Augenkontakt mit ihm vermieden, zu frisch sind die Wunden an meinem Herzen, mögen sie auch noch so oberflächlich sein. Jetzt erwidere ich seinen Blick.

»Okay. Und ich soll mitkommen und das bezeugen?«

Ich nicke, erleichtert und überrascht, dass er nicht sofort ablehnt. Vielleicht, weil er nicht das ganze Ausmaß kennt.

»Genau. Aber es gibt ein nicht unerhebliches Risiko, dass wir uns damit selbst belasten.«

Unsicher sehe ich ihn an und bereite mich bereits auf das Schlimmste vor. Ich mag bereit sein, dieses Risiko einzugehen, für Amba und die Frauen. Und ich habe genau das schon einmal getan. Damals allerdings hat der Mann an meiner Seite mich im Stich gelassen und die Schuld auf mich abgewälzt.

Nick bleibt stehen, er ist äußerlich ganz ruhig, und ich kann nicht einschätzen, wie er sich entscheidet. Immerhin hängt auch seine Karriere davon ab. Er deutet auf eine Bank. »Lass uns da kurz hinsetzen, ja?«

Er wartet meine Antwort nicht ab, sondern schiebt sein Fahrrad zur Bank und stellt es ab. Dann setzt er sich und klopft auf den Platz neben sich. Viel zu nah. Und ohne die Räder als natürlich Barriere zwischen uns. Ich folge ihm und lasse mich zögernd mit so viel Abstand, wie einigermaßen vertretbar ist, ohne unhöflich zu sein, sinken.

Ich lege meinen Rucksack auf den Schoß und ziehe das Notizbuch heraus. Fakten. Nick braucht alle Fakten. Das hat mir schließlich auch geholfen. »Ich habe alles aufgeschrieben, an das ich mich erinnern kann. Namen, Verletzungen, die Briefköpfe, die betroffenen Kliniken. Es scheinen immer dieselben zu sein.«

Nick nickt langsam und zieht sein Handy aus der Tasche. »Ich habe mir ebenfalls Notizen gemacht. Zur Sicherheit.«

Ein kleines Lächeln zuckt um seine Mundwinkel, und die Schmetterlinge in meinem Bauch heben zaghaft ihre Flügel.

»Du willst also, dass wir beide zur Polizei gehen?«

Ich zögere.

»Eigentlich will ich gar nicht zur Polizei, ich habe mal ein paar nicht so gute Erfahrungen gemacht. Aber nach meinem Gespräch mit Charlie ist mir klar geworden, dass es die einzige Möglichkeit ist.«

Er bohrt nicht weiter nach, sondern hört mir nur zu. Ich bin ihm so dankbar dafür, dass ich unbewusst ein Stück näher rücke.

»Was immer Peters da treibt, es ist nicht in Ordnung. Er spielt mit den Leben dieser armen Frauen, vielleicht gefährdet er sie sogar, indem er sich bereichern will. Anders kann ich es mir nicht erklären.«

»Und er nutzt die Spender aus, die für diese gute Sache ihr Geld bereitstellen. Er zieht damit das ganze Programm in den Dreck«, fügt Nick hinzu. Als er meinen skeptischen Blick sieht, fährt er aufgeregt fort: »Schau nicht so. Du magst davon ausgehen, dass ›Promis‹ sich nicht für andere interessieren und nur spenden, um Steuern sparen zu können. Aber wir sind keine schlechten Menschen, nur weil wir berühmt sind und vielleicht etwas mehr verdienen. Das ist kein Verbrechen.«

Ohne darüber nachzudenken, lege ich ihm die Hand auf den Arm. Die Berührung lässt die Schmetterlinge in meinem Bauch aufgeregt flattern, und mein Herz pocht wie wild. Schnell lasse ich meine Hand wieder sinken. Aber der kurze Moment hat ausgereicht, um Nick zu beruhigen.

»Ich habe da wohl einige Themen zu verarbeiten. Wie dem auch sei: Ich stimme dir zu, dass wir zur Polizei gehen müssen.«

Ich atme erleichtert auf, und mein Herz schwillt ein bisschen an für diesen Mann, der so gar kein Feigling ist, der bereit ist, die Last mit mir gemeinsam zu tragen.

Nick hebt einen Zeigefinger. *Oh, oh.* »Aber ich habe eine Bedingung: Ich will, dass du aufhörst, selbst Nachforschungen anzustellen. Ich will, dass du raus bist aus dieser Klinik, dass Peters dir nichts anhaben kann.«

Seine Sorge rührt mich. Er denkt nur an mich statt an sich, seinen Ruf und seine Karriere. Es könnte ihn schließlich einiges kosten, wenn herauskommt, wie wir an die Infos geraten sind. Er ist bereit, alles aufs Spiel zu setzen, um mir zu helfen.

Die Erkenntnis trifft mich wie ein Schlag. Es ist zu viel für mich. Ich habe das Gefühl, dass in meinem Kopf demnächst eine Sicherung durchbrennt. Wie habe ich mich nur in diese Situation gebracht?

Ich habe mein Versprechen an mich selbst gebrochen und habe den Pfad des Legalen verlassen, sei es auch in guter Absicht. Ich habe eine Aufgabe übernommen, die sich als zu groß für mich erwiesen hat, und bin kurz davor, mich selbst anzuzeigen.

Ich sehe auf, schaue in Nicks karamellfarbene Augen, die mich mit so viel Zuneigung und Verständnis anschauen. Er wartet noch immer auf eine Antwort von mir.

»Ich gehe ein letztes Mal in die Klinik und lösche alle Spuren auf meinem Rechner. Dann können wir zur Polizei gehen.« Ich hole tief Luft, bevor ich hinzufüge: »Es ist sehr lieb, dass du dich um mich sorgst.«

Er sieht mich an, wartet und räuspert sich. Ich spüre, dass er etwas sagen will, aber ich möchte es nicht mehr hören. Kann mich jetzt nicht darauf einlassen. Ich stehe auf.

»Danke, dass du gekommen bist, Nick. Wollen wir uns einfach in der Nähe der Klinik treffen und zusammen zur Polizeistation fahren?«

Er braucht einen Moment, um zu verstehen, dass das Gespräch beendet ist. Ich wende mich zu meinem Rad, aber er ergreift sacht meine Hand.

»Schreib mir einfach, wann ich wohin kommen soll, Maxi. Ich werde da sein.«

Ich drücke seine Hand kurz, ziehe sie dann zurück. Es fällt mir schwer, die paar Schritte zu meinem Rad zu tun und aufzusteigen, mich von Nick und seiner Anziehungskraft zu lösen. Es wird besser, wenn ich mich weit genug entfernt habe. Zumindest hoffe ich das.

Kapitel 28

Mit einem beklemmenden Gefühl trete ich durch das herrschaftliche Eingangsportal der Klinik, aber ich habe mein Pokerface aufgesetzt und hoffe, dass meine Miene den Aufruhr in meinem Inneren nicht widerspiegelt. Wenn alles läuft wie geplant, ist es mein letztes Mal, und ich bete, dass ich niemandem begegne. Ich will nur meine Spuren verwischen, also die Festplatte meines Arbeitsrechners löschen. Ich habe niemandem gesagt, dass ich bald weg bin, um nicht zusätzlich Aufmerksamkeit auf mich zu lenken. Ich werde mich die nächsten Tage erst mal krank melden oder das Homeoffice vorschieben. Das hängt davon ab, ob und wie schnell die Behörden reagieren.

Holger schaut kaum auf, als ich den IT-Raum im Keller betrete. Er murmelt etwas von einer Anweisung per Mail, und ich setze mich an meinen Computer. Da Chris noch immer im Urlaub ist, muss ich mir keine Sorgen machen, dass er mich dabei beobachtet, wie ich den Computer von all meinen Spuren befreie.

Ich fummle geschäftig an meinem Computer herum und krame in den Schubladen. Einmal mehr macht es mich wahnsinnig, dass der Rechner minutenlang hochlädt. Endlich öffnen sich die Fenster, und ich mache mich schnell ans Werk. Es dauert nicht lang, bis ich alle Dateien gelöscht und alle Spuren verwischt habe, die ich möglicherweise noch hinterlassen habe. Ich habe dafür vor Jahren mal einen netten kleinen Code geschrieben, den ich jetzt unauffällig auf den Computer aufspiele. Da der Rechner ein ziemlich altes Betriebssystem hat, kann ich ihn einfach wiederverwenden.

Holger wird nicht so schnell merken, dass ich die von ihm geschickten Aufgaben gar nicht erfülle. Es ist ohnehin nur unwichtiger Kleinkram.

Als ich gerade überlege, ob ich einfach gehen oder um der guten Zeiten willen einen Kaffee in der »Cantina« trinken soll, höre ich Schritte vor der Tür. Sie öffnet sich. Mirko Peters kommt herein und hebt eine Augenbraue, als er mich erblickt, dann breitet sich ein schiefes Lächeln auf seinem Gesicht aus, das seine großen, weißen Zähne entblößt.

»Frau von Bülow, wie gut, dass ich Sie hier antreffe. Sie sind gerade nicht beschäftigt, oder?«

»Also, eigentlich wollte ich gerade einen Kaffee holen, während mein Rechner ein Programm lädt. Alte Software, Sie wissen schon.« Ich zucke gespielt bedauernd die Achseln und hoffe, dass mein Pokerface hält. In meinem Inneren bricht nackte Panik aus.

Peters macht keine Anstalten, die Tür freizugeben. Er riecht stark nach Rasierwasser und aufdringlich nach Pfefferminz.

»Herr Diesel, ich wollte mit Ihnen noch mal den Relaunch durchsprechen. Aber das können wir auch später machen.«

Holgers fragenden Blick ignorierend, fasst mich Peters freundschaftlich am Arm. »Kommen Sie, ich habe etwas für Sie. Wo Sie schon mal da sind, kann ich Ihnen das persönlich überreichen.«

Das Letzte, was ich jetzt will, ist, ein Geschenk von Peters zu bekommen. Was soll das auch sein? Auf Anhieb zuckt ein Bild dieses scheußlichen Gewehrs vor meinen Augen, und ich erschaudere, als ich daran denke, was er damit anrichten könnte. Ich will einfach nur raus hier, meine Tasche schnappen und Nick treffen. Wir wollen schließlich gleich zur Polizei.

»Das ist sehr freundlich, aber ich muss dringend los.«

»Nichts da. Die zehn Minuten haben Sie bestimmt. Ich bestehe darauf, nach allem, was Sie für die ›Villa‹ getan haben.«

Er grinst und bleckt seine übergroßen Zähne. Bilde ich mir das ein oder war das eine Drohung?

Ich fröstle. In Peters' Büro ist es ausgesprochen kühl, die Klimaanlage läuft auf höchster Stufe. Peters schließt die Tür hinter sich und mustert mich abschätzig.

»Ist Ihnen etwa kalt? Ich habe es gern etwas frisch.«

Er geht zur Minibar und holt zwei Gläser heraus. Ohne zu fragen, schüttet er sie halb voll mit Whiskey aus der Kristallkaraffe.

»Ohne Eis.«

Er hält mir das Glas hin, ich drehe es verlegen in meiner Hand und schaue mich unbehaglich um. Das Büro ist penibel aufgeräumt, das Jagdgewehr hängt zu meiner Erleichterung so ordentlich an der Wand hinter dem Schreibtisch, als wäre es mit einer Wasserwaage austariert.

Peters taxiert mich wieder, und ich frage mich, wann er mich endlich entlässt. Was er mir wohl übergeben will? Ich entdecke weder einen Blumenstrauß noch ein anderes Präsent.

»Setzen Sie sich doch.«

Er deutet auf den Konferenztisch am Fenster, und widerwillig folge ich ihm und setze mich. Doch er macht keine Anstalten, es mir gleichzutun, sondern trinkt sein Glas mit einem Schluck zur Hälfte aus und geht langsam auf und ab. Fragend schaue ich zu ihm hoch, als er schließlich hinter seinem Schreibtisch stehen bleibt.

»Das hier wollte ich Ihnen zum Abschied zeigen, Frau von Bülow.«

Er tippt auf der Tastatur seines Rechners herum und dreht kurz darauf den großen, gebogenen Flachbildschirm zu mir um. Der Bildschirm flackert und präsentiert mir Sommerblumen vor leuchtendem Hintergrund.

»Ach. Das natürlich nicht. Verzeihung.« Peters lehnt sich in seinem Bürosessel zurück, verschränkt die Hände im Nacken und fixiert mich. Dann drückt er die Enter-Taste.

Auf dem Bildschirm erscheint eine dunkle Aufnahme ohne Ton, möglicherweise in Schwarz-Weiß, ich kann kaum etwas erkennen. Peters drückt einen Knopf, um die Geschwindigkeit zu erhöhen. Nach ein paar Sekunden tut sich etwas, ein Licht geht an, und ich erkenne einen Schreibtisch mit einem Computer darauf. Nicht irgendeinen Schreibtisch, wie mir schlagartig bewusst wird. Es ist der Schreibtisch, an dem ich gerade stehe, die Kamera, die das Video aufgenommen hat, muss irgendwo hinter mir im Regal sein.

Mir wird heiß und kalt zugleich, als der Film weiterläuft. Im Bild tauchen nun zwei Gestalten auf, die sich eilig hin und her bewegen, dann setzt sich eine Person an den Computer, die andere tritt zu ihr. Auch wenn der Winkel der Kamera nicht optimal ist, so ist doch eindeutig zu erkennen, wer die Gestalten in dem Video sind: Nick und ich.

Peters stoppt das Video mit einem Schlag auf die Taste, die Aufnahme friert ein.

»Eine sehr interessante Aufnahme, finden Sie nicht?«

Mir fällt nicht ein, was ich erwidern könnte, mein Kopf ist leer. Außer Angst bin ich nicht fähig, noch etwas zu empfinden, geschweige denn einen Gedanken zu fassen. Also starre ich ihn nur an.

Seine Augen sind leer und kalt, das schiefe Grinsen ist aus seinem Gesicht verschwunden. Er kommt mit langsamen Schritten zu mir herüber. Er beugt sich über den Tisch, eine Ader tritt an seiner Stirn hervor, die mir zuvor nie aufgefallen ist. Ich lehne mich so weit zurück, wie es geht, doch sein Blick ist unerbittlich.

»So. Und jetzt unterhalten wir uns mal über diesen Film, Frau von Bülow. Sie sind in mein Büro eingebrochen und waren an meinem Computer.«

Er macht eine kurze Pause und starrt mich lauernd an, seine Miene ist steinern, was mir noch mehr Angst einflößt. Blitzschnell überlege ich, da fällt mir der Spruch ein, den Rabbit mir immer vor einem Kampf predigt. *Angriff ist die beste Verteidigung.*

Ich nehme meine ganze Kraft zusammen und richte mich auf, lege die Hände auf die Tischplatte und stemme mich hoch. Wir starren uns gegenseitig an, ich halte seinem Blick stand, ohne mit der Wimper zu zucken. Minutenlang. Dann hole ich Luft und zum Schlag aus. *Kurz und schmerzhaft.*

»Ja. Nick und ich sind hier eingebrochen, und wir haben Beweise gesichert. Wir wissen, dass Sie ein falsches Spiel mit den Pro-Bono-Frauen spielen, Herr Peters. Wir haben die Rechnungen gefunden. Sie sind ein Betrüger, und wir werden das zur Anzeige bringen.«

Ich bin stolz auf meine kleine Rede. Ich verschränke die Hände vor meiner Brust und fixiere nun meinerseits Peters.

Zu meiner Überraschung bricht der in wieherndes Gelächter aus. Er scheint den Verstand verloren zu haben, was aber umso besser für mich ist, immerhin habe ich einen Teilsieg errungen.

»Zur Anzeige? Etwa bei der Polizei? Herrlich«, japst er amüsiert, und falls sein Lachen inszeniert ist, ist er ein verdammt guter Schauspieler.

»Was wollen Sie denen denn erzählen? Sie haben keinerlei Beweise. Für wie dumm halten Sie mich? Mein Rechner ist vollständig gesichert, selbst, wenn Sie Zeit gehabt hätten, wären Sie niemals an die Dateien gelangt.«

Meine Beine werden wackelig, wieder bekomme ich kaum noch Luft. *Denk nach, Maxi, geh in Deckung, dann bereite dich vor. Täuschungsmanöver.*

Ich bemühe mich, meiner Stimme einen festen Klang zu geben und mir meine Unsicherheit nicht anmerken zu lassen. »Sie irren sich. Niemand begeht Betrug in dem Maßstab, ohne Spuren zu hinterlassen. Sie haben die Rechnungen doch sicherlich beim Finanzamt eingereicht, nicht wahr? Sobald man diese überprüft und feststellt, was Sie wirklich mit den Patienten gemacht haben, fliegen Sie auf.«

Meine Stimme klingt tatsächlich fest und sicher, als würde ich einen Faustschlag gegen einen Gegner platzieren. Der Adamsapfel von Peters hüpft auf und ab. Sein Lachen scheint ihm im Hals stecken geblieben zu sein, er wendet sich ab, verschränkt die Hände auf dem Rücken und schreitet vor dem Fenster auf und ab, als würde er überlegen. Er sitzt in der Falle. Das denke ich zumindest, bis er mich herablassend angrinst.

»Oh, Frau von Bülow, wie naiv Sie doch sind. Ich habe Verbündete bis in die obersten Reihen. Das Finanzamt ist in der Tat mein kleinstes Problem.«

Urplötzlich steht er direkt neben mir. Ich spüre eine Hand auf meiner Schulter, er lässt sie dort kurz ruhen, wartet, bis ich zu ihm aufblicke. Seine Stimme klingt nun nicht mehr süffisant, sondern er presst die Worte voller Hass hervor: »Außerdem: Wer würde einer kriminellen Ex-Hackerin glauben, die sich für eine TV-Show als Groupie von Nick Fontane ausgibt und mit ihm vor den Augen der Kameras rumknutscht?«

Ich klammere mich an die Lehnen meines Stuhls. Die Worte hämmern in meinen Kopf. Kriminelle Ex-Hackerin. Peters starrt mich an, ein vorsichtiges, gemeines Lächeln umspielt seine Lippen, ein Mundwinkel hebt sich weiter zu einem schiefen Grinsen. Sein widerlicher Geruch nach etwas Säuerlichem und zu viel Rasierwasser löst Übelkeit bei mir aus. Er weiß also über meine Vergangenheit Bescheid. Wie viel davon?

Die Frage beantwortet sich von selbst, denn er zischt mir zu: »Ich weiß alles über dich, Maxi von Bülow, alles, was ihr damals getan habt. Ich kenne dein Vernehmungsprotokoll, habe die Aufnahmen gesehen. Tragisch, wirklich, dass ausgerechnet deine große Liebe den Tod deiner Eltern verursacht hat. Das muss furchtbar gewesen sein.«

Er wiegt den Kopf hin und her und schaut mich aus verhangenen Augen an. Ich spüre, wie mir das Blut in den Kopf schießt, wie ich die Kontrolle verliere, und ich springe auf, der Stuhl fällt hintenüber.

»Lassen Sie meine Eltern aus dem Spiel.« Meine Stimme überschlägt sich, Peters beginnt breit zu grinsen.

»Ruhig Blut, Maxi. Sie müssen lernen, Ihr Temperament zu zügeln.«

»Damit kommen Sie nicht durch.« Ich merke selbst, wie kläglich meine Stimme klingt, und bereue sofort, etwas gesagt zu haben.

Peters geht wieder zur Bar, schenkt sein Glas erneut voll, nimmt einen großen Schluck und knallt das Glas dann auf den Tisch, sodass die bernsteinfarbene Flüssigkeit über den Rand schwappt.

»Sie haben mich wohl nicht richtig verstanden. Niemand wird Ihnen glauben. Weder die Polizei noch sonst jemand. Nick Fontane wird daran nichts ändern, schließlich ist er Ihr Komplize. Glauben Sie wirklich, dass er seine Karriere für Sie riskieren würde? Wofür hätte er diese lächerliche Reality-TV-Show abziehen sollen? O nein. Passen Sie lieber auf, dass ich Sie nicht beide hinter Gitter bringe. Wenn Sie mit mir spielen, spielen

Sie mit dem Feuer, meine Liebe. Und mein Feuer lodert heiß und hoch, falls Sie verstehen.«

Oh, ich verstehe. Er hat mir gerade mit seinen mächtigen Buddys gedroht. Peters starrt mich an, dann wendet er sich ab und lässt sich auf seinen Schreibtischstuhl fallen. Er greift zum Telefonhörer und schaut an mir vorbei zum Fenster, während er auf ein Freizeichen wartet.

»Schwester Yvonne, würden Sie bitte Frau von Bülow hinausbegleiten? Ich habe sie soeben verabschiedet.«

Kapitel 29

Ich komme mir vor wie eine verurteilte Verbrecherin, als ich zum letzten Mal die breiten Treppen von Peters' Büro ins Foyer der Villa Berlin hinabgehe. Schwester Yvonne hat mich am Oberarm gepackt und führt mich wortlos und mit eisernem Griff wie eine Gefängniswärterin nach unten. Als wir in der Eingangshalle ankommen, lässt sie mich los. Ihre kühlen, blauen Augen schauen mich ausdruckslos an, und auch ihre Miene zeigt keinerlei Regung.

»Auf Wiedersehen. Es war nett, Sie kennenzulernen«, ringe ich mir ab.

Ohne darauf einzugehen, dreht sie sich auf dem Absatz um und verschwindet mit klappernden Schritten in Richtung Westflügel zu den OP-Räumen.

Als ich durch die schwere Eingangstür nach draußen trete, rechne ich fast damit, dass mich bewaffnete Sicherheitsleute empfangen. Doch ich kann das Portal ungestört durchqueren. Starr vor Angst gehe ich den Kiesweg entlang. Wir haben Mirko Peters unterschätzt. Er ist bereit, über Leichen zu gehen, um seine Haut zu retten. Ich erschaudere und reiße mich zusammen, um nicht zu rennen. Ich bin mir sicher, dass Peters vom Turmfenster aus hinter mir herschaut. Ich reiße mich also zusammen, bis ich das breite Eisentor zur Straße passiert habe. Erst dann erlaube ich mir, meine Schritte zu beschleunigen.

Weg hier, nur weg.

Ich schlage den Weg Richtung Landwehrkanal ein, ohne darüber nachzudenken, wo ich überhaupt hinwill. Ich muss sofort Charlie sprechen. Ich krame mein Handy heraus.

Nach etlichen langen Sekunden ertönt ein verschlafenes »Ja?«.

»Charlie, es ist dringend.«

»Natürlich. Was ist passiert?«

Meine Freundin klingt plötzlich hellwach. Meine Worte müssen sie alarmiert haben, und ich höre im Hintergrund das Quietschen einer Matratze, als sie aufsteht. Da hat wohl jemand ausgeschlafen.

»Erzähl.«

»Peters hat mich gerade in der Klinik festgenagelt. Charlie, er weiß alles.«

»Was? Du sagtest doch, dass euch niemand gesehen hat?«

Ich erzähle ihr von den Überwachungskameras, von Peters' Falle und wie er mich bedroht hat.

»Verdammt.« Mehr bringt sie vorerst nicht heraus.

»Wir können unmöglich zur Polizei gehen. Peters kennt meine komplette Akte und weiß alles über meine Vergangenheit. Er hat sogar durchblicken lassen, dass er Kontakte zur Polizei hat. Und nach ganz oben. Was auch immer das heißen mag. Ohne Beweise ist das doch viel zu riskant.«

Ich bleibe auf der Brücke über dem Kanal stehen und starre einem Touristenboot hinterher, das wie in einem Paralleluniversum in Richtung Reichstag tuckert.

Charlie schnaubt. »Ach, dieser Peters. Da prahlt einer aber ganz schön mit seinen Verbindungen. Bist du dir sicher, dass er nicht nur blufft?«

»Ich weiß es nicht. Aber selbst, wenn es so wäre. Du hättest ihn erleben sollen, Charlie. Er war eiskalt. Keine Spur mehr von dem väterlichen Klinikdirektor, der gerne zu tief ins Glas schaut. Der Kerl ist ein mieser, intriganter Verbrecher, der vielleicht sogar über Leichen geht.«

»Übertreibst du nicht etwas? Ich verstehe, dass er dir Angst eingejagt hat. Aber meinst du nicht, er will dich nur abschrecken? Für ihn hängt schließlich einiges daran, dass du nicht zur Polizei gehst.«

Ich schlucke. »Das Risiko kann ich nicht eingehen. Er hat schließlich angedeutet, dass er noch ganz andere Verbindungen hat. Ob es stimmt, weiß ich natürlich nicht. Aber es ist riskant. Auch für Nick.«

Charlie schweigt. Ich weiß, dass ihr analytisches Journalistengehirn gerade alle Optionen durchgeht. Ich bin ganz hibbelig und setze mich wieder in Bewegung.

Irgendwann halte ich es nicht mehr aus. »Was denkst du, Charlie?«

»Hm. Peters hat mit einer Sache recht: Vor Gericht und bei der Polizei benötigen wir Beweise. Und die haben wir nicht, wir hatten ja auf eure Zeugenaussage gebaut, damit die Behörden aktiv werden. Jetzt, wo Peters alles weiß, ist das natürlich ein großes Risiko für euch. Es könnte sein, dass sie gar nicht anfangen zu ermitteln, das ist klar. Oder sie fangen an, kommen aber nicht weit. Und dann hast du ein Problem, weil Peters das nicht hinnehmen wird. Also. Noch mal. Was haben wir? Da ist dieser Auszug aus Ambas Akte, nicht wahr?«

»Ja. Aber ich wüsste nicht, was uns das bringen soll. Amba ist weit weg in Pakistan.«

»Wir wissen, dass viele weitere Frauen betroffen sind, können also davon ausgehen, dass Peters gezielt mit den Abrechnungen herumtrickst.«

Sie macht eine kurze Pause und scheint zu überlegen.

»Meinst du, Amba wäre bereit, offen mit mir zu reden? Also mit mir als Journalistin? Würde sie von sich erzählen? Du kennst sie besser als ich.«

Ich muss nicht groß nachdenken. »Bestimmt. Aber worüber? Warum?«

»Es ist riskant, Peters anzuzeigen, jetzt, wo klar ist, dass er über die Aktion Bescheid weiß. Da stimme ich dir zu. Aber ich kann Ambas Geschichte erzählen. Und ich kann als Journalistin recherchieren, was hinter alldem steckt. Wenn ich es weiß, können wir damit an die Öffentlichkeit gehen. Ich brauche keine Beweise, die vor Gericht bestehen müssen.«

Während Charlie redet, wird sie immer aufgeregter, ihre Stimme überschlägt sich fast. So engagiert habe ich sie lange nicht erlebt.

»Bist du sicher, dass du das tun willst? Du hast doch gesehen, welche Risiken das alles birgt.«

»Ich hänge doch längst mit drin, Maxi. Da kann ich es auch gleich richtig angehen.«

»Wenn du meinst. Aber ich kann dir helfen.«

»Das solltest du lieber nicht tun. Wenn Peters dich in dieser Form bedroht, ist es besser, du hältst die Füße still. Vielleicht blufft er nur, aber letztlich wissen wir auch nicht, mit wem er verbandelt ist und wie weit er gehen würde, wenn wir ihm die Pistole auf die Brust setzen.«

Sie überlegt. »Was ist mit Layla? Weiß er, dass ihr befreundet seid?«

Ihre Stimme wird geschäftsmäßig, es würde mich nicht wundern, wenn sie sich gerade Notizen macht.

»Er weiß, dass wir uns gut verstehen, aber ich glaube nicht, dass er weiß, wie eng wir befreundet sind. Er mag sie, hält sie für eine junge, naive Ärztin. Also, falls du darauf hinauswillst: Ich denke, sie ist in der Klinik erst mal sicher. Aber ich glaube, ich habe sie neulich schon auf Jobportalen surfen sehen. Vielleicht will sie wechseln.«

»Gut. Sie sollte dort bleiben, bis sie etwas Neues hat. Und was ist mit Nick, wie steht er zu ihm?«

Ich erstarre, bleibe stehen und sehe auf meine Uhr. Es ist 10:59 Uhr. »Verdammt! Ich bin in einer Minute mit ihm auf der Polizeiwache verabredet. Lass uns später noch mal sprechen.«

Ich lege auf, kehre um und renne in Richtung Schöneberg.

Kapitel 30

An der Ampel ziehe ich mein Handy wieder aus der Tasche und schreibe Nick.

Bin gleich da, bitte warte auf mich.
Geh noch nicht rein!

Die blauen Haken erscheinen sofort. *Gut.* Kurz entschlossen sende ich ihm meinen Live-Standort.

Die Ampel springt auf Grün, und ich setze mich wieder in Bewegung, immer am Lützowufer entlang Richtung Keithstraße, wo das Landeskriminalamt in einem alten Sandsteingebäude untergebracht ist. So weit komme ich aber gar nicht. Kaum biege ich in die Straße ein, kommt mir Nick entgegen.

»Maxi, was ist passiert?«

Ich bin so erleichtert, ihn zu sehen, dass ich ihm einfach in die Arme falle. Nick lässt sich seine Überraschung nicht anmerken, sondern hält mich fest. Ich schmiege meine Wange an seine feste Brust, sein T-Shirt riecht frisch gewaschen. Ich atme seinen vertrauten, männlichen Duft ein, dieses Rasierwasser, das ich für immer mit ihm in Verbindung bringen werde. Langsam komme ich zur Ruhe. Ich löse mich von ihm und schaue in seine Augen. Sie sind warm und besorgt.

»He, was ist denn los?«

»Komm mit, lass uns an einen Ort gehen, wo uns niemand hört.«

»Aber wir müssen doch zur Polizei.«

»Eben nicht.«

Ich ziehe ihn in Richtung Spreeufer, und wir schlagen den Weg zurück Richtung Kreuzberg und die WG ein. Als wir ein paar Schritte im Schatten der Bäume gegangen sind und keine Spaziergänger mehr in Sicht sind, hole ich tief Luft und erzähle ihm alles. Nick schnaubt und bleibt stehen. Sein Gesicht läuft dunkelrot an, und seine Augen treten leicht hervor. Noch nie habe ich ihn wütend gesehen, geht es mir blitzartig durch den Kopf.

»Dieser ... dieser ... dieses Dreckschwein!«

Beschwichtigend lege ich meine Hand auf seinen Arm. Doch Nick lässt sich nicht beruhigen.

»Ich gehe jetzt sofort in die Klinik und werde ihm die Meinung sagen. Er soll die Finger von dir lassen. Ich haue ihm eine aufs Maul!«

Es scheint mir in dem Moment sehr wahrscheinlich, dass Nick das in die Tat umsetzt. Nick fährt sich durchs Haar und wirkt völlig außer sich. Ich weiß überhaupt nicht, wie ich ihn bändigen soll.

»Das wirst du nicht tun. Das bringt doch nichts.«

Nick starrt mich an, langsam beruhigt er sich etwas und scheint nachzudenken. Wir gehen weiter.

»Ich rede mit Hajo. Er soll Peters zur Vernunft bringen, die haben doch einen Draht zueinander. Wäre das eine Idee?«

Ich reiße mich zusammen, um nicht aufzuschreien. Die Vorstellung, dass ausgerechnet Hajo Thomas mit Peters über unseren Einbruch redet und ihn irgendwie zur Vernunft bringen soll, scheint mir nicht nur grotesk, sondern brandgefährlich.

»Also, ich glaube, Hajo sollten wir da raushalten. Charlie hat einen ganz guten Plan B. Lass uns erst mal die Füße stillhalten.«

Nick schaut mich zweifelnd und zugleich voller Sorge an.

»Meinst du wirklich? Was für einen Plan B? Warum erzählst du mir erst jetzt davon?«

»Na, hör mal, ich bin ja gar nicht zu Wort gekommen.«

Zehn Minuten später hat Nicks Gesichtsfarbe wieder einen normalen Ton angenommen. Er nickt verständnisvoll und sieht ein wenig erleichtert aus. Dass Charlie sich nun an Peters heranwagt und ich nicht mehr in die Klinik gehe, scheint ihn zu entspannen. Er bleibt vor mir stehen und zieht mich an sich, nimmt mein Gesicht in seine Hände und schaut mir tief in die Augen. Seine Stimme klingt rau, dann schiebt er mich ein Stück weg von sich, wie, um mich zu betrachten.

»Peters darf dir nicht mehr nahe kommen. Versprich mir, dass du keinen Fuß mehr in diese Klinik setzt.«

Seine Angst um mich, seine Sorge, seine eindrücklichen Worte kommen tief in meinem Herzen an. Er hat recht. Mir wird die Gefahr der Situation so klar wie nie zuvor.

»Ja. Ich verspreche es.«

Ich lege meine Hände auf seinen Rücken und schmiege mich an seine Brust. Wir bleiben so stehen, er hält mich fest. Ich atme den vertrauten Duft ein, spüre seine Wärme. Irgendwann streicht er mit einer Hand vorsichtig über mein Haar. Ein sanfter Ruck geht durch seinen Körper, und ich schaue ihn fragend an.

»Ich muss dir auch noch was sagen, Maxi.«

Ich löse mich ein Stück von ihm. Was mag das sein?

Er holt tief Luft. »Ich war schon bei der Polizei.«

Abrupt lasse ich die Hände sinken. Wie bitte? Und das sagt er mir erst jetzt?

»Warte. Es war wegen etwas anderem. Ich habe Tammy angezeigt. Wegen Stalking.«

»Was?«

Er nickt. »Nach unserem Gespräch im Tiergarten ist mir klar geworden, dass es so nicht weitergehen kann. Ich hätte dir die Wahrheit sagen sollen, das war dämlich von mir.«

Er fährt sich mit der Hand durchs Haar, die Geste hat etwas Verletzliches. »Und vielleicht wollte ich es selbst nicht wahrhaben. Aber das, was Tammy seit Monaten macht, wie sie mich verfolgt, mit Anrufen und Nachrichten bombardiert, erfüllt alle Merkmale des Straftatbestands Stalking. Die Nachricht an dich hat gezeigt, wie weit sie gehen kann.«

Er seufzt und fügt hinzu: »Es ist nicht das erste Mal, dass ein Fan aufdringlich wird.«

»Du gibst dir doch hoffentlich nicht die Schuld daran, eine Stalkerin zu haben?«

»Nein. Aber es gibt mir zu denken. Seit Jahren hat meine Agentur dieses Image des Frauenhelden von mir aufgebaut. Ich wurde zu einer Art Sexsymbol und Sehnsuchtsobjekt. Tammy ist nur ein Extremfall.«

Er unterbricht sich, sucht meinen Blick, und ich erkenne, dass er noch nicht fertig ist, und gebe ihm Raum, sich alles von der Seele zu reden. »Dass ich sie nicht bloßstellen wollte und dachte, ich kriege das allein geregelt, war ein Fehler. Dabei hätte ich dich fast verloren.«

Ich lege meine Arme um ihn, presse mich fest an seinen starken Körper. Dieses Mal bin ich es, die ihm Halt gibt.

»Hast du aber nicht.«

Nick sieht mich liebevoll an, seine Züge sind weich, aber sein Blick fordernd.

»Glaubst du mir endlich, dass zwischen Tammy und mir nie etwas war?«

Ich nicke. »Ja. Das glaube ich dir. Und ich muss dir auch etwas sagen. Obwohl, eigentlich habe ich es dir schon mal gesagt.« Ich sehe ihm tief in die Augen. »Ich habe mich in dich verliebt.«

Nick zieht mich an sich und beugt sich zu mir. Der Kuss beginnt zärtlich, vorsichtig, seine weichen Lippen berühren die meinen zunächst nur zaghaft, aber schnell durchströmt mich die Leidenschaft. Ich beiße neckisch in Nicks Unterlippe, sauge daran, bis er seinen Mund öffnet und meiner Zunge Einlass gewährt.

Ich schlinge die Arme um ihn, dränge mich noch enger gegen seinen starken Körper. Nick reagiert sofort. Er packt mich und drängt mich gegen den Baum. Sein Mund wird fordernder, seine Hände fahren meinen Rücken hinab, meine Finger krallen sich in sein Haar. Ein Auto hupt. Ganz langsam nehme ich die Umgebung wieder wahr, das Plätschern der Spree unter uns, das Rauschen des Verkehrs auf der anderen Seite, und ich löse mich atemlos von Nick.

»Wenn uns jemand sieht …«

Er streichelt mir durchs Haar, seine Augen blitzen.

»Und dann? Es wird doch ohnehin demnächst im Fernsehen gezeigt, dass ich mich unsterblich in eine unglaubliche Frau verliebt habe.«

Ich knuffe ihn verlegen in die Seite. Ausnahmsweise fällt mir kein schlagfertiger Spruch ein. Also ziehe ich ihn einfach tiefer unter die wehenden Äste einer Weide, die am Flussufer steht. Wir lassen uns in das weiche Gras der Böschung fallen. Hier sind wir geschützt vor neugierigen Blicken von Passanten und Autos.

Eine Weile liegen wir einfach so da, mein Kopf ruht auf Nicks Brust, und ich lausche seinem Herzschlag. Wir genießen die Anwesenheit des jeweils anderen in diesem kleinen

Kokon, den wir uns geschaffen haben. Zumindest für den Moment.

Nicks Hand gleitet in langsamen, gemächlichen Bewegungen über meinen Bauch. Die Berührung hat zunächst etwas Unschuldiges. Mit der Zeit wandern seine Finger aber höher, bis sie an der Unterseite meiner Brust angekommen sind.

Ich erschaudere, und Gänsehaut breitet sich über meinen Körper aus. Alle meine Nervenenden sind gespannt und konzentrieren sich auf Nicks Berührung.

Er lacht leise. »Du reagierst immer sofort auf mich, das mag ich.«

Ich drehe mich auf die Seite, sodass ich ihn ansehen kann. Seine markanten Gesichtszüge sind völlig entspannt, ein Lächeln spielt um seine Lippen. Das ist eine Seite von ihm, die ich nicht oft gesehen habe. Dass er mir so vertraut, sich in meiner Gegenwart so wohlfühlt, bringt meine Emotionen erneut in Wallungen.

Ich ziehe eine Schnute. »Du hast es selbst gesagt, Mr. Sexsymbol. Bei dem Image bleibt mir wohl nichts anderes übrig, als so auf dich zu reagieren.«

Nick reagiert blitzschnell. Er stemmt sich hoch und dreht mich auf den Rücken, sodass er über mir aufragt. Er grinst verwegen, jetzt voll in seiner Rolle.

»Sexsymbol? Das kannst du haben.«

Dann presst er seine Lippen auf meine und küsst mich mit so viel Leidenschaft, dass ich weiche Knie bekomme. Zum Glück liege ich schon.

Mir entfährt ein Stöhnen.

»Wenn du dieses Geräusch machst, frage ich mich, wer von uns das Sexsymbol ist«, knurrt er und küsst einen heißen Pfad von meinem Mundwinkel über mein Kinn, den Hals hinab, bevor er seine Lippen in der Kuhle meines Schlüsselbeins versenkt. Ich zittere am ganzen Körper. Er wandert mit seinen heißen Lippen die sanfte Wölbung meiner Brüste hinauf. Ich bin so erregt, dass meine Brustwarzen sich deutlich unter dem T-Shirt abzeichnen. Nick legt seine Lippen um die harten Knospen und pustet durch den Stoff, sein Atem fühlt sich heiß und feucht an. Ich erschaudere erneut, meine Lust steigert sich.

»Nick!«, versuche ich es noch einmal halbherzig.

Er verlagert sein Körpergewicht, und ich spüre seinen harten Schwanz durch die Jeans gegen mein Bein pressen. O mein Gott. Ich stemme die Hüften dagegen, im Versuch, etwas Reibung zu erzeugen. Ich will loslassen, mich ihm ganz hingeben.

Er unterbricht seine leidenschaftliche Folter, sieht mir tief in die Augen. »Ich kann nicht aufhören, Maxi. Ich hoffe, du verzeihst mir das.«

»Das kommt ganz drauf an.«

Er küsst meinen Hals, schiebt seine Hand unter mein Shirt, unter den BH und reizt meine Brustwarze. Der direkte Kontakt ist fast zu viel für mich. Dann küsst er mich, und ich verschmelze mit seinen Lippen. Fast unbemerkt setzt seine Hand die Wanderschaft fort, gleitet tiefer, bis sie in meinem Hosenbund verschwindet. Ich stöhne in seinen Mund. Nicks lange Finger gleiten durch meine nasse Spalte bis zu meiner empfindlichsten Stelle. Ich winde mich unter ihm, dränge mich seiner Berührung entgegen, sehne mich nach der Erlösung.

Es braucht nicht viel. Nick berührt meinen Kitzler kaum, schon versinkt die Welt hinter meinen geschlossenen Lidern in einem Feuerwerk der Empfindungen. Nick umspielt das empfindliche Bündel feinster Nerven weiter, reizt den Orgasmus aus und schluckt mein heißes Stöhnen mit seinen Küssen.

Als ich meine Augen wieder öffne, betrachtet er mich mit faszinierter Miene. »Du bist so schön, wenn du kommst. Ich könnte das den ganzen Tag machen.«

Ich grinse schwach, dann stemme ich mich hoch. »Lass uns an einen Ort gehen, an dem wir wirklich ungestört sind.«

Er springt geradezu auf und nimmt meine Hand. »Wo immer du hinwillst.«

Epilog

Das gleichmäßige Schaukeln des Bootes versetzt mich in einen angenehm schläfrigen Zustand. Ich kuschle mich behaglich an Nicks Brust, während er sanft mein Haar streichelt. Wie lange wir hier schon so liegen, vermag ich nicht zu sagen. Eine Stunde? Oder zwei? Ich blinzle in die tief stehende Herbstsonne, die mein Gesicht wärmt, dann sehe ich Nick an, seine sinnlich geschwungenen Lippen, die kräftige, leicht gekrümmte Nase und das verstrubbelte, halblange Haar. Ein zärtliches, warmes Gefühl macht sich in meinem ganzen Körper breit. Er spürt, dass ich ihn beobachte, und wendet sich mir zu, dann öffnet er die Augen. Ich kann die goldenen Sprenkel zählen, so dicht liege ich bei ihm. Er streichelt vorsichtig meine Wange.

Am liebsten würde ich den ganzen restlichen Nachmittag hier verbringen, mit Nick auf dem Bernsteinsee in dem schlichten, hölzernen Ruderboot, das ich vor ein paar Wochen von dem Geld für meinen Auftritt in der TV-Show gekauft habe.

Obwohl die Luft noch immer warm ist, liegt der Herbstduft nach Laub in der Luft, die Blätter der Bäume am Ufer färben sich gelblich, und der See wirkt dunkel und lädt nicht mehr zum Schwimmen ein. Wie jedes Jahr erfüllt mich eine leichte Wehmut, weil der Sommer vorbei ist, die Tage kürzer und kühler werden. Doch anders als in den vergangenen Jahren habe ich keine Angst vor den grauen, kalten Tagen, sondern stelle mir vor, wie Nick und ich die Wochenenden zusammen im Bett verbringen, uns Bücher vorlesen und stundenlang Filme schauen.

»Was denkst du, mein Schatz?«

»Ich freue mich auf den Winter mit dir.«

Er verzieht die Lippen zu einem amüsierten Grinsen.

»Warum auf den Winter?«

Ich antworte nicht, sondern recke ihm vorsichtig mein Gesicht entgegen und schließe die Augen. Er küsst mich vorsichtig, unsere Lippen berühren sich erst zärtlich, dann leidenschaftlich.

»Was ist denn nun im Winter?« Er murmelt mir ins Ohr, und ich muss kichern, weil mich sein Atem kitzelt.

»Wir bleiben im Bett, lesen Bücher und schauen Filme.«

»Aber bitte nicht ›Doktor Love‹.«

Ich muss wieder kichern.

»Doch, unbedingt. Ich stehe auf meinen ganz persönlichen McDreamy.«

Nick grinst mich verwegen an.

»In dem Fall musst du dich aber auch wie ein Groupie aufführen.«

Ich richte mich auf und beuge mich über ihn. Wir schauen uns wieder tief in die Augen, und als wir uns erneut küssen, erfasst mich ein heißer Schauder. Seine Hände streicheln meinen Rücken, und ich presse mich fest an ihn. Dann löse ich mich vorsichtig.

»Wir müssen langsam zurück. Du wirst noch zu spät kommen.«

Nick grunzt unwillig und macht keinerlei Anstalten, sich aufzurichten. Das hölzerne Ruderboot schwankt, als ich mich energisch aufsetze. Wenn wir bis 20 Uhr in Berlin sein wollen, müssen wir los.

»Bist du nicht wahnsinnig aufgeregt?«

Jetzt rappelt sich Nick doch auf und setzt sich hin, er schlingt die Arme um mich.

»Kein bisschen.«

Und das glaube ich ihm sofort. Er atmet ruhig und entspannt, ich lehne mich gegen seine kräftige Brust. Nur noch ein paar Minuten.

Ein leichter Wind kommt auf, das Wasser platscht gegen das Boot. Ich fröstle, und Nick legt die Arme fester um mich.

»Ich wette, du bekommst den Preis.« Ich drehe mich zu ihm um, und seine Augen blitzen mich an.

»Mal sehen. Das wäre toll. Aber es ist nicht so wichtig.«

»Du wirst gewinnen. Dein Film ist einfach toll. Als hättest du viele Jahre daran gearbeitet.«

Er schaut mich nachdenklich an.

»Das habe ich. Die Idee dazu hatte ich ja schon etwas länger. Aber ohne dich hätte ich sie niemals umgesetzt.«

Ich streichle über seine muskulöse Brust und betrachte ihn, ich frage mich, wie ich ihn jemals für arrogant und oberflächlich halten konnte. Zwar würde ich das ihm gegenüber nie zugeben, aber ich bin froh, dass er die Schauspielerei an den Nagel gehängt hat. Eine Erfahrung wie die mit Tammy brauche ich nicht noch einmal.

Als wir uns dem Ufer nähern und das Boot an Land ziehen, bin ich überrascht, wie viele Badegäste es an diesem Herbsttag zum Bernsteinsee gezogen hat. Es dauert eine Weile, bis ich Charlie und Layla entdeckt habe, die schläfrig in ihren Bikinis auf dem Rücken am Uferrand liegen und uns nicht bemerken.

»Wollen wir sie wecken?«

Nick schüttelt den Kopf.

»Ich habe eine bessere Idee.«

Er nimmt mich an der Hand und zieht mich über den Strand in Richtung Parkplatz, der Sand unter unseren Füßen fühlt sich warm an, fast so, als wäre es noch Sommer. Wir erreichen den Van, und als ich endlich die Schlüssel gefunden habe, drängen wir uns hinein, wir küssen uns und lassen uns auf das Bett fallen, das ich gar nicht erst wieder zur Sitzbank umgebaut habe. Er umfasst mich mit beiden Händen und zieht mich auf sich, wie an dem Abend nach unserer Flucht, als er zum ersten Mal hier neben mir lag. Wir küssen uns wieder und wieder, und ich lasse mich auf den Rücken sinken, ich spüre seine Lippen auf meinem ganzen Körper, dann an meinem Hals.

»Ich liebe dich, Maxi«, flüstert er mir ins Ohr. Ein Glücksgefühl durchzieht meinen Körper. Ich öffne die Augen und sehe ihn an.

»Ich liebe dich auch, Nick.«

Ende